献给我的母亲　程碧霞
（一九一五——一九九六）

科学、文化与人
经典文丛

南极夏至饮茶记

——金涛散文

金涛 著

科学普及出版社

·北 京·

图书在版编目（CIP）数据

南极夏至饮茶记:金涛散文/金涛著.-北京:
科学普及出版社，2013.2
（科学、文化与人经典文丛）
ISBN 978-7-110-08008-5

Ⅰ.①南… Ⅱ.①金… Ⅲ.①散文集-中国-当代
Ⅳ.① I 267

中国版本图书馆CIP数据核字（2012）第307787号

南极夏至饮茶记 —— 金涛散文

出 版 人：苏　青
策划编辑：徐扬科
责任编辑：吕　鸣
装帧设计：耕者设计工作室
责任校对：孟华英
责任印制：李春利　马宇晨

出版发行　科学普及出版社
地　　　址　北京市海淀区中关村南大街16号
邮　　　编　100081
发行电话　(010) 62173865
传　　真　(010) 62179148
投稿电话　(010) 62176522
网　　　址　http://www.cspbooks.com.cn

开　　本　787毫米×960毫米　1/16
字　　数　270 千字
印　　张　18.25
版　　次　2013年2月第1版
印　　次　2013年2月第1次印刷
印　　刷　北京中科印刷有限公司

书　　号　ISBN 978-7-110-08008-5/I·300
定　　价　45.00 元

金涛简介

　　金涛　科普作家、科幻小说家。高级编辑。1940年生，祖籍安徽黟县，世居江西九江。1957年毕业于江西省九江二中（原同文中学），同年入北京大学地质地理系。1963年毕业，先后做过教员、编辑、记者，出版社社长、总编。现已退休。

　　主要作品有科幻小说《月光岛》《台风行动》《冰原迷踪》《失踪的机器人》《马小哈奇遇记》，童话《谁是凶手》《大海妈妈和她的孩子们》《暴风雪的夏天》等。

　　1984—1985年参加中国首次南极考察，被国家南极考察委员会授予二等功。1991年7月获"范长江新闻奖"提名荣誉。1996年被授予全国先进科普工作者称号。中国作家协会会员。曾任中国科普作家协会副理事长。

目　录
CONTENTS

【下篇】

【上篇】

古代文明与气候变化

新年伊始，许多媒体相继报道了一条很有趣的科技新闻：约在公元8世纪和9世纪之间，世界范围内的干旱可能促成了中国唐代文明和墨西哥玛雅文明的衰落。有的媒体的报道更是直截了当："罕见的季风期异常导致唐王朝统治晚期灾荒连连，进而作为引发农民起义的因素之一，加速唐朝灭亡。"这一结论是由德国、中国和美国学者共同完成的。科学家们对中国南方玛珥湖和委内瑞拉海岸附近Cariaco盆地的沉积物进行了研究，以期寻找古代气候变化的规律。他们的论文发表在2007年1月4日出版的《自然》杂志上。

（一）

据报道，中国南方玛珥湖位于广东湛江市西南18千米处的湖光岩国家地质公园内。湖光岩是世界上最大最典型、保护最完整的玛珥湖。1997年，经中德科学家考察确定，湖光岩是距今14万~16万年前由平地火山爆炸后冷却下沉形成的玛珥式火山湖，面积2.3平方千米，由火山口湖与火山熔岩组成，湖深400多米。湖水在四周火山堆的保护下，不受外界水系干扰，长期自然沉积形成的湖底沉积层，是十几万年地球演变留下的"天然年鉴"。研究这部"天书"，可以了解近十万年来动物的兴衰、植物的演替、人类活动的影响及一些重大古气候突变事件的过程。

众所周知，我们人类赖以生存的自然界，在漫长的地质年代是不断发生变化的。"百川沸腾，山冢崒崩，高岸为谷，深谷为陵"（《诗经》），海陆变迁的现象在世界各地都有发生。伴随着地壳运动，全球的气候也发生巨变，生物界也因为环境的改变或进化或灭亡，不断繁衍出新的种群。不过，

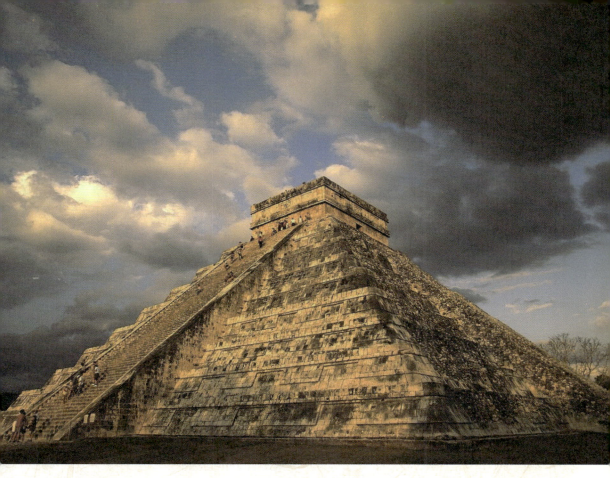

古玛雅人的杰作——太阳金字塔

除了骤然出现的火山爆发、大地震、雪崩、泥石流带来的剧变而外，这里所说的变化，通常是指大范围的地理空间，其时间的跨度多数是很长的，往往是几千万年或上亿年。地质学家根据各地的地质构造、岩石特征、生物化石等信息遗存，运用现代科技手段，可以揭开地球的变化规律，给我们描绘出遥远的地质时期地球的面貌。

　　这次由德国、中国和美国学者对中国南方玛珥湖和委内瑞拉海岸附近Cariaco盆地的沉积物进行的研究，通过地质记录揭示气候演变的趋势，之所以引起媒体的关注，我认为有两点是值得注意的：一是在于科学家通过地质记录来研究气候的变化，已经精确到一千多年的尺度，也就是说，涉及了人类历史时期环境的变化，这是非常重要的。另外，地质学家还进一步将自然科学与人文科学结合起来，进而提出：从采集自中国湖光岩玛珥湖的沉积物中发现，在公元8世纪和9世纪期间，亚洲夏季风变弱，发生了干旱，而这个时期也是中国唐朝从辉煌走向衰落的过程。更令人惊奇的是，这一模型非常类似于同一研究小组在此之前对采集自委内瑞拉海岸附近的Cariaco盆地沉积物的研究结果，他们由此推测类似的干旱也可能发生在附近的墨西哥。在美洲诞生的玛雅文明，经过70多年的衰落，在公元830年结束了，玛雅人留下的最后石刻日历记录是公元909年。科学家认为，夏季雨水的缺少可能与这些文明的急速衰落有关。导致这两次干旱的原因可能均是向南迁移的雨季模式剥夺了整个北部回归线地区的夏季雨水，而干旱带来的灾害也成为这两种文明衰落的一个主要因素。

（二）

自20世纪以来，对于人类有文字记录以来的历史时期自然环境的变化，已经越来越引起科学家的关注。过去，限于科技手段的落后，更多的还是传统的观念，人们普遍以为，人类有文字记录以来的历史时期自然环境的变化是微不足道的。按照一个经典的比喻，如果把地球诞生以来比作24小时，人类出现以来的历史不过几分钟，在这样短暂的时间跨度内，自然界的变化几乎可以忽略不计。现在，越来越多的发现证明，这种看法是不符合实际情况的。尽管人类的出现只有短短的几万年，有文字记录的历史才几千年，但是在这个时期，除了自然界本身的变化，人类的活动也极大地改变了地球的面貌：开垦荒原，兴修水利，驯养家禽家畜，砍伐森林，兴建居民点和城镇等等，都打破了自然界固有的格局，加快了自然界变化的进程。由此，也催生了一门新的学科，即历史地理学，它的研究对象是人类出现以来的历史时期地球自然环境的变化，其中特别是人类活动对自然环境的深刻影响。

历史地理学包括许多分支，如历史气候学、历史地貌学、历史动物学、历史植物学以及与人文学科交叉的历史人口学、城市历史地理、疆域沿革、自然灾害等。这门学科诞生时间不长，但是随着工业化的进程日益加快，人类对自然界干预的手段不断强化，地球环境的变化日趋加剧，认识并进一步揭示了人类出现以来的历史时期自然环境的变化规律，越来越显示出其重要性了。在某种意义上，开展历史地理学的研究，有着"古为今用"、"以史为鉴"的目的，它将成为为经济建设和社会发展提供决策的科学依据。

（三）

幅员辽阔、历史悠久的中国，为历史地理学的研究，提供了得天独厚的舞台。这是因为作为文明古国的中国，经历了几千年的农耕社会，地理环境发生了巨大变化。另外，自古以来，我国历朝历代都有修撰志书的传统，各种史书方志对于气候变异、自然灾害、地域沿革、人口迁徙等均有记载，这些历史资料，加上考古发现、碑记石刻等实物，结合现代科技手段如孢粉分析、碳同位素、湖相沉积物和冰层中微量元素分析等，对于历史地理学的研究提供了宝贵的依据。

以历史气候学来说，著名气候学家竺可桢发表的《中国近五千年来气候变迁的初步研究》（1972），是这方面的开山之作。此外，我国气候学家、地理学家对某一地区旱涝规律、冷暖变化、大雪严寒、气象灾害的历史研究，也取得了可观的学术成果。读徐近之教授《我国历史气候学概述》得知，陕西气象局气象台1976年编印的《陕西省自然灾害史料》载："陕西全省旱灾以8和15世纪为多，8世纪有20年全省旱，15世纪多至28年，夏秋旱灾频率为36%，次为春旱为19%，春夏连旱也不少，为11%，秋旱不过8%。"（参见《中国历史地理论丛》第一辑，陕西人民出版社，1981年版）

值得注意的是，30年前由中国学者提出的科学结论（即陕西全省旱灾以8世纪为多，有20年全省旱），和这次媒体报道的中外学者对中国南方玛珥湖和委内瑞拉海岸附近Cariaco盆地的沉积物进行的研究结果是完全一致的。当然，由此是否能下断语，唐朝的灭亡和玛雅文明的消失肯定是气候干旱引起的，我没有看过原文，对此尚存疑问。不过，这无疑是颇有新意、值得关注的见解。

（四）

对古代文明的兴衰历史的研究，长期以来历史学家往往注重政治、经济、军事的决定性因素，这固然无可非议。但是也要看到，历史发展的规律是多种因素起作用的，"人算不如天算"，如果把这个"天算"撇开迷信的外衣，那么自然界不可预测的天灾导致的人祸，或是人祸导致的天灾，在一定条件下也会起到决定性作用，以致影响甚至改变历史的进程。多年前，我在《多瑙河畔忆匈奴》一文中写道："值得一提的是，近现代科学研究也开始用新的眼光去探究人类历史上发生的农业民族与游牧民族的战争，以及民族大迁徙的问题。具体说来，发生在中国古代游牧民族向汉族农业地区的大规模军事行动，除了政治因素之外，一些历史学家、地理学家也开始关注人类历史时期气候和环境的突然变化。由于气候干旱或者突然变得寒冷，致使草场大面积

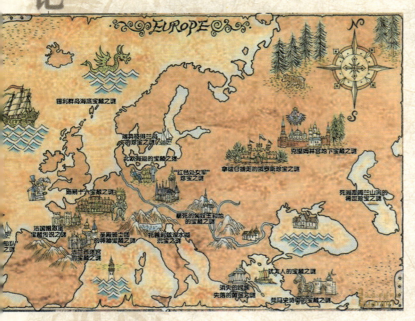

遭灾，以牲畜为生计的游牧民族面临生存的威胁，于是他们不得不向气候温和、土地富庶的汉族农业区域寻找生路，这就导致了民族间的武装冲突而爆发了战争。这种观点的提出，别开生面，启发了人们对历史研究的新思路，当然要真正证明这一点还需要提供足够的证据，特别是人类历史时期气候的变化、气温、降水、降雪量的逐年变化的精确数据，而恰恰是这一点，仅靠

文献记载恐怕还远远不够，需要运用现代科学技术的测试手段。"

文中还提到："我们从古代文献的片言只语中发现，匈奴人在军事上的失利，天时不利也不容忽视。公元前71年，汉朝军队联合乌孙共同夹击匈奴，致使匈奴一部受重创。当匈奴单于统兵击乌孙返回时，史载由于天气突然寒冷，天降大雪，雪深丈余，匈奴人畜冻死无数。结果处于困境的匈奴遭到乌孙及汉军的东西伏击而遭惨败。'元封六年冬，匈奴大雪，畜多饥寒死；诛贰师后，连雨雪数月，畜产死，人民疫病，谷稼不熟。本始二年，单于自将击乌孙，欲迁，会天大雨雪，一日深丈余，人民畜产冻死，还者不能什一；虚闾权渠单于之立，匈奴饥，人民畜产死十六七。'（《汉书·匈奴传》）又如公元46年，匈奴所在的漠北草原'连年旱蝗，赤地数千里，草木尽枯，人畜饥疫，死耗大半。'（《后汉书·南匈奴列传》）诸如此类的记载，无不使人对历史的复杂性增加了更深的理解与思考。"

由此也可以看出，对古代文明兴衰的研究，人文科学与自然科学的结合，对于揭示历史的真相是十分重要的。

（五）

今天，人类生存的生态环境所出现的变化，除了自然界本身的变化之外，由于人类经济活动造成的影响，已经远远超过历史上任何时期。温室效应、臭氧层破坏、环境污染、有害生物物种的迁徙、疾病的传播、沙漠化、原始森林大面积消失等等带来的负面影响，加剧了全球气候变化，目前出现的暖冬、海水上涨、南北极冰层融化、高山冰川的迅速消退、厄尔尼诺现象导致的旱涝灾害……都在威胁人类的生存，这既是历史地理学研究的新课题，也更是各国政治家必须认真应对的严峻现实，不可掉以轻心啊！

观海遐思

（一）

大海是看不够的，大海的涛声更是百听不厌。

这回去海南，住的旅店面对空阔无边的大海，从旅店大门横穿一条寂静的马路，穿过海边的渔人餐馆旁的小径，便是汹涌的浪涛拍打的沙滩了。

那几天，风很大，沙滩寂无人影，我便踏着细软的沙滩踽踽而行。浪涛从远处奔涌而至，后浪推着前浪，蓝蓝的浪涌翻卷着银色的浪花，像是排成整齐的队列，雄赳赳气昂昂地朝着岸边冲杀过来。那雄浑的气势不禁令人想起古战场上的金戈铁马，正在义无反顾地冲向敌阵。这当儿，沉闷的涛声令人为之动容，隐隐听见鼓角的悲鸣，战马的嘶叫，铁甲的铿锵，将士的呐喊……

浪涛的喧声是大海对人类的对话，抑或是大海的自言自语，我不知道。但每次来到海边，听见的涛声都不尽相同，仿佛传递着完全不同的信息。大海的情感是无比丰富的，她温柔似水，刚烈如火，时而宁静，时而愤怒，时而忧伤，时而和蔼可亲……

黎明之际，曙光在天边升起，淡淡的霞光染红了海水，这时的大海如同婴儿从睡梦里醒来的喜悦，涛声如歌，欢欣雀跃，使你不由地受到感染，内心充满对生活的热爱和对上苍的感激之情。

当夜幕笼罩，落日已沉入大海的怀抱，晚风阵阵，岸边的椰树在风中絮语，这时悠长而轻柔的潮水，似乎像一阵阵令人遐想的叹息。是感叹时光流逝，岁月无情，还是悔恨韶华不再，青春一去不复返，这就因人而异，不得而知了。

最喜欢的还是那深夜从窗外传来的涛声。我住的房间阳台拥抱着大海，

不论是狂风暴雨，还是月白风轻，当那潮湿的带有咸味的海风拂动窗帘，我静静地枕着涛声入梦。我的耳畔响起忽远忽近、时有似无的涛声，这时我仿佛听见母亲哼着摇篮曲的歌声，那是遥远的童年最甜美的声音，我看见慈爱的母亲朝我微笑，我在母亲的怀抱里深沉地睡着了……

（二）

在海边上散步，常有意外的发现。

那天，我沿着潮水退去的沙滩走去，脚下是一簇簇褐色的海草，是被潮水冲上岸的。再往前，沙滩上出现一块巨大的木头，像是一根老树的树干，半埋在沙子里。

我好奇地看着这大海送来的礼物，仔细端详，从那整齐的横断面和粗糙的形状，断定它是一艘木船的船板。

它在海水里浸泡的时间大概有些年月，遍体长满了密密麻麻的小贝壳。那清一色像三角帆一样雪白的小贝壳，在旧船板上早已安了家：贝壳一端的软组织像草根一样深深地扎在上面，试着用手去拽，也无法将它们分离。

那千千万万的小贝壳和船板拥抱在一起，在大海的浪涛中漂流，不知经历了多少春秋，也不知道忽沉忽浮走过了怎样艰难的航程，如今总算在海南岛的沙滩上找到了最后的归宿。

我不是考古学家，无法知道这巨大的船板有过怎样辉煌的历史。它是从哪个港口下水的，它曾去过哪些国家，它是云帆高张的货船，还是追逐鱼群的渔船，我一概不得而知。

南海的风涛是险恶的，夏秋之际的台风，狂飙骤起，蛟龙翻腾，飓风横扫，怒海惊涛，它所属于的那艘船是在这突如其来的狂风暴雨中不幸沉没，还是因为迷失航向触礁失事，我也无从推断。那船上的水手和渔民是否得救，还是和他们的船只一同葬身大海，他们的亲人，他们的妻儿老小在岸边日夜呼唤着，期待着他们归来，他们可曾知道……这些，只有大海才能回答。

大海，用她特有的方式，诉说着人世间的苦难，那是年复一年永无停息的涛声……

（三）

到海边拾贝，有没有收获，都是无比愉快的。

我在海滩漫步时，常常弯腰俯看脚下的沙子，也许是捡拾者太多的缘故，这一带几乎见不到像样的贝壳，偶尔在潮水退去的泥沙中，有少量的蛤蜊和珊瑚的残骸，对于贝壳的收集者，这里显然不是理想之地。

人来人往的海滩，见不到贝壳的踪影，这也是普遍的现象。后来去三亚的亚龙湾，也是在贝壳馆的展柜，以及出售贝壳的商店，见到琳琅满目的贝壳。不过，在夜幕笼罩的三亚街头和天涯海角景区，到处遇到兜售贝壳的小商贩。贝壳的种类也很繁多，硕壮厚重的唐冠螺、色彩艳丽的法螺、造型优美的鹦鹉螺、圆润光滑的宝贝、遍体生棘的骨螺……更多的贝类我叫不上它们的名字。贝壳的价格相差也很悬殊，但在天涯海角景区，用10元钱可以买一小袋子各式各样的贝壳，却是物有所值的。

贝壳是大海中的小精灵。把玩着那一个个造型奇特、色彩绚丽的贝壳，你不能不感到造化的神奇。在地球上林林总总的动物中，鸟儿筑巢，鼠类掘穴，然而最杰出最完美的建筑，恐怕要数软体动物栖身的贝壳了。

对于多数毫无进攻能力的软体动物来说，贝壳犹如一座防卫森严的城堡。从诞生的那一刻起，为了生存，它们日复一日地修筑自己的城堡，随着身躯逐渐长大，城堡也要不断扩大、不断加固。有的贝壳所以有突起的瘤，或者长出尖刺状的棘，据说并非是为了美观，而是对付天敌的武器，它使人想起城堡外围筑起的一道又一道铁蒺藜。当然，贝类中也有一些凶猛的小家伙，像芋螺，它的贝壳也很漂亮，可是体内有毒腺，能杀伤其他动物，厉害得很。至于像砗磲那样巨大的贝壳，自当别论，能够和它比试高低的软体动物，大概是不多的。

生物进化的执着是令人感动的。生活在海洋中的多数软体动物，作为生命现象的弱势群体，从来是许多生物掠食者的美味佳肴，海鸟、海兽、蟹莫不是它的天敌。当捕食者袭来时，如果躲闪不及，孱弱温顺的贝类只能蜷缩在它的城堡里束手就擒，毫无招架之力。不过，即便如此，这地球上最古老的生物，经历了海陆变迁的山崩地裂，冰河覆盖的酷寒，目睹了恐龙称霸一时的盛世，也见识了恐龙的悄然灭绝……它坚韧不拔地在世界各大洋安家，生息繁衍。它那柔弱的身躯蕴藏的适应能力，是惊人的刚强和不屈不挠。不论在热带、温带或者在南北极，从海边的潮间带到大洋深处，都能找到它们的踪迹。在南极冰雪大陆和岛屿的海边，在浪涛拍打的礁岩上，我就见过很多贝类。

美丽的贝壳令人赏心悦目，它是大海孕育的艺术结晶，也是潮汐波浪千万年塑造而成的精灵。即使魂归大海，肉体无存，它也要把美丽的贝壳遗留大海，随潮水涨落而漂流，追浪花而永生，这是何等地潇洒，何等地一往情深。

在生物学家眼里，千娇百媚的贝壳，如同人类在不同时代建造的式样不同的房屋一样，实际上是地理环境和时间的产物。贝壳的形态，它那奇妙的造型，色彩缤纷的条纹，旋转的内部构造，厚薄不同的壳质，不仅是分类学的重要依据，本身还包涵了很多关于地球气候、海洋、地质等等方面的信息。当软体动物死去，它营造的贝壳却得以保存。科学家从贝壳的形态和它的物质构成，不难捕捉大自然过去的信息。这和考古学家从人去楼空的古建筑废墟，寻觅逝去的人类历史，大概是同一个道理。

观赏贝壳，可以聆听大海的涛声……

（四）

软体动物和它们的贝壳在人类的历史上扮演了不可忽视的重要角色。

多年以前的一个冬天，我在胶东半岛的海边，常常看见许多妇女和孩子在波涛汹涌的海滩上忙碌，当地叫做"赶海"。这时天色刚亮，潮水正在退去，岸边的礁石渐渐露出水面。于是人们趟着冰冷的海水，用手里的小铲子凿取附着在礁石上的牡蛎，当地俗称"海蛎子"。对于我这个在内陆长大的人，这是平生第一次看到人们采集贝类的情景。

许多贝类自古以来是人类的美味佳肴，世界上所有生活在海边的民族，他们的食谱中都离不开贝类，以至在许多古代海洋民族的遗址上，都能发现大量贝壳的堆积物。至今的中西大餐，贝类仍是海味中的上品。贝类是饮食文化中不可缺少的元素，也因此兴起了海洋经济中的海水养殖业。

贝类与人类的服饰也有历史的渊源。小的时候，我的家乡有一家制作纽扣的作坊，那里堆满的制作纽扣的原料，竟是硕大的河蚌。工人将河蚌的贝壳放在一台机器上旋出一枚枚纽扣，剩下的贝壳全是密密麻麻的孔眼。在塑料尚未问世之前，人类衣服上的纽扣几乎都是贝壳贡献的，我们至今仍然能够在自己的衣服上找到小小贝壳的身影。

贝壳对人类文化的影响更是不可低估，以贝壳为原料制作的螺钿，镶嵌在漆器、硬木家具和雕镂器物的表面，成为一种传统的工艺，和贝雕一样，有着悠久的历史。珠母贝孕育的珍珠，从来都是受到人类青睐的珍宝，在古代，珍珠和黄金、宝石一样，是权力和财富的象征。不少贝类还可入药，有一味中药叫"石决明"，即是鲍的贝壳，据说有平肝明目的功效。我甚至猜想，古代妇女的一种发型叫螺髻，这大概也是由贝壳的造型受到的启发，而效仿自然的时尚吧。像螺丝钉、螺母、螺帽、螺旋桨这些现代工艺的零部件，它们的发明，最初是否也是受到贝壳的启迪呢？

当然，贝壳对人类文化的深远影响，不仅仅限于实用的领域，美丽的贝壳具有观赏收藏的价值。在人类早期的经济活动中，一种名为货贝的贝壳，以其坚固耐磨、光洁美丽、易于携带和具有自然单位的特点，充当了商品交换的媒介，这即是最原始的货币。在货币史上，用贝壳当货币流通时间也较长，使用更广，世界上许多民族都有用贝壳充当货币的历史。几年前，海洋考古学家在百慕大群岛打捞出沉没已久的"圣安东尼奥"号，这是一艘贩卖黑奴的船只，船上发现了大量的贝壳，经考证，这些贝壳是准备到西非购买奴隶的美洲奴隶主用于支付的现钞。

用贝壳充当货币的历史虽然早已过去，然而至少在中华文明中，贝壳作为一个特定的符号，像文化的基因一样，已经深深地渗入我们的文化血脉，留下了不可磨灭的印记。在汉字中，所有关于商品交换、财产的交易，甚至与财产有关的合法和不合法的行为，都打上了贝壳的印记。如贾、买卖、贸易、贪污、贿赂、赠与、赃物、盗贼等等，这是颇为耐人寻味的。

当然，在人类最美丽最圣洁的词汇中，有一个词是人人经常挂在嘴边、使用频率最高的，它也是一种美丽的贝壳——宝贝儿！

想到这里，写一部贝壳文化史一定是很有趣味的。

（五）

我下榻的旅店位于琼海市的海边，离著名的博鳌亚洲论坛所在的索菲特大酒店不远。博鳌这个地方如今很有名气，当初它只是万泉河入海口的一个渔村。历史的机遇迅速改变了它的命运，在博鳌这一带，便捷的公路椰林夹道，四通八达，典雅的宾馆别墅隐藏在绿意盎然的海边。洁净的空气、辽阔的大海、阳光和沙滩，是这里得天独厚的自然优势，再加上靠海吃海，有丰富的海产品和热带水果，发展旅游业所需的吃喝玩乐，这里都一应俱全。

海南省目前正在大力建成旅游观光胜地，最具诱惑力的消息是这里的房价相当便宜，在博鳌、三亚、海口等地，许多建成和正在施工的楼群、别墅，都在竞相出售，听说外地纷纷来此购房的人已使房价有所抬升。

但是，我担心的是这里的海洋环境。

一天下午，我和几个同伴又来到海边，沿着沙滩向远处而行。海浪仍在喧闹，微风拂面而来。这一片海滩少说也有几千米，黄沙细柔，海底坡度又缓，岸畔有遮阳的草亭和救生员的瞭望塔，可见是绝好的海滨浴场。只是

已届初冬，海滩失去了夏日的喧腾。但是当我们信步而行时，令人不可思议的是，一阵难闻的臭味扑鼻而来。往前走几步，海滩上竟有一根排水管隐藏在草丛中，将污浊发黑的生活污水直接排向大海，那一片海滩已被染成灰黑了。距离旅店一步之遥的海滩，杂草丛生，到处可见丢弃的生活垃圾，任凭潮水冲刷，估计不少垃圾已被海浪冲卷而去。

看见这番大煞风景的陋行恶习，我不禁为海南的旅游业感到担忧。博鳌附近的海域尚且如此，其他地方可想而知。我的担忧并非空穴来风，这里有一份权威的资料，不妨照录如下：

新华网海口10月31日电（记者卜云彤）垃圾、污水的侵蚀正在使海南三亚市美丽的三亚湾逐渐变黑，17.8千米的滨海景观带没有一个垃圾箱，5000万元投资的三亚垃圾生态处理场处于停产状态。这是海南省人大城市规划执法检查组近日在三亚市检查时发现的问题。

检查组在三亚湾看到生活污水从雨水管道排放出来流入三亚湾，三亚湾海水污染、沙滩泥化日趋严重，现在的三亚湾找不到

"银色"的沙滩了。另外，三亚友谊街的海滩边也有污水直接排入海里。据了解，三亚污水处理的管网覆盖面小，污水处理率偏低，按计划全市要建设长度64千米的污水管道，但是，目前建成的管道只有18千米，正在建设的也只有6千米。由于城市环境监管力度不够，导致城市网管所到之地，依然存在相当部分单位和社区不入网而直接排放污水。

检查组还发现素有"椰梦长廊"之称的滨海观景带竟然没有一个垃圾箱，地面上不时看到垃圾。另外，检查组在检查垃圾处理厂时发现，从垃圾处理情况看，三亚市垃圾仍存在管理工作不够，大量生活垃圾未得到安全卫生填埋的现象。三亚市垃圾处理厂是海南省首个垃圾处理厂，每日可处理城市生活垃圾300吨左右，可以最大限度地减少生活垃圾对这个旅游城市的污染。但是检查组了解到这个厂目前已处于停产状态，主要原因是资金和技术问题没有解决好。另一个垃圾处理厂三亚田独垃圾填埋场臭味冲天，垃圾的处理只作简单填埋或堆置，空气污染和渗透液的外排直接影响着周边居民的生活。

针对检查的情况，省人大检查组建议三亚市提高对城市环境保护的认识，采取有力措施推动三亚环保工作，特别是要加快垃圾处理厂和污水处理厂的有效运营，加大投资力度，尽快完善污水处理管网的建设，尽快解决三亚湾变黑的问题。

我要说的是，海南的优势是大海，并不是目前大兴土木的寺庙，也不是我所见到的缺乏文化内涵的所谓的民俗文化村，如果以牺牲海洋的代价去追求眼前的经济效益，可以断定前景是令人担忧的。

离开海南的前一天，我在著名的鹿回头的山巅，回望暮色升起的三亚湾。高楼林立的三亚拥抱着一弘碧波，令人心旷神怡。我衷心希望海南永远拥有碧海蓝天，不仅是贝类的乐园，也是人间的天堂。

太湖忧思录

　　太湖蓝藻暴发引发的无锡市水危机，再一次敲响了中国生态恶化的警钟。尽管环境污染导致的生态恶化，在我国广大乡村和许多城市早已不是什么新鲜事，然而由于无锡是苏南经济发达地区，这座江南历史文化名城又以风景秀丽的太湖和丰富的文化遗存享誉世界，因此当太湖的水质污染影响到无锡几百万居民的生活用水，由此必然产生的种种负面效应，就不再是一个偶然的环保事故，也不是一场无法避免的天灾，而是触及经济发展与环境保护、建设模式与文明延续等等深层次的问题了。

　　这是一个敏感的话题，却又是决策者无法回避的课题。

从耳闻目睹说起

　　6月下旬，应上海一家出版社之邀，来到上海。热情的东道主为我们一行安排去太湖"新天地"旅游。我对此很不感兴趣，说蓝藻暴发引发的无锡水危机没过几天，此时的太湖有什么观赏的意义呢？但是他们说这里是苏州一处集美食、休闲、度假的人工园林，地处太湖东隅，没有受到污染，宛如人间仙境，风景十分美丽。听他们这样讲，不好再说什么。客随主便吧。

　　驱车一个多小时，果然见到太湖之滨的"新天地"气势不凡，这是一处新辟的园林，垂柳依岸，绿草如茵，太湖石点缀道旁，典雅的楼台轩馆坐落湖畔，木结构的曲廊栈桥伸向湖中。湖面也很开阔，烟霭迷茫，远处密密丛丛的芦苇水草，也颇有诗情画意。不过，这一切都是表面现象。当我们走向栈桥，扑鼻而来的却是阵阵臭味。俯瞰水面，更是浑浊不堪，斑斑点点的绿藻和牛皮癣般的黑色污团布满湖面，令人恶心。复前行，临湖的茶楼酒店窗明几净，设施古朴，可是透过曲廊地板的缝隙，却是不堪入目的臭水，飘浮着残枝烂叶，茶楼酒店仿佛是建在一盆污水之上。

再好的人造景观一旦建在污浊的湖泊之畔，也就意味着离死期不远了。

这还是"没有污染"的太湖东隅的景象！由此也不难想象整个太湖污染的严重程度。我这次没有去无锡，后来听一位朋友说，太湖蓝藻暴发时，他们刚好到达无锡，在一家宾馆安顿下来。不料从水龙头放出的水气味恶臭，无法洗脸也无法洗澡……当即，他们果断地退掉客房，逃之夭夭。由此可见，太湖污染对旅游业的打击大概不是短期内能够恢复的。

同样的情况还出现在我们访问的苏州甪直古镇和上海枫泾古镇。这两处江南水乡的古镇以小桥流水、临河民居、窄巷老街勾起人们怀旧的情愫，又以许多名人故居人文景观折射出历史的沧桑。它们是画家笔下永恒的题材，也是海内外多少人寻根问祖的圣地。然而我不得不说的是，我是乘兴而去败兴而归。因为那维系古镇的生命之水，那弯弯曲曲穿行于古镇之中的小河已经死亡。一路走去，沿着临河的老街，走上横卧河上的石桥，始终摆脱不了黑色的河水，在阳光下发出尸体般的腐臭。尽管头裹蓝花布的船娘摇着游艇在河上招徕客人，尽管笑容可掬的店主向游人推销本地土特产，但是古镇因水而兴也因水而衰，已是为期不远了。长此以往，谁会千里迢迢跑来，花费不菲的门票，去游览一座臭水横流的小镇呢？

上海的情况不敢妄加评说。我们下榻的上海教育国际会议中心，在上海南站斜对面，位于繁华的闹市区。门前有一条不知名的河，河上有桥。清晨散步，却只能望河止步，因为这条河是名副其实的龙须沟，黑水缓缓流动，不时翻涌出气泡，臭气熏风，扑面而来。我无法评价上海整体的环境状况，但眼前的这条小河多少也能说明一点问题。

这些初浅的印象来自走马看花，没有精确的数据，但绝无半点虚妄之词。

太湖病得不轻

太湖蓝藻暴发引发的水危机，就我国环境污染与治理而言，是一个具有代表性的典型案例。

从卫星遥感照片上看，太湖的形状像一颗心脏，面积2400平方千米，流域面积36895平方千米，平均水深只有2.1米，最深处才3.3米，容积50亿立方米。比起世界上那些几百米深、面积几万平方千米的大湖，太湖湖盆很像浅浅的一个碟子，水量有限得很。太湖不仅是孕育吴越文明的摇篮，也是维系上海和苏锡常、杭嘉湖7城市的生命之水。它以纵横的河网、洁净的湖水使这个地区获得生存和持续的发展。据报道，太湖流域以占全国不到0.4%的土地面积、3%的人口，2006年创造了占全国13%的国内生产总值和19%的财政收入，是我国经济社会发达的地区之一。

如今，这颗心脏患了重病，病得很不轻。

蓝藻暴发只是太湖水质恶化的表面征象，就像病人发高烧一样，而造成太湖的"病情"日益加重的根本原因是它遭到日益严重的污染。

值得一提的是，太湖患病并非始之今日，对它的诊治也并非始于今日。20世纪末，国务院出台了关于环境保护若干问题的决定，明确提出关闭取缔污染严重的企业和治理"三河"、"三湖"水污染。这里所指的"三河"便是污染严重的淮河、海河、辽河，"三湖"即是污染严重的太湖、滇池、巢湖。太湖首当其冲，可见在20世纪末，太湖水体污染已经相当严重了。

当时媒体报道，20世纪90年代中期开始，国务院有关部委会同苏、浙、沪两省一市启动了声势浩大的水污染治理工程，其中规模最大的就是1998年底的"聚焦太湖零点达标"行动，并在1999年元旦钟声敲响之前宣布"基本实现阶段性的治理目标"。

中央及沿湖各省市也曾投入巨资用于治理太湖水质恶化。仅据建设部负责人宣布，按照2000年水体变清、2010年从根本上解决富营养化、生态系统破坏和有机污染，太湖和太湖地区水环境明显改善的要求，"太湖治理工程"将在1998年建设33项生活污水处理工程，1999年到2000年再建设63项城镇污水处理工程。当时提出的宏伟目标是实现"2000年太湖水变清！"、"不让污染进入21世纪！" 非常振奋人心。其他如淮河、滇池、巢湖等"三河"、"三湖"治污也排出了时间表。"本世纪末工业污染源都要达标排放！"这是当时向全世界宣布的宏伟目标和最大决心。

我不否认这些行动取得的成效，然而严酷的现实是，如今太湖的病情不但没有减轻，反而越发严重，就像渤海、滇池、淮河等江河湖海的治理一样收效甚微。这也说明，环保不仅仅是科技问题，也不仅仅是资金投入不足的问题（动辄花费几百亿的投入不是小数目），问题出在哪里？这恰恰是今天需要认真对待，不能掩盖的核心问题。

有人提出，为何经过多年的治理，太湖水污染状况依然触目惊心？为什么宣告全流域达标排放后，太湖水质还在不断恶化？其实答案并不复杂，关键是太湖流域的经济发展规模远远超过了环境的承受能力，违背自然规律的产业结构，治污措施的滞后甚至形同虚设，使得大量工业废水、城乡生活污水基本上未经处理直接排入太湖，加上农田大量化肥农药的流失，家畜养殖的大量粪便，围湖水产养殖业投放的饵料，最终都倾注于太湖之中。有一组数字很能说明问题：20世纪90年代在规划"太湖水变清"时，当时估算每年进入河道和湖泊的工业废水只有5.4亿立方米，生活污水的年排放量也只有3.2亿立方米左右。到了2000年，排放的污水量直线上升：监测数据显示，2000年太湖流域污水排放量达53.3亿立方米，其中工业污水32.4亿立方米，城镇生活污水20.9亿立方米。容积仅50亿立方米的太湖，却要接纳如此巨量的污水，这种以牺牲环境为代价的经济增长模式，必然导致太湖整个湖泊生态系统处于毁灭的边缘。

由此，不能不质疑太湖流域现行的经济发展模式的合理性，也不能不质疑我们执行的环境保护政策的科学性。

现在，该是头脑清醒的时候了。

经济奇迹的背后

"中国绝不走资本主义国家先污染后治理的老路"，这是多少年来人们耳熟能详的庄严宣言。但是，发表宣言和实际行动往往不是一回事。在我国许多地方发展经济、创造经济奇迹的过程中，以牺牲环境为代价，造成生态环境恶化日趋严重的现状，已是不容置疑的现实。这也说明，尽管中央一再强调要按科学发展观搞建设，坚持走可持续发展之路，但在现实生活中，经济发展的模式仍然是走"先污染、后治理"、"边治理，边污染"的老路。经过多年治理，太湖水污染状况依然触目惊心，水质还在不断恶化，便是典

型的例证。

经济发达的太湖流域如此，其他地区更是如此。我国江河湖海的污染远远不止一个太湖。由于先污染后治理的经济发展模式，全国七大水系地表水严重污染。目前，除长江、珠江水质较好外，辽河、淮河、黄河、松花江中度污染，海河污染严重。湖泊的水质更不乐观，在2005年国家环境监测网监测的28个重点湖（水库）中，被污染的湖（水库）高达72%！满足二类水质的湖（水库）只有2个，仅占7%；三类水质的湖（水库）6个，占21%；四类水质的湖（水库）3个，占11%；五类水质的湖（水库）5个，占18%；劣五类水质湖（水库）竟达12个，占43%，其中太湖、滇池和巢湖水质均为劣五类，主要污染指标为总氮和总磷，它们是导致蓝藻暴发的根本原因。

尽管国家和各级政府颁布了相应的法律法规，也曾投入大量资金用于治理污染，仅2006年全国环境污染治理投资就高达2400多亿元。然而，不论是太湖，还是滇池、淮河、渤海，以及许多尚未披露的江河湖泊，污染状况并未改善，有些水域污染状况益发严重。透过普遍存在的"边治理、边污染"的现象，不难发现有一个由各方面势力组成的利益集团在起作用。首先是许多污染大户的企业集团，阳奉阴违，只顾牟取最高利润，根本拒绝在生产成本中投入治污减排的费用，肆无忌惮地污染环境；另外，地方政府盲目追求经济效益，热衷GDP无限增长，根本忽视生态环境恶化的短期行为，负有不可推卸的责任；加上执法监督部门的失职，正是导致我国许多地方环境污染越来越严重的原因。

太湖蓝藻暴发引发的无锡水危机，再一次充分证明"先污染、后治理"和"边治理、边污染"的经济发展模式，是走不通的。不按科学发展观办事，不重视环境保护，势必导致生态灾难，其后果是祸国殃民、祸及子孙，必定付出惨痛的代价。

人与自然的和谐

建立社会主义和谐社会，包含着两个不可分割的内容，一是人与人之间的和谐，另一个重要方面是人与自然的和谐。两者之间虽然是不同的范畴，却有着密切的联系。

历史的经验值得注意。新中国建立以来的头30年，以阶级斗争为纲的执政理念，曾经导致阶级斗争扩大化，致使我国人与人之间的和谐受到极大的伤害，直到"十一届三中全会"以后，拨乱反正，落实政策，情况才得以改变。但是此后不到30年，在发展地方经济的过程中，盲目地追求发展速度，致使人与自然的和谐遭到极大伤害。表现的形式多种多样，最为突出的是日益严重的生态危机。这里固然有自然的因素，更多的却是人为的原因，导致水土流失加剧，沙漠化蔓延，水污染和大气污染，耕地大面积退化，物种灭绝……这种情况倘若不能扭转，任其发展下去，必然导致严重的社会危机。可以这样说，生态危机关系人民的健康、社会的安定、经济的盛衰、国家的安危。这绝不是危言耸听。

建设和谐社会，必须尊重自然规律，人与自然的和谐相处，走可持续发展之路，这是历史经验的总结，许多国家在这方面有过惨痛的教训。

20世纪50年代赫鲁晓夫执政期间，为发展苏联粮食生产而在中亚地区推行的垦荒运动，就是一个值得借鉴的教训。

苏联的农业问题一直是困扰政府的最大难题。虽然苏联幅员辽阔，拥有2.3亿公顷耕地，但2/3的耕地位于北纬49度以北，60%的耕作区年平均温度不到5摄氏度，生长期和无霜期很短，不能满足农作物生长所需的光热条件。此外，还有40%的耕地处在年降水量在400毫米以下的干旱半干旱地区。除了自然因素之外，苏联的经济政策也制约了农民的生产积极性，因此苏联的农业一直处于落后状态，粮食平均产量每公顷仅1785千克，居世界第20位，农业劳动生产率远远低于美国。据有关资料，1953年，苏联人均粮食产量仅为482千克，低于十月革命以前1913年的540千克。城市中副食品供应不足，农村情况更糟。因此，赫鲁晓夫上台后，采取许多措施发展农业，企图改变农业长期滞后的状态，应该说出发点是正确的。

据有关资料介绍，从1954年展开的声势浩大的垦荒运动，在短短5年内动员了200多万人参加，其中有农机人员、农业技术人员、领导干部，有30万志愿者在共青团的号召下奔赴垦区，开垦生荒地和熟荒地近4000万公顷。垦荒运动的成绩在最初几年使人振奋，问题并非一开始就暴露出来，这也是大自然的规律。1956年，垦区的大丰收使全国的粮食产量达到12500万吨，超过历史最高水平。1958年又是一个大丰收，全国粮食产量达13470万吨，垦

太湖忧思录

21

区产量为5850万吨，占40%以上。这就使赫鲁晓夫更加坚定了将垦荒运动进行下去、扩大成果的决心。

当时，有不少农学家和国营农场领导人对此忧心忡忡。这些长期在干旱区从事农业科学研究和实际工作的人深知：干旱区大规模的土地开垦，必然导致草原植被的破坏，使脆弱的生态环境遭受难以估量的损失。即使必须发展农业，也需采用休耕和轮作才能保持土壤肥力，避免风蚀灾害引起土壤表层的丧失。这些正确的意见通过不同渠道上达克里姆林宫，但被胜利冲昏头脑的赫鲁晓夫不仅不予理睬，而且在各种场合竭力鼓吹深耕土地，理由是便于机械化操作，缩短作物生长期。很快，由于干旱地区的土地连续耕作，不能轮流休闲，不仅耗尽了土壤肥力，也为风蚀创造了条件。加上连年春旱，狂风卷走肥沃的表土，人们辛勤开垦的土地荒芜了，新建的农场濒于破产，许多垦荒者陷入饥荒和贫穷的境地。从1962年至1965年，新垦区有1700万公顷土地受到风蚀灾害，其中400万公顷颗粒无收。1963年全国粮食产量仅10750万吨，比上年减产23.3%，少产3270万吨，以至苏联不得不从国外进口大量粮食。

更加可怕的是，新垦区的自然生态日益恶化，沙漠化愈演愈烈，遮天蔽日的沙尘暴席卷大地，酿成久久不散的黑风暴。

由于违背自然规律，破坏了人与自然的和谐，大自然开始无情地报复了。

在这场大垦荒的运动中，中亚的咸海更是遭到灭顶之灾。据美国地球研究所所长莱斯特·布朗在《B模式》中指出：咸海曾是世界上最大的咸水湖，从1960年以来咸海失去了4/5的水量，昔日往来如梭的船只，如今搁置在古老海底的沙滩上，举目四望，滴水不见。"咸海走向死亡的种子是1960年播下的。那是因为苏联的中央计划官员决定，要把锡尔河和阿姆河流域变成巨大的棉花种植区，以供应全国的纺织工业。随着棉花的扩大种植，供给咸海的两条大河被分流了。随着咸海的萎缩，盐分浓度升高到鱼类无法生存的地步。""两条河流每年流入咸海的水量从650亿立方米下降到现在的15亿立方米……每天从海床刮起的千万吨沙土和盐粒，破坏着周围的草地和耕地。"

咸海原来的面积约6.6万平方千米，平均水深20~25米，最深处65米。由于水位急剧下降，湖面日益萎缩，原来一些繁华的港口城市如今离海岸线已经有250千米，当年碧波荡漾的海洋变成了干涸的、被盐覆盖的荒原。这些城市也因咸海的日渐消失而注定了衰亡。

由此我也想到太湖的污染。太湖流域经济的腾飞最初便是按照遐迩闻名的苏南模式起步的。所谓的"苏南模式"，就是通过发展乡镇集体经济和乡镇工业，来促进小城镇经济发展的一种模式。20年前，当苏南模式崛起之时，尽管它对发展当地经济、解决农村闲散劳动力就业，以至推动当地全面建设小康社会都起到了不可忽视的作用，但是，由于它多是小化工、小印染、小化肥、小水泥、小造纸等重污染企业，当时已有人对 苏南模式提出质疑，认为这些企业设备陈旧落后，高能耗，高污染，排放的污水、废气和废料，完全没有净化处理能力，对环境的污染将是灾难性的。现在回过头来看，苏南模式在短期内对推动经济飞速发展是很奏效的，与此同时，它所带来的环境污染、原生态消失、人文环境的破坏等一系列负面效应，已经不幸而言中，而太湖便是第一个牺牲品，这个代价是十分惨重的。

就在我执笔写这篇文章时，媒体报道：2007年6月16日，无锡市召开治理太湖保护水源动员大会，向全市各级发出了保护"母亲湖"的动员令，并把切断向太湖排污确立为当前治理的重点。该市将提前两年完成江苏省三年化工专项整治行动，在2007年年底将关闭772家中小型化工企业。无锡规模以下中小型化工企业共有1942家，根据江苏省政府2006年提出的"三年化工整治"规定，无锡市的"指标"是在2009年年底前关闭772家，在2010年之前，无锡规模以下的1942家化工企业将全部关闭。在宜兴，市委、市政府发出"铁腕治污、重建生态"的号召，周铁镇成为小化工整治的重点突破镇，两年内将关闭100家。按宜兴市政府要求，将提前一年完成关闭350家小化工企业任务，其中第一年关闭270家，第二年关闭80家。当然，关闭这些高污染、高排放的企业是必要的，但同时也必然会出现经济转型带来的一系列社会问题。

我们现在还无法估计，治理太湖，还太湖一盆清水需要多少年，需要投入多少资金？我们付出的代价和盲目发展取得的效益是否可以扯平？这笔账也许永远是算不清的糊涂账。但它给予我们的教训是值得认真反思的。

恩格斯早就说过："我们不要过分陶醉于我们对自然界的胜利。对于每一次这样的胜利，自然界都报复了我们。每一次胜利，在第一步都确实取得了我们预期的结果，但是在第二步和第三步却有了完全不同的、出乎预料的影响，常常把第一个结果又取消了。"（《自然辩证法》）

太湖的今天，证明了恩格斯的教导是完全正确的。

并非多余的话

按照各国的成功经验，水污染的治理必须从全流域着手，才能从根本上杜绝污染之源，这也是科学常识。以太湖污染治理来说，仅仅靠无锡一地肯定是无济于事的，沿湖各省市以及流入太湖的大小河流途经的城镇，必须同心协力，统筹规划，扎扎实实地采取措施，切断污染之源，方能有效地改善水质，确保太湖水体的洁净。流域治理是一项环环相扣的系统工程，否则，上游不管下游，下游不管上游，头痛医头，脚痛医脚，甚至以邻为壑，相互扯皮，再投入多少亿资金和人力，也是徒劳的。

这里也就涉及环境保护与行政区划的矛盾。我国现行的行政区划和管理体制，对于江河湖海的污染治理是极其不利的。地方的经济利益，管理的权限，各地的财力和人力的不平衡，都是制约治污工程能否奏效的决定性因素。国家环保总局在对长江、黄河、淮河、海河四大流域部分水污染严重的6市2县5个工业园区实行"流域限批"时指出，当前水污染持续恶化趋势已非分割的治水管理体制所能解决，应尽快建立跨区域、跨部门的流域污染防治机制、新环境经济政策体制，完成减排目标。这无疑是非常正确的。

因此，我在这里也斗胆提个建议，针对我国环境污染的严峻形势，中央政府应制定中长期的保护我国生态环境、治理污染的规划，并成立权威机构（仅靠国家环保总局是不够的），集中智力资源，统筹制定全国的治理污染的方案，协同各省市对江河湖海的统一治理，以举国之力解决包括太湖在内的污染问题。

治理污染必须从全流域着手。中央应指派要员督办，打破行政分割的体制，统一指挥，统一调度，合理安排资金，拟定治理方案，严惩违法抗法的官员，限时落实治理措施。不获全胜，绝不收兵。

大自然敲响了警钟，留给我们的时间不多了。

警惕生物入侵

海湾战争爆发那年，羁旅他乡的我在彭塔阿雷纳斯焦急地等候飞往智利首都的飞机。机票难买，每日百无聊赖地徘徊在麦哲伦海峡岸畔，回到旅馆便盯着电视机播报的战况新闻。虽说这里地僻天荒，但人们都很关心遥远的海湾熊熊燃烧的战火，旅馆附近的街头广场不时还能遇到集会示威的人群。我也很担心旅途的安全，因为我将踏上返回祖国的归途，路过几个国家，谁知道会遇到怎样复杂的局面呢，心里一直忐忑不安。

几天之后，当我越过南太平洋，在澳大利亚悉尼机场降落时，一进候机大厅，只见身穿制服的海关人员正在十几个入口忙碌地检查入境旅客的行李。旅客携带的旅行箱、手提袋一律打开，脸色严峻的海关人员翻箱倒柜地搜查。我当时第一感觉，也许是海湾战争爆发，因而对入境旅客盘查甚严吧。不料，很快发现，这是我的神经过敏了，海关人员关注的并不是形迹可疑的恐怖分子，也不是偷渡客或者毒品走私贩子，而是旅客行李提包里的水果、食品、植物种子及活体，甚至连木制的小工艺品，凡是有可能挟带外来生物的东西，统统没收，不得入境。碰巧与我同行的旅伴从南美买了几件树枝制作的小玩意儿，一路上当宝贝似地生怕压坏，这回却被海关人员查出毫不客气地扔进特制的塑料桶里。那里面搜出的战利品五花八门，一会儿就堆得满满的，据说都要集中销毁。

这是我第一次目睹海关如临大敌，将外来物种阻截在国门之外的一幕。以前虽然出关入关，来来往往，也曾听说各国都很重视阻截外来物种，可是似乎没有悉尼机场这么认真仔细，我也由此多少知道一点防止外来物种入侵的重要了。

不过，话说回来，外来物种有那么大的危险吗？

这是我颇感兴趣的一个问题。

（一）

其实，人类相互交往的频繁和水陆交通的便利，使外来物种移入本地的历史几乎和最早农业文明一样古老。许多时候人们是不惜一切代价，冒着生命危险，去谋取其他地区的优良生物物种，将它们移入本国，以繁殖、培育、改良，从而发展本国的农业、畜牧业、园艺业。早在公元前139年（汉武帝建元二年），张骞沿着丝绸之路出使西域（今我国西北和中亚一带），当张骞历时13年于公元前126年返回长安，从而打通了联络东西方的丝绸之路之后，西域的许多动植物物种，像汗血马、苜蓿、葡萄、胡桃、蚕豆、石榴、胡萝卜、豌豆等也传入了中原地区，司马迁在《史记·大宛列传》中说，大宛国附近以蒲陶（葡萄）酿酒，马以苜蓿为饲料，汉朝使臣"取其实来"（采集种子），"于是天子始种苜蓿、蒲陶肥饶地"，汉武帝派人在长安遍植苜蓿、葡萄，"离宫别观旁尽种蒲陶、苜蓿极望"，可见他对推广这些外来作物的热心。有史料载，公元前1500年，埃及女王哈什弗特派出远征队到索马里带回"香树"（即雪松），将其种在埃及。这也充分说明，各国将外地物种移入本土的历史多么久远。

"当官不为民做主，不如回家卖红薯"，这首民谣所提的红薯，又叫红苕、地瓜，我的故乡安徽称之为萝卜苕，也非我国原产的。据文献载，明万历八年（1580），广东东莞人陈益乘船到安南见到此物，携带回国内种在花台上繁殖，后得以推广，命名"番薯"。又有记载说，万历二十一年（1593）福建长乐人陈振旭到吕宋（今菲律宾），从土著人那里弄到几尺苕藤，带回国内繁殖。还有一些文献记载，说有人将苕藤藏于盒中，或用苕藤与绳子拧在一起偷运回国，盖因当时境外诸国严禁薯种输出，所以不得不冒很大风险。

诸如此类的例子，古往今来，不胜枚举。如果深入研究、旁征博引可以写一部厚厚的物种引入史话。如哥伦布将玉米、西班牙人将马铃薯从美洲带回欧洲，美国著名科学家富兰克林把大豆引进美国，以及澳大利亚为清除大量牛粪，从我国长江流域引入一种"神农蜣螂"，这种俗名屎壳郎的昆虫，是清除牛粪的清洁工。

　　所有这些例子，从家禽到昆虫，从树木花草到农作物，无不说明物种引进由来已久，而且对发展农牧业、林业、园艺、养殖业，促进社会进步具有重大意义。但是，我在这里要谈的并非是指积极意义的物种引入，恰恰相反，应该引起全社会广泛关注的是有害物种的侵入，这种有意无意将境外的有害物种引入本国而造成的生态灾难，后果是相当严重的。

（二）

　　关于有害外来物种侵入的事例，近几年来屡见报端和电视，越来越引起人们的担忧。19世纪末发生在美国的"紫色恶魔"事件，也许很可说明有害外来物种侵入的恐怖。

　　所谓"紫色恶魔"，是一种称为凤眼莲的水生植物，中国人俗称水葫芦、凤眼莲、水浮莲。它叶片厚大，开紫蓝色花朵，原产南美洲，繁殖力极强。据说美国新奥尔良博览会时，有人因为它是花朵美丽易于生长的植物将它送到博览会展出。不料，凤眼莲很快在美国的广阔水域迅速繁殖开来，一发不可收拾。当时美国南部沿墨西哥湾的内陆河流水道，竟然被密密层层的凤眼莲堵塞得水泄不通，以致水中鱼虾绝迹，河水发臭，船只无法航行，于是当初被视为美丽的凌波仙子的凤眼莲，变成了人人憎恨却又奈何不得的"紫色恶魔"。

　　为了消灭这个有害的物种，美国投入了大量人力物力。国会山被惊动了，命令工兵部队疏通水道，开始了一场与凤眼莲的特殊战争。哪知凤眼莲生长速度极快，人力打捞无济于事，炸药爆炸也不能伤筋动骨，投放剧毒药物又污染河水，造成家禽作物死亡，最后用火焰喷射器也未能奏效。

　　据报道，凤眼莲在我国北方、南方水域也在大量繁殖，形势之严峻不容低估。现已广泛分布在华北、华东、华中和华南大部分地区的河流、湖泊及水塘。云南著名的高原明珠——滇池，凤眼莲与蓝藻疯长成灾，已达到湖岸被覆盖、游船无法靠岸的严重地步，湖水水质恶化，鱼虾难以生存。尽管当地政府投入巨资和大量人力进行疏浚清理，但效果并不明显。有专家惊呼，滇池已患上"生态癌症"。看来，这场人与外来有害物种的战争仍要持续进行下去。

不久前，一种名叫蔗扁蛾的有害生物潜入杭州，引起植物检疫部门的高度重视。

蔗扁蛾最早发现于非洲毛里求斯的马斯克岛。它们吞噬植物嫩叶，蛀空茎秆，是一种危害性极大的突发性害虫，主要通过观赏植物的运输贩卖而传播，不仅严重危害观赏植物如巴西木和发财树、园林植物、绿化树木及花卉，还严重危害甘蔗、竹、香蕉、玉米、马铃薯、红薯等作物及蔬菜。这次在杭州也是首先在花卉市场出售的巴西木和发财树中发现蔗扁蛾的，一些花卉大棚内也发现染虫的观赏植物，染虫率极高。值得注意的是，我国早在1995年便在北京园林植物上发现了蔗扁蛾的侵入，看来这一有害的外来物种已经迅速向各地蔓延。

近年来，传媒不时报道我国各地检疫部门在航空港、海港检查入境货物、集装箱及旅客携带的水果中发现外来有害物种的消息，并采取果断的阻截、销毁措施。但是，外来有害物种仍然通过各种渠道渗透到国内，成为目前我国面临的环境问题之一，对我国的生态环境、生物多样性和社会经济造成巨大危害。

据不完全统计，我国外来有害物种中，仅杂草就有107种、75属，主要是空心莲子草（水花生）、紫茎泽兰、豚草等，而且它们中的多数是作为牧草、饲料、蔬菜、观赏植物、药用植物、绿化植物等有意引进的，占有害杂草总数的58%，这是颇具讽刺意味的。这当然是由于当初并不了解这些物种的特性，出发点还是为了发展经济，或者出于生态环境建设、生态保护的目的，殊不知这些外来物种一旦进入我国，找到合适的气候土壤，便凶相毕露，难以控制，成为构成对生态环境不可逆转的破坏，后果之严重始料未及。

外来有害物种入侵另一个途径是由于全球经济一体化，国际贸易、观光旅游日益发展而在无意中从境外传播而来不断扩散的，据报道，传入我国的外来有害物种中，害虫有32种，如美国白蛾、松突圆蚧等；外来病原菌有23种，如甘薯黑斑病病原菌、棉花枯萎病病原菌等。这些有害物种的蔓延，造成生态灾害爆发，对我国农林业造成的损失是巨大的。近年来，我国每年因松杉线虫、湿地松粉蚧、松突圆蚧、美国白蛾等严重发生而危害的森林面积约为

150万公顷。一些享有盛名的观光旅游区和天下名山的森林，也难以幸免。可以想见，倘若这些景点郁郁葱葱的森林毁于虫灾，其旅游价值岂不一落千尺。

农田果园的外来害虫的危害也不可轻视，目前，外来入侵的美洲斑潜蝇、马铃薯甲虫，非洲大蜗牛等为害的面积也以百万公顷计，造成大面积减产甚至颗粒无收。

外来有害物种导致的另一个严重的生态灾难，是压制排挤本地物种，形成单一的优势种群，造成它们独霸天下的局面，其结果是导致生物多样性的丧失。凤眼莲的疯长即是一例。我国西南大部分地区，目前正在蔓延的紫茎泽兰，原产于美洲墨西哥至哥斯达黎加一带，现在这种外来有害杂草漫山遍野密集生长，原有的本地植物已无立锥之地了。此外，豚草、飞机草、薇甘菊、大米草、空心莲子草等也呈难以控制之势。据报道，如今广泛分布在东北、华北、华东、华中地区的豚草及三裂叶豚草不仅对生态环境造成危害，还直接威胁人类健康。据说豚草的花粉是引起人类花粉过敏症的主要病原物，可引发"枯草热"症。

我在写此文时，恰巧又看到广西南宁清理食人鲳，成都发现琵琶鱼；此外，2002年6月23日至7月10日，新疆哈密市有8人遭黑蜘蛛袭击。自2000年以来，哈密市郊已有数十人被黑蜘蛛咬伤。

刊登这则消息的《中国妇女报》说，病人出现休克、意识不清、烦躁不安、胸闷、呼吸困难、大汗淋漓、血压偏低、全身关节疼痛等症状。

值得注意的是，报道指出，过去哈密没有见过这种黑蜘蛛，但如今却越来越多，某农场组织灭黑蜘蛛行动，抓捕的黑蜘蛛多达4000多只。

这种黑蜘蛛从何而来，是否也是外来的物种呢？目前还不得而知。

据有关方面保守估计，我国每年因外来物种入侵造成的农林业经济损失达574亿元。

（三）

外来物种入侵对一个国家的生态环境和国民经济的影响是不容低估的，这个看似纯粹的学术问题，如不重视，将危及国家的生态环境安全，制约经济发展的速度，美国每年因受外来物种入侵造成经济损失高达1500多亿美元，印度为1300多亿美元。

正是如此严重，美国、澳大利亚及欧洲一些国家对物种入侵制定了防治的法律法规，以及相应的管理制度、技术体系。世界自然保护联盟和联合国环境规划署也在1997年共同发起有关防治"全球入侵物种计划"。我国制定的《全国生态环境保护纲要》也明确了对引进外来物种进行风险评估，加强进口检疫，防止国外有害物种入侵的管理目标。对于刚刚加入WTO，进入全球一体化大市场的中国，随着国际贸易急剧开展，出入境人员的猛增，守住国门，将有害的外来物种阻截在国门之外，任务是相当艰巨的。这里，除了要加强法规建设，培养专业队伍，开展广泛的外来有害物种调查、防治技术的研究推广外，还要大力加强宣传，使全民了解外来有害物种的危害及简便易行的防治技术，这是很重要的关系国土安全的科学普及工作。

2001年早春，我到湖北省黄梅县城东的东山，寻访心仪久矣的五祖寺。这座古寺乃唐代咸亨年间（670—674）由禅宗五祖大满禅师弘忍创建，又名东山寺。我来之日，古寺正在翻修，但殿宇、禅堂、寮房、佛塔、经台仍然可见布局之恢宏。兼以蹬道数里盘桓于茂林崖壁，洞穴幽深，匿藏于岩间石隙；登高远眺，岭上人家，阡陌平畴，如诗如画，足见这座千年古寺景色之美。当我步出山门，沿着一条山间小道而行，只见山坡上长出许多一丈多高的新竹，我在惊喜之余，忽见一片松林像是火烧似地枝叶枯焦，再往前行，满山的马尾松几无幸存，全都枯萎而死，只留下僵尸般的躯体。在这万物萌生，草木繁长的春天，这些成材的马尾松再也无法聆听鸟儿的歌唱，连滋润万物的春风春雨也不能使它们死而复生了。

外来物种入侵便是造成满山马尾松林枯死的元凶啊！

"生物也疯狂！"我喟然叹道。

# 从《风语者》想到无形的文化遗产

在利马出席秘鲁记者协会酒会的情景，记忆中已是十分模糊了。去秘鲁访问的那一年，正是这个南美国家政局动荡的年月，恐怖分子不时制造炸弹爆炸事件，报纸上充斥着绑架、暗杀等骇人听闻的消息。在我们到达利马的头天晚上，汽车炸弹在机场的停机坪轰然爆炸，使我们领教了遭遇恐怖的紧张。不过，秘鲁记者协会为我们举行的欢迎酒会似乎并未受到影响，宾客依然很多，有些是秘鲁社会的名流和上层人士。那幢西班牙式建筑的大厅里，灯火辉煌，衣香鬓影，托着琥珀色葡萄酒酒杯的侍者在宾客中穿梭，而我们仅有的几个中国人被秘鲁朋友团团围住。大家对中国的浓厚兴趣使我们成了被采访的对象，他们对遥远的中国发生的一切都有提不完的问题。

我只记得那次酒会把我们累得够呛，3个多小时的轮番提问，直挺挺地站着应酬，使人疲惫极了。幸好，这时有位善解人意的女士出来解围，她的话题把我从沉闷的盘问中解救出来。

这位女士约40岁，一头亚麻色的柔发衬着白皙的脸庞，是那种西班牙人后裔的肤色。她也像西班牙人那样热情似火，笑容可掬，一见面便自我介绍她是大学的语言学教授，专攻印第安人的克丘亚语，不久前才从北京回国。她曾在北京外国语学院任教，对北京，对中国留下极好的印象。我静静地听她讲起北京，讲起万里长城和颐和园，颇有他乡遇故知之感。

时间悄悄而逝，酒会已近尾声，当宾客们纷纷离去时，这位女教授郑重地对我说，如果有中国留学生专攻克丘亚语，欢迎到秘鲁来留学，她表示愿意收几名中国留学生……

我自然对她的好意表示感谢，也口头应诺将这一信息转致中国有关部门。不过，我心里却犯嘀咕：中国会有人对印第安人的克丘亚语感兴趣吗？

我对此甚表怀疑。

好些年过去了，也许是孤陋寡闻，我很少听说中国有人研究印第安人的语言。但是后来却因为一部风靡一时的美国电影，勾起了尘封多年的历史往事，也使我对印第安人语言刮目相看了。

这部电影名为《风语者》（又译为《烈血追风》），故事发生在第二

次世界大战期间，美军与日军在争夺丛林密布的孤岛血战中，由两名印第安士兵以本民族语言为密码传递关系部队生死攸关的战地情报，使日军无法破译。电影着力渲染的一位白人陆战队军官（由著名的男演员尼古拉斯·凯奇扮演）负有保护这些活密码的使命，一旦"活密码"——印第安士兵被敌人俘获，他必须铁石心肠将"活密码"灭口，以免泄露这个秘密武器，由此展开的心理矛盾和生死悬念，构成了扣人心弦的戏剧冲突。很多人并不知道，电影所披露的是一件鲜为人知的真实历史。

据有关史书记载，1945年2月至3月的36天内，美军进攻硫黄岛，这个仅有21平方千米的环礁驻守着2.1万负隅顽抗的日本守军，由此爆发第二次世界大战中太平洋战场最惨烈的硫黄岛战役。正是在这次导致日军伤亡2万人的战役中，美军使用了日军谍报专家无法想象的秘密武器——美国纳瓦霍部落的印第安人，由他们担负密码电报译电员，俗称"风语者"。由于纳瓦霍语的语言与语法非常复杂，日军的谍报专家束手无策，根本无法破译。

据说，当初招募纳瓦霍部落的印第安人入伍也颇遭非议，有人对用印第安人的纳瓦霍语作为传递作战机密的密码表示怀疑。然后当硫黄岛战役打响

后，纳瓦霍部落的印第安士兵开始传达命令，优越性顿时显示出来，不仅敌方无法破译，而且电文用莫尔斯长短码传输的速度大大加快，为战斗赢得了宝贵的时间。因此指挥硫黄岛战役的美军将领称赞道："没有纳瓦霍人，海军陆战队就不可能夺取硫黄岛。"

第二次世界大战离今天并不遥远，但是为这场战争做出巨大牺牲的"风语者"的命运却长久被人遗忘。当初在战场上纳瓦霍部落的印第安士兵处于双重危险的境地，因为他们不仅随时随地有被敌人炮火夺去生命的危险，而且身旁还有一个美国海军陆战队员陪伴，而这个亲密的战友的使命是一旦"风语者"被日军俘获，就必须千方百计将他杀死，不留活口，就像保护一尊先进的卡秋莎火箭炮一样，宁可毁掉，也不可被敌军掌握它的秘密。报载，战后，出于美国的"国家利益"，这些幸存的纳瓦霍部落的印第安士兵被迫发誓永远保守秘密，不得泄露他们从事的工作，然后又回到亚利桑那州沙漠的保留地，过着贫困生活，其中不少人穷困一生终老故土。直到2001年，第二次世界大战结束已半个世纪，美国政府才想起这些功勋卓著的老兵，给他们中的幸存者颁发了迟到的国会荣誉勋章。当年有420名英勇的印第安青年献身疆场，如今绝大多数已不在人世。也许正是这"人走茶凉"的游戏规则的冷酷，唤起人们心中少许的良知，才会出现电影《风语者》的一时轰动吧。

印第安人一个小小的纳瓦霍部落的语言，成为第二次世界大战重大战役中起决定性的因素，这个个案不禁令人想起人类创造的许多无形的文化遗产是多么可贵。众所周知，印第安文明如今早已辉煌不再，充其量只是失落的文明，由此也使人想到，世界上有多少如印第安文明的无形文化遗产早已随风而逝，消失在历史的风烟之中。它们的价值，在我们尚未认知之前，就已无可挽回地消失殆尽，如同地球上千千万万的物种，在科学家尚未发现，来不及研究之前，就可悲地消失了一样。

由此，我想到抢救人类无形的文化遗产的重要和紧迫。

人类在不同历史时期不同环境条件下缔造的文化遗产，一种是有形的，即物质的文化遗产。这些看得见摸得着的历史遗物客观上也比较容易受到社会的广泛重视，如人所共知的金字塔、雅典卫城、罗马斗兽场、万里长城、故宫、颐和园等古代宫阙坛庙、城垣陵墓、皇家园林、旧日民居、历史遗址，以及代表不同历史时期文化艺术成就的日用器具、劳动工具、珍宝古玩、绘画雕塑、典籍文稿、钱币服饰等等，都是人类文明的载体，具有重大的历史价值。考古学家所发掘的古代墓葬、古城遗址和不同时代的文化层的遗物，多数是有形的文化遗产。

另一种文化遗产则是无形的、非物质的，属于人类口头的文化遗产，其中相当数量是存在于代代相传的记忆中的观念文化形态，例如，濒临灭绝的民族语言，民间流传的古老传说、民歌民谣、儿歌谚语、宗教礼乐、英雄史诗、戏曲舞蹈以及民风民俗。甚至能工巧匠的"绝活"，救死扶伤的单方偏方和特殊疗治方法，也属于无形的文化遗产，它们同样是人类文明宝库中的瑰宝，和有形的文化遗产共同构成了一个民族特有的文化背景。因此，民俗学家、社会学家、语言学家以及音乐、戏曲专家，对无形的文化遗产有着特殊的兴趣。

当然，由于不可抗拒的自然因素，加上战争和政治、宗教、意识形态等人为因素的影响所致，不论是有形的还是无形的文化遗产，在漫长的历史时期屡遭毁坏以致消亡的事例也是无可奈何的客观事实。

比起有形的、物质化的文化遗产，无形的、非物质化的文化遗产生命力极其顽强，历经天灾人祸得以保存绵延不绝。这大概得益于它的"无形"，人在，传统文化的火种就得以不灭。例如，我国南方的客家人，原是居住在黄河流域的汉族，在中原战乱的西晋末年（公元4世纪初）及唐末（9世纪末）和南宋末年（13世纪末），他们逃离故土纷纷南迁至赣、闽、粤东、粤北等地，有的甚至远徙海南、台湾及南洋一带。然而颠沛流离的举族迁徙，异地生存的艰辛创业，并没有使客家人失去祖先留下的无形的文化遗产，他们的语言仍然保留较多的汉语古音韵，这就是通常所说的客家话，而他们聚族而居，也较好地保存了古已有之的民风民俗和一脉相承的文化渊源。这说明无形的文化遗产往往是一个民族的精神支柱，它的生命力极其顽强，即使是社会动荡、战祸连绵的天灾人祸，只要这个民族生存下来，即便有形的文化遗产荡然无存，而无形的文化遗产却能绵延不断得以传承。这一点，从犹太民族的命运不难得出富有说服力的结论。

但是，无形的文化遗产也有其脆弱的一面，它往往抵挡不住时间无情的淘洗而失去往日的光辉，在人们的淡漠中悄然而逝。由于时代的变迁，人事的沧桑，外来文化的侵袭，诸多不定的因素都有可能导致历史悠久的无形文化遗产骤然消失，如同一株千年古树一夜之间凋零枯萎一般。据《北京晚报》2002年5月24日报道，我国古典表演艺术的瑰宝——昆曲已有600多年历史，新中国成立时拥有400多部保留剧目，但是到了20世纪80年代已有200部剧目失传，全国从事昆曲艺术的人不过六七百人，剧团也仅剩下6个，而且处境艰难，后继乏人。又如我国著名的藏族英雄史诗《格萨尔王传》被誉为东方的《荷马史诗》，这部卷帙浩大的史诗，据说有120部之巨，计有100万行，1500万字，篇幅之大，世无匹敌，而且千年前形成的史诗一直是由说唱艺人代代相传的口头文学，其内容融汇了大量藏族神话、传说、歌谣、故事、谚语、民间故事等，是一部博大精深的百科全书。不过，由于说唱艺人的相继辞世，除了其中一部分被录音整理得以保存之外，至少有半数以上的史诗已经永远消失了。我还看到《北京青年报》上的一篇报道，湖南边陲的江永县流传着一种仅在女性中使用的文字，世称"江永女书"，据说这种奇特的文字存在的历史有4000年之久，有近2000个单字，书写格式也有一定之规。旧社会女子没有受教育的权利，女书便是她们交流感情、互通信息以及了解外界的重要媒体。这种仅在很小地域流传又是女性使用的文字，以及用女书保存的作品，大概在世界上也是独一无二的，它的历史价值和学术价值之高，似乎用不着我来评判。当然，江永女书的命运也是令人惋惜的，由于"文化大革命"，江永女书也归入四旧的另类，与女书有关的活动被视为封建遗风，许多弥足珍贵的女书文本统统被付之一炬。如今，曲终人散，当地能懂女书的老人玉树凋零。这不禁使我想起太平洋的复活节岛遗存的"会说话的木头"，那些原始土著刻在木板上的奇特文字符号，如今已是无人破译的天书。我期望江永女书不会落到这般可悲的境地。

　　类似的无形的文化遗产消失或濒临消失的例子，可以列举很多。令人担忧的是，无形的文化遗

女书

南极夏至饮茶记——金涛散文

产至今尚未引起社会的足够重视，认识的误区又常常忽略了无形的文化遗产的价值。与有形的文化遗产所不同的是，无形的文化遗产是难以复制的，一旦消失，即刻无影无踪，不可再生，任何高新技术手段也无法将它复原。北京的古城墙毁灭后可以斥巨资重建，但是失传的200部昆曲剧目却再也无法重演于舞台。生活中处处可见的现实是，往往一位身怀绝技的老人的辞世，便会导致一门艺术、一种文化、一种技艺或一种绝活的消失，文明的链条也因此骤然中断，无法挽回的绝唱将给我们的子孙后代留下扼腕的遗憾。

因此，当务之急是千方百计抢救濒临消亡的无形的文化遗产，像珍惜有形的文遗产化一样去珍惜无形的文化遗产。需要指出的是，在科学技术日益进步的今天，用先进的科技手段抢救无形的遗产，并非十分困难的事。将濒临灭绝的戏曲、民歌、民谣、史诗录音整理，将年事已高的艺术家、老艺人的表演摄制成永久保存的光盘，收集出版散落民间的传统技艺……使无形变有形，保存下来，传之后世，这也是弘扬民族文化的千秋大业。另外，抢救整理无形的文化遗产，通常也不需太多的投资——比抢救有形的文化遗产动辄几百上千万元要省钱得多；而且个人也可参与，在力所能及的条件下，即可从事抢救工作。

只要有关部门重视，精心组织，持之以恒，抢救我国大量的无形文化遗产，不仅是可行的，也必定会收到成效。

36

敦煌壁画与马镫

安详的卧佛，灵动的飞天，慈善的菩萨，跋涉于大漠黄沙的商旅驼队……一幅幅绚丽无比的壁画，一尊尊造型逼真的佛像，如同穿越时空隧道，把观众引向遥远的虚幻的年代。

2008年中国美术馆举办的"盛世和光——敦煌艺术大展"，我去参观了3次。这次敦煌艺术大展，展品有自魏晋南北朝到元代最具代表性的10个复原洞窟、彩塑复制品13尊、石窟壁画临本120幅，最为珍贵的是敦煌石窟彩塑真品9尊、敦煌藏经洞出土文献真迹10件、敦煌花砖10件。观众可以近距离接触难得一见的艺术珍品，感受敦煌艺术的博大精深，真是千载难逢的艺术享受。

敦煌壁画——飞天

敦煌壁画的内容千变万化，但主题始终是从不同角度弘扬佛教的精髓，不论是各种佛、菩萨、天王及其说法相的尊像画，还是以佛经中的故事完成的佛经故事画，表现一部佛经内容的"经变画"，以及表现佛教传说故事的佛教史迹画，都是以非凡的想象力和浪漫的神话色彩表现佛的慈悲、智慧、法力以及极乐世界的天堂美景。然而，和世界许多宗教题材的艺术作品一样，敦煌壁画在表现这些幻想的神的世界时，不可避免地涉及现实的世俗社会。稍作观察就会发现，许多壁画又是特定时代世俗社会的风情画，从画中的人物、背景和内容，可以看到不同时代、不同民族的建筑、服饰、城池、农耕、纺织、市井、宴乐、舞蹈、狩猎、商贸、军事等场景，这和古埃及的神庙和陵墓的壁画、石刻有异曲同工之妙。

敦煌壁画

这些非常宝贵的历史风情画，无异于历史的老照片，以直观、逼真的图像，再现了1000多年以前长达10个世纪的社会风貌。长期以来，学者们对敦煌壁画较多地关注它的美术价值，这当然是顺理成章的。不过，除此之外，如果换一个角度，挖掘这些壁画上面的历史信息，关注壁画上面反映的古代科学技术的内容，也许会有新的发现，至少可以补充历史文献记载的不足。这正是我所感兴趣的。

以敦煌壁画中表现马匹的题材为例，第323窟有一幅很有名的"张骞出使西域图"。这幅壁画中左下方的一匹坐骑，非常清晰地画出马背上的马鞍，一只垂下的金属马镫格外引人注目。张骞是西汉大探险家，大约生于公元前175年。他于汉武帝建元二年（公元前139）出使西域，历经艰难险阻，是历史上打通了丝绸之路的第一人。壁画表现的正是这一重大题材。那么，从这幅壁画是否可以得出这样的结论，在西汉年间中国已经发明并广泛使用了马镫呢？

在中外科技发展史上，马镫的发明对人类历史和社会进程产生的巨大影响，是一件不能忽略的大事。虽然马镫的发明不能和指南针、火药、纸、印刷术四大发明相提并论，但是其作用也不可低估。《世界史上的科学技术》（美国麦克莱伦第三、多恩著）中对此有一段精辟论述："马镫是中国人在公元5世纪的发明，以后才慢慢传到西方。马镫没有运动部件，看似一项最简单的技术，可是它能让骑手稳坐马上，在马背上战斗而不会摔下来。一位骑手在配备了马镫以后，他骑在马上，人马皆护以铠甲，手持长枪，便构成一个令人生畏的整体，奔跑起来就不再仅仅靠着膂力，而能够产生一股强大的冲力，这就是战斗中的所谓'骑兵冲刺'。欧洲的骑兵简直就是中世纪的'坦克'，那些披挂重甲的骑士连同他们的战马形成了战场上最具威力的武器。"

　　不少学者认为，正是马镫的引进，引发了欧洲的一场军事变革，骑兵取代步兵成为战争的主力，这在冷兵器时代是至关重要的。它导致欧洲中世纪封建骑士制度的诞生，并进而改变了历史的进程。英国著名科技史家李约瑟指出："关于马镫曾有过很多热烈的讨论，最近的分析研究，表明占优势的是中国，直到8世纪初期，在西方才出现马镫，但是它们在那里的社会影响是非常特殊的。如林恩·怀特说：'只有极少数的发明像脚镫这样简单，但却在历史上产生了如此巨大的催化影响。'"因此，李约瑟为此下了一个很重要的结论："我们可以这样说，就像中国的火药帮助摧毁了欧洲封建制度一样，中国的马镫却帮助了欧洲封建制度的建立。"

　　马镫这个小小的技术发明产生了如此重大的作用，于是多年来学者们对马镫是何时发明的，以及何时从中国传入欧洲等一系列问题产生了浓厚兴趣。也许是因为小小的马镫过于平凡，太不起眼，在古代文献中几乎没有它的地位，而考古发掘的实证也不多，因此对马镫的研究至今仍有许多疑点。

　　近日收到台湾科技史家张之杰寄赠的著作《科技史小识》，他在《挽马法和马镫》一文中说："马镫是什么时候发明的？这个问题至今尚无定论。秦始皇陵出土了许多骑士俑，各种马具齐备，但没有马镫。汉代的出土文物也没发现马镫。目前出土最早的马镫，可考的年代为东晋永昌元年（322）或稍后，但也有人认为早在两汉就有马镫，不过缺乏证据。"他认为："马镫发明后，很快就传到朝鲜，在5世纪的朝鲜古墓壁画中，已有了马镫的记录。至于马镫传到西方，可能先传到突厥，大约8世纪辗转传到东罗马，继而传播到整个欧洲。"

根据以上论述，"张骞出使西域图"中的马镫就有了问题，按照中外科技史家普遍的说法，中国人发明金属马镫的时间是公元3世纪。那么，生活在公元前2世纪的张骞，在出使西域时是不可能使用马镫的。怎样解释这个矛盾？考证"张骞出使西域图"，并非是西汉年间所绘，而是创作于初唐（唐高祖李渊武德元年是公元618年，已是公元6世纪）。初唐的画家创作"张骞出使西域图"时，想当然地给坐骑画上了当时广泛使用的马镫，也就不足为怪了。这也许是一种合理的解释。

值得注意的是，这次进京展出的敦煌壁画中，第332窟的"八王争舍利"，表现了多人骑马急驰的画面，这幅壁画也是初唐的作品。画中的坐骑都有非常明显的马镫，但是又不像是金属所制，从马镫的形状和不同颜色看，很像是皮革或布条捆扎而成。这种情形是否印证了马镫最初是游牧民族用简陋的方法制作，逐步过渡到金属马镫的历史，也需要做进一步的考证。

围绕小小的马镫的发明和传播，可以写一本大书，但是许多细节还有待实物的考古发现和文字、绘画的旁证。由于这次展出的壁画数量有限，不可能按年代仔细逐一分析，因此我以为，敦煌壁画提供的历史信息还有待进一步发掘、整理。

从古代的壁画、绘画、石刻等艺术作品，研究包括马镫的发明在内的中国科技史，这是一个有待开拓的领域。在这方面，敦煌壁画和历代流传下来的美术作品，应当引起科技史家们的关注。

徐霞客与纳西族的友情

云南的丽江，是个迷人的边城。一走上溪流潺潺的石板路，岁月仿佛回到记忆中的江南水乡。那依傍水道的民居，幽静的小巷，诗意的小桥流水，河边倒垂的柳丝，无不让浮躁的心绪得以舒解放松。这儿酷似江南又不是江南，那云端时隐时现的玉龙雪山，那家家庭院绽开怒放的山茶花，尤其是石板路上缓缓而行的纳西族村妇，她们背着竹篓，身穿蓝底绣花的民族服装，又时时提醒人们这里是纳西族的家乡。不过时空交错的撞击，也反射出千百年来丽江一面坚守民族文化的信念，一面也吸纳中原文化的博大气度，因而尽管岁月流逝，社会变迁，丽江仍然保持了以东巴文、纳西古乐为代表的文化，也在城镇建设中融入了汉族文化的特征，这也许正是丽江令人怦然心动的人文魅力吧。

某日，接到北京一家媒体的电话，说是他们与浙江某地联合举办徐霞客文化节，内容之一是评选全国十大当代徐霞客的活动，邀我参加，我婉谢了。如今，徐霞客当年履痕所至，纷纷举办各类名目的活动，以此推动旅游，这当然也是好事。不过，来到丽江，我倒是觉得，以这位大探险家一生的种种艰难和他的境遇而论，丽江是最有资格纪念徐霞客的。

从20岁出游到56岁辞世，徐霞客一生有近30年跋涉于崇山峻岭之间。他的探寻自然奥秘的行为，在当时并不为社会所理解，除了少数挚友和亲人。这就注定了徐霞客始终是个特立独行的"独行侠"，在漫长的探险生涯中经历了种种常人难以承受的磨难、挫折和痛苦。在《徐霞客游记》中，可以看到他在赣江、湘江遇盗，险遭不测的记载；在广西、贵州、云南，不止一次财物被盗、衣食无着。在探险生涯最后的日子，相依为命的老仆也不辞而别。但是，徐霞客没有想到，在他一生最困难的日子，是丽江的纳西族人以

丽江木府

最大的真诚接待了他，温暖了他，不仅从物质上慷慨接济，也以精神的褒奖安慰了他，这是徐霞客一生获得的最大荣誉。从这个意义上看，是纳西族最早发现了徐霞客的价值，尽管没有声张，也没有留下文字记载，但历史确是如此。

崇祯十一年（1638）岁末，徐霞客从滇东的曲靖，取道寻甸、嵩明抵达昆明。一个月后由昆明启程，对金沙江作了一番考察，然后抵达西南边疆著名的佛教名山——鸡足山。还在徐霞客抵达昆明时，丽江土司木增托人带来口信，期望他早日赴丽江一行。听说他到了鸡足山，丽江土司又派一名通事专程前来迎接，这是徐霞客一生从未有过的礼遇。于是在遍历鸡足山之后，徐霞客于崇祯十二年正月二十二日前往丽江，访问了这个过去外人很难涉足的少数民族聚居地区。这时已是1639年了。

纳西族土司木氏世代相袭已有两千年。从元朝起，木氏祖先被元朝皇帝封为丽江的世袭土司。明朝时期，木土司充分利用明王朝重视边地安宁的心理，一方面向朝廷表忠心，纳税上贡，取得中央政府的信任；与此同时，维护边地安宁，并以强大军力东征西讨，立下赫赫战功，受到明朝皇帝的嘉奖，颁赐"辑宁边境"、"诚心报国"等匾额。木府大门前的石牌坊便是由皇帝钦赐而建造，称为"忠义坊"。木氏将滇藏边境的一些地方置于保护区内，历史上西自德钦、东至木里的康巴地区，曾属于木氏的势力范围。

千百年来，偏居一隅的丽江地区，社会安定，经济繁荣，是一个拥兵自雄的独立王国。既闭关自守保持本民族的传统，又适度开放吸纳中原的先进文化；既鼓励农耕，又重视商贸和矿业开发；形成拥有皇宫般的楼阁庙宇，又保持边疆田园牧歌式的传统民族风情这样一个多彩多姿的纳西王国。在云南诸土郡中，丽江是最富庶的。徐霞客在日记中写道："木氏居此二千载，宫室之丽，拟于王者。盖大兵临，则俯首受泄，师返则夜郎自雄，故世代无大兵燹，且产矿独盛，宜其富冠诸土郡云。"

丽江的兴盛还与木氏土司重视学习中原文化，引进内地人才，送子弟外出深造有关。几代木氏土司多有诗文传世。特别是盛情邀请徐霞客的这位木增，曾与当时的江南名士陈继儒、董其昌、毛晋等有文字交往；与云南的文人常有诗词唱和，知书达理，志趣高雅，是边地土司中的佼佼者。徐霞客还在江南老家的时候，就曾看过冯时可编撰的有关木氏家族的历史。在鸡足山，又听到弘辨、安仁等高僧述说木增的功德。今日到达他的领地，果然民风淳朴，秩序良好，他感到不虚此行。

徐霞客在通事陪伴下，进入丽江的七和，来到邱塘关下，这里两山夹峙，关下蛸壁如削，丽江土司在山岭之脊设关，以严防出入，又在东端建塔，控制水路。徐霞客感叹道："此山真丽江锁钥也。"

从邱塘关沿西山脚往北，不多久，玉龙雪山东西延伸的两道山脉，像双臂一样环抱的丽江平原（当地叫坝子），像一幅美丽的画卷徐徐舒展开来。徐霞客看见，三生桥横跨漾弓江上，桥北丽江坝子"平畴大开"，北望玉龙雪山的雪峰，冰雪覆盖峰顶，云雾弥漫。由于这里地势较高（海拔约2400米），杏花刚凋谢，桃花才开放，徐霞客立即感受到丽江与众不同的清新的空气。沿东圆冈而下，过三生桥。过桥有两座石牌坊，经过一片平畴沃野，道路的北面就是潆流而东的玉河水，河的北面即是象眠山，又西二里，经象眠山之西南，就是明末的丽江城：房屋密集，从山坡到河边，已具相当规模。通事先把徐霞客带到自己家里，将他安顿在楼上休息，立即前往木府报告去了。

木增听说徐霞客已到，非常高兴，要在解脱林款待徐霞客7天。解脱林位于白沙西面的芝山上，原是木氏土司的一个别墅，明天启年间由明熹宗赐名为福国寺，既有佛殿和僧舍，也有接待宾客的客房，是丽江第一大庙。

正月二十九，徐霞客一早就由通事备马，前往解脱林。走了十几里，往西北方向过桥，桥下山涧颇深却无水，便是通向解脱林的大道，又沿着西山而行，前面是崖脚院，房舍很多。再往前走，从西山峡谷流出的溪流上架有木桥，溯溪而上，爬上山岭，不久即看见一座宏伟的寺庙背靠西山，寺门朝东，掩藏在流水潺潺的森林深处，这就是福国寺。寺的南边山冈上有一片别墅，便是解脱林，土司木增的住地。

木增，字生白，是明代丽江第13代土司，执政时期是木氏势力最强盛的时代。难能可贵的是，这位威震滇西北的土司，熟读诗书，深受中原传统文化影响，乐于同名士高人交往。正是如此，他对徐霞客的人品、学问，特别是这位探险家的传奇经历十分倾慕，把他作为最尊贵的客人予以高规格的接待。

当通事把徐霞客带到别墅大门时，只见有两位把事出迎，一主文，一主武，身材高大、威猛健壮的纳西武官，给徐霞客留下深刻印象。随两位把事往里走，木增已在二门相迎，两人互致问候。虽然是初次见面，一位是当地最高统治者，一位是平民百姓，但木增却是以朋友和学生的身份以礼相待。他们在内厅席地而坐，木增坐在平板下，可见对徐霞客十分尊敬，这使徐霞客十分感动。两人交谈甚欢，大有相见恨晚之感。以至茶水都换了三回，可见不是讲客套话。虽然不知道他们谈话的内容，但是徐霞客探险的经历，沿途的见闻，尤其是当时时局动荡的情况，肯定是木增非常关心的。看看天色已晚，木增才依依不舍地让把事引徐霞客进解脱林休息。

接下来几天，木增举行家宴为徐霞客接风，还赠送了丰厚的礼物。宴会相当隆重，桌上摆满81样菜肴，横看竖看都是一个"9"数，象征着客人

"福寿长久"，宾主"友谊长久"，由此也可知明代的礼仪之重。徐霞客虽是走南闯北的旅行家，也是第一次见到如此规格的宴会，有许多菜闻所未闻。宾主再一次畅谈，一直到傍晚酒足饭饱方才散席。

　　木增通过几次恳谈，对徐霞客极为敬仰，于是他一方面请徐霞客在丽江多住些日子，同时也让大把事向徐霞客转达他的几点请求：一是为木增写的一部诗文集《山中逸趣》写一篇序文，二是为他辑录的一部文集《云薖淡墨》进行编辑校订。徐霞客满口答应。滴水之恩，当涌泉相报。徐霞客在西行途中受到素昧平生的木增土司的热情款待，他所能回报的也只有这些了。

　　《山中逸趣》是木增写的一部诗文集，反映出一个边地土司好学上进、博览群书、善于思索的学识与人品，徐霞客当晚便一挥而就。这篇序文是徐霞客对木增人品文品的高度评价，也是徐霞客与木增心心相印的生动写照，同时也是中原文化与纳西文化的一次有益交流。徐霞客一生为别人的书稿写序，这可能是唯一的一篇。值得一提的是，木增对徐霞客写的序文甚是满意，后来亲自刻印，保存了这篇序文，这是木增的莫大功劳。

　　《云薖淡墨》原是木增摘抄的文章结集，送到省城昆明请书家缮写后，又送回丽江。于是，木增就把书稿转交徐霞客，请求帮助校正。徐霞客一看，书稿的书法工整，但错别字和遗漏之处不少。加之是摘抄，内容庞杂，前后编排杂乱无序。徐霞客一边看，一边改，先把错别字校正一遍，然后请把事转告木增：这样一本文集，最好是分门别类，重新整理。木增很重视徐霞客的意见，让大把事转告他，求他再住几日，帮他把文稿彻底整理一下。接下来几天，徐霞客抓紧时间为木增文集重新分门标类，他连夜修订，每天都很晚才就寝，终于在七日晚完稿，才轻松地舒了一口气。

　　在解脱林忙着修改文稿的日子，徐霞客仍忙里偷闲，留心观察解脱林，对它周围的地形，寺庙的建筑布局，殿堂的规模及陈设，都作了一番考察。有一天，在解脱林后轩的墙壁上，徐霞客发现了一幅绝美的风景画：碧蓝的湖边，三座雪峰巍然耸立，仿佛人间仙境。解脱林主僧纯一告诉他，这是古冈的风景。古冈在丽江东北方向，有十多天的路程，山上有几个洞穴是相连的，内有四个小湖，湖水皆澄澈异常。池上有三座高耸的雪峰，洁白晶莹，是这里的雪山所不及的。纯一和尚所说的古冈，很可能是贡嘎山和如今的泸沽湖一带，徐霞客很想去那里探险，当他向木增土司提出这一要求时，木增告诉他，那一带路途艰险，万万不可冒险。实际上，那一带是吐蕃与丽江的交界处，去年还发生过民族冲突，死伤了一些人，铁索桥也烧断了，所以木增为了徐霞客的安全起见，婉言劝阻他前往。

山中七日，时光匆匆。二月初八，天刚亮，大把事拿了书稿骑马而去，徐霞客吃过早饭，天上飘来霏霏细雨。解脱林主僧纯一送来一只古瓷杯和一尊薄铜鼎，让他作为路上烧水烹茶的用具，徐霞客对他的友情深表感谢。看看大把事尚未回山，他决定不再等他，备马下山。不料当徐霞客下山后，游过清溪，来到距狮子山约三里的地方时，大把事和一个仆人带着酒肉，冒着雨，从解脱林一路追赶而来。原来是木增想在徐霞客离开丽江之前，请他办几件事：一是恳请为他的四子木宿作一次辅导，以提高儿子的作文水平；二是请他向黄道周（福建漳浦人）求一篇序文；再给省城昆明的吴方生写封信，以便邀请吴方生到丽江做客。这两位都是当时颇有名气的学者，也是徐霞客向木增推荐的。徐霞客见木增求贤若渴，当然不能回绝。

次日，木增派大把事送来一份重礼并一封书信，酬谢校书之劳；并请求修《鸡足山志》，约定时间给木增的四公子辅导。

初十这天，来到木家大院，大把事已在此等候多时，他热情地迎接徐霞客进入大门。刚进去，木增四子木宿出迎，厅内设有两张桌子，地上铺着散发清香的松枝。待徐霞客坐下，即献上笔墨，大把事从袖子里取出一个小信封，说："我家主人以公子刚刚读书，虽然有所长进，但本地没有名师，难以了解中原文化的精髓，所以恳求先生赐教一篇文章作为范文，使他知道写文章的章法，以为终身效法的依据。"这也充分体现了木增土司对中原文化的钦羡，也是对徐霞客文学造诣的仰慕。在信中，木增非常具体地说明，恳求徐霞客写一篇范文，以指导他的四公子，而且亲自出了一道作文题。徐霞客将文题给木宿看后，两人便各自提笔作文。当晚，徐霞客挑灯审阅木宿的文章，写下自己的评论意见，很晚才睡。

二月十一日一早，通事将徐霞客批改的文章送到木家院，并很快取来早饭。饭毕，已近中午，找了一个挑夫，通事一直将徐霞客送到邱塘关。守关的把事敬备茶点，作最后的道别。徐霞客出邱塘关，辞别了通事，与仆人老顾和挑夫一道下山，过七和哨，这里已是丽江的边界，设有哨卡。翻过三岔黄泥冈，来到鹤庆、丽江交界的地方，回首一望，群山苍茫，纳西人的山国早已隐入重山之外，一种依依不舍之情掠上徐霞客心头。

从这里开始，徐霞客由鹤庆往剑川、大理，再下保山、腾冲，过澜沧江和怒江，完成了他的云南西部探险之旅。

结束了腾冲火山地热区的考察，滇西的雨季已经到来。徐霞客原来还计划到缅甸去考察，由于旅费拮据，边界不安宁，不得不放弃继续西行的打算，又返回鸡足山。他还有一件大事尚未完成，这就是木增土司曾经恳请他修订《鸡足山志》。徐霞客极讲诚信，答应的事情一定要兑现，因此他回到鸡足山的目的非常明确，要抓紧时间完成《鸡足山志》的修订。

八月二十二日，到达鸡足山，山上不少寺庙的高僧都是徐霞客的好友，对他平安回来十分高兴。这时，他的身体状况已经很差。脸上、四肢俱发疹块，皮肤红肿，左耳和左足时有蠕动之感。起初，以为身上长了虱子，后来才知道是由于长期在潮湿多雨的环境，染上了严重的风湿病。开始煎药草、施行温泉浴，病况有所好转，但后来越来越严重了。

就在这时，他仍然计划重返大理，进一步考察风光秀丽的苍山洱海。然而，这时发生了一件很不愉快的事，这就是仆人老顾的逃走。多年出生入死的探险中，老顾是他最信赖的朋友，在关键的时刻，却做出这等无情无义的事，这不禁使徐霞客感到人生的悲哀。

身患重病，身无分文，而且鸡足山离家乡万里之遥，他真正是处在非常困难的境地了。接下来几天，鸡足山寺庙的僧人担心徐霞客心情郁闷，都来安慰他，陪他各处走走，徐霞客的心情也渐渐好转。但他的病情越发严重，后来竟然行走也很困难，这对于一个大探险家来说是太大的不幸。他依然以顽强的毅力，一边养病，一边撰写《鸡足山志》。自九月至次年正月，徐霞客终于将《鸡足山志》校订完毕，完成了丽江的木增土司交给他的使命。

这时，远在丽江的木增土司听说徐霞客的健康状况很不好，心里十分挂念。经过多方联系，丽江的木

徐霞客与纳西族的友情

增土司慷慨地伸出援助之手。一天，十几个年轻力壮的纳西族小伙子在把事的率领下，从丽江来到鸡足山，他们带着木增土司的亲切问候和赠给徐霞客的隆重礼物。然而他们把徐霞客抬上担架时，徐霞客已经不能行走了。

告别了鸡足山的僧人，纳西族的青年们就这样抬着徐霞客，踏上返回江苏江阴的万里归程。他们日夜兼程，翻山越岭，能走水路就乘船，从云南、贵州、广西、湖南一直走到长江边上，历时几个月，终于从长江顺流而下，将徐霞客平安地送到了他的家乡。

这是感人至深的一幕。在世界探险史上，我只知道英国著名探险家、传教士利文斯通在考察非洲内陆时，因患病被非洲土著抬上担架走完全程。在利文斯通去世后，又是这些忠心耿耿的非洲土著将他的尸体抬回，行程2400千米（1500英里），护送到印度洋海岸，最后叶落归根，安葬在伦敦的威斯特敏特教堂。

徐霞客一生最后一次旅行也是这样充满传奇色彩的。从木增木司到普通的纳西族青年对他的关爱和深情厚谊，在患难之中给予他的温暖，使他感受到人世间的宝贵友情。这也是纳西族人民高尚品质的体现，他们以最纯真的帮助，拯救了徐霞客的生命，也使得徐霞客的文化遗产得以存留人间，流传后世。因此，这不仅是我国各民族团结与友谊的千古佳话，也是文化史上值得浓墨重彩书写的一章。

徐霞客回到江阴老家，双足不能走路，只好长期卧床。这对于一个毕生在祖国大地上漫游的旅行家，该是多么痛苦的事啊！他只得将旅途中采集的岩石标本，放在病榻前摩挲观察，同时回忆起漫长岁月中度过的美好时光。也许是预感到自己将不久于人世，他特地把好友季梦良约来，从箱子里取出一摞手稿，对季梦良说："我每天都写有日记，但是现在都散乱无绪，请你为我整理编辑。" 徐霞客唯一挂记的，就是这批日记手稿。这是他一生旅行的忠实记录，是他用生命写成的一部祖国山川的颂歌，是古往今来用科学眼光研究大自然的第一部杰作。

徐霞客从云南东归的第二年，崇祯十四年（1641）二月不幸病逝，享年只有56岁。如果不是木增土司相助，不是纳西族青年们抬着他辗转几千里，一代大探险家恐难为世人所知，他的不朽著作也不可能流传于世。

正是如此，历史应真诚地感谢纳西族，也感谢丽江。

徜徉在芳香的世界

　　大自然的美是立体的。她不仅有可以用眼睛看得见的令人悦目的山光水色，有凭听觉感知的风声雨声涛声鸟语的天籁之声，也有一个神奇无比的芳香世界，这是我们靠鼻子的嗅觉感知的。这次到海南，见到了两种久闻其名而始终不曾谋面的香料植物，一种是沉香木，一种是香荚兰（*Vanilla planifolia*），也算得上见识了芳香世界的奇花异木罢。

　　沉香木倒不是在山林中见到的。在博鳌亚洲论坛的会场外面，有一个小小的展台，摆放着用沉香木制作的木枕和一些装饰品，还有树苗之类。海南沉香是南药十大品种之一。据推销人员讲，真正的沉香是名贵中药材，又是高级香料，贵如黄金。我所见到的沉香木，状若桑木，木质白而细密，放在手里并不沉重。据说是屯昌英扬沉香开发公司种植的"落水沉"，这是一种珍贵的稀有品种。这家公司拥有千亩基地，引进"落水沉"和"枷楠沉"等优良品种，扩大农户种植，在海南和两广已有成树27万株，并探索出一整套种植、造香和采炼等技术。

　　海南岛万宁市的兴隆热带植物园，有很多久仰大名而不曾见过的热带植物，如长在树干上的可可、毒液可置人于死地的见血封喉、胡椒树，其中也有香荚兰。香荚兰的豆荚是一种食用的调味品，以前见过。这次在种植园，才知道它是兰科一种多年生热带藤本植物，园中整齐地搭着高1米左右的架子，攀爬着繁密的枝叶。香荚兰的叶子宽大，像薯类的叶片。香荚兰又称香草兰、香子兰，过去有的按译音称为华尼拉，有"植物香料之王"的美誉。荚果是使用广泛的调味剂，用于各种甜食和饮料，制作香水，还是一味补肾、健胃、解毒的滋补品；置于衣橱之中，具有除虫防蛀、芳香怡人的功效。兴隆热带植物园于1983年引种香荚兰，现在亩产干荚20千克以上，还开发了香草兰绿茶、香草兰红茶、香草兰米香茶、香草兰苦丁茶等一系列产品。

在海南见到沉香和香荚兰，一种是本土的香料植物，一种是引种的香料植物，不禁使我想起一些尘封已久的往事……

（一）

多年前，我行走在埃及开罗郊外骄阳如火的吉萨，无意中走进路旁一家店铺。高耸的金字塔像一座人造山颤动在炽热的气浪中，夹着沙尘的热风迎面拂来。天气燠热，周围没有一棵遮阴的树，涂着雪白墙面的小店仿佛是躲避酷热的绿洲。也不知道小店是经营什么的，只是橱窗里摆着许多玻璃瓶。进店后径自上楼。楼上很宽敞，四周的橱柜里尽是各种细颈圆肚的玻璃瓶，像是突然闯入化学家的实验室。那些瓶子里装的是透明的液体，有的是玫瑰红，有的是柠檬黄，有的荡漾着黄金的光辉，有的是梦幻般的蓝色和紫色……空气中弥漫着异样的香味。有三四个身穿白色阿拉伯长袍的客人正和店主交谈，我才知道，这是一家专门出售阿拉伯香精油的商店。

在宗教仪式上燃烧香料产生淡淡的烟，烧香拜佛，香烟缭绕，祭奠亡灵，向神灵和祖先祈祷，这个由来已久的习俗揭示着人类使用香料的历史。世界上所有的古老民族，大概都是从鲜花的芳香先后发现各种香料植物，以及某些动物的分泌物含有芳香物质（例如巨头鲸的龙涎香、从海狸身上提取的海狸香、灵猫身上取得的灵猫香，麝鹿身上提取的麝香等）。开始只是利用天然的芳香物质，进而又相继发明了用各种芳香物质提炼、调配更加纯粹的香水、香精，一直到今天形成品种繁多、五花八门的香料产品。

人类发明并使用香水、香料的历史，至少可以追溯到公元前4000年。古埃及人制作油膏涂抹身体，据说在公共场所不涂香水是违法的。相传埃及历史上著名的艳后克莉奥佩特拉，经常使用15种不同气味的香水和香油洗澡。在制作木乃伊的过程中，古埃及人用没药、洋香杉等精油浸泡绷带以杀菌防腐。古希腊人在大型宴会上，事先将鸽子和其他鸟儿浸泡在香水里，然后让它们在客人中飞翔，散发浓郁的芳香。古罗马人的公共浴池，也大量使用香料。

阿拉伯人是最早制造香水和使用香料的艺术大师。他们将香料麝在泥灰中以建筑清真寺或宫殿，使建筑物永久地散发香味。中世纪的阿拉伯人发明了从芳香的花卉提取香水的蒸馏法，当时波斯境内种植着大面积的玫瑰，巴格达在《天方夜谭》中被形容为"香料之城"。而欧洲人发明香水，还是随着十字军东征，从阿拉伯人那里受到启发的。我在埃及开罗的吉萨看到的香水店，至少可以看出阿拉伯世界香水业的发达吧。

香料与人类的历史是一个值得研究的大课题，如果从香料的发现、香水的发明以及它们在东西方之间的传播，乃至香料与社会风俗的关系与演变，进一步深入发掘，不仅是科学技术史的重要内容，也是人类文明史、风俗史相当精彩的部分。

我国使用香料的历史也很悠久。2001年12月至2002年底，陕西省考古研究所考古队在陕西师范大学校园等地进行考古发掘时，发掘了200多座古墓葬，大部分是唐代的墓葬，出土的各类文物有3000多件。

据报道，在长安产业园区发掘的70多个墓葬中，除一座十六国时期的墓葬外，均为唐墓，且以女性墓居多。考古工作者推测，这一带埋葬的香消玉殒的女子可能是唐代宫廷的侍女或嫔妃，墓葬中出土了大量女性用品。除铜镜、铜尺、剪刀和梳头用的篦子以及眉毛夹、铜制的指甲盖等美容用具外，最令人感兴趣的是盛放化妆品的白瓷盒、三彩盒，一个小银盒内还残存不少化妆品的残渣。由此可知，在公元7世纪的唐代，以香料制作的化妆品已经普遍使用。

福建泉州海上交通博物馆展出的宋代沉船，从另一个侧面提供了古代香料国际贸易的实证。这艘宋代沉船出土时，船上发现有乳香、龙涎香等香料。据考证，此船应属当年运输香料的"香舶"。这就印证了唐宋以来，我国的海上对外贸易，一方面输出大量精美的瓷器、丝绸、金、银、铅、锡等物品，另一方面又从东南亚、印度、波斯及阿拉伯国家进口各色香料、香药。那些来华的"蕃舶"（即外国船只）及返航的中国商船，均是装载了大量的香料、香药。据宋人赵汝适《诸蕃志》记载，当时进口的香料及香药有20多种，如乳香、龙脑香、苏合香、金颜香、檀香、丁香、龙涎香、肉豆蔻、沉香等。

我国民间使用香袋、香球、焚香、熏香的历史由来已久。有一部分香料具有医疗疾病的功用，以香汤沐浴，既可洁身求美，也类似今天的药浴，可祛病健身，所以香料又称香药。诗人陆游在《老学庵笔记》中记北宋京城开封之民俗："京师承平时，宗室戚里岁时入禁中，妇女上犊车，皆用二小鬟持香球在旁，而袖中自持两小香球。车驰过，香烟如云，数里不绝，尘土皆香。"香车丽人，香飘数里，也是当年繁华盛世的一道风景。

上层社会对香料的大量需求，既是经济发达物质充裕的象征，也客观上刺激了香料贸易的发展。宋代的香料贸易规模相当可观，有资料说，宋代官府垄断香料贸易，明文禁止民间"市蓄香药禁物"，南宋时期政府从香料贸易中赢利几占全年收入的10%。所以当时的中西海上交通航路又称香料之路。

不久前，考古学家在英国伦敦也发现了一小瓶罗马帝国时代（公元2世纪）的护肤品。这个惊人的发现引起了科学家的浓厚兴趣。据报道，化学家们分析了这些古代护肤品的成分之后，发现其中含有脂肪酸等成分，说明它的关键成分来源于动物。另外，通过样本的燃烧，发现其中还含有淀粉。通过X射线检测，还发现其中的白颜料含有锡的氧化物，他们认为这个发现十分重要。因为古罗马人一向青睐的白颜料是铅的氧化物。用锡代替铅，意味着古罗马人已经意识到铅对人体的危害。

（二）

古往今来，人类使用香料，并由此导致一系列产品的研制开发和相关产业的兴起，大体上主要有三种用途。一是宗教仪式和祭祀活动，二是美化生活及医疗功能，三是饮食文化。由此可见香料不仅渗透入人类的精神文化，也与日常生活密切相关。我们中国人对芳香的评价更是到了出神入化的境界。在汉语的口头语中，睡眠很好叫做"睡得很香"，你在单位受到领导的重视叫做"很吃香"，至于"吃香的，喝辣的"，已是约定俗成的高标准生活水平的形容词。

香料在东西方的饮食文化中扮演着极其重要的角色。先秦文献《周礼》《礼记》《管子》《离骚》中已有烹饪使用香料的记载。中国人的饮食文化讲究"色、香、味"，可见食物除了满足身体的营养需求之外，食物的香与味，即它对嗅觉和味觉的满足程度往往居于相当重要的位置，而味也与香有关。食物仅仅富有营养，但味同嚼蜡，食之无味，也不会引起食客的食欲。因此烹调艺术的最高境界实际上是如何适当地加入各种香料调味品，并且掌握火候，使香料调味发挥到最佳效果的一门艺术。秦汉以来的两千多年，中国饮食文化中应用的香料愈来愈多，还有很多从海外引入的品种，如月桂叶、迷迭香、砂仁、胡荽、胡椒、咖喱（胡椒、姜粉和茴香的混合物）等。此外，还有孜然（伞形科孜然芹的种子）、丁香、龙脑、玫瑰、玳玳花、晚香玉、紫苏等。可以说，如果没有香料，任何特级厨师也无能为力，人类只能停留在茹毛饮血、粗茶淡饭的水平，也不会有今天如此繁多的美味糕点、糖果、饮料、巧克力和各种佳肴美酒。

世界上如果没有香料，也就没有妇女使用的化妆品、香水和各种美容护肤品、香皂、洗发水，"花容月貌"将大为减色，那将是真正意义上的"六宫粉黛无颜色"了。人类对香料的开发，首先来自大自然的启示。鲜花的芳香，草木的芬芳，原是大自然赋予植物的灵性，却也激起人类把香味进一步艺术化，成为精神文化的一种美的创造。香水的发明就是人类提炼花卉的精华而美化生活的成功范例。

多年前去法国巴黎，当地的香水业之盛给我印象极深。不仅在香榭丽舍大街的高级化妆品店、机场免税商店、超市、连锁店出售香水，就连地铁站里也到处可见出售巴黎香水的商贩。我乘的法航飞机上除了卖法国葡萄酒，便是法国香水。难怪巴黎有"世界香水之都"的美誉。不过法国的香水之乡并不在巴黎，而是法国南部一个人口不到5万人的小镇格拉斯（Grasse），这里气候温和、土壤肥沃，加上群山屏障挡住了寒冷的北风，一年四季鲜花盛开。3月是金色含羞草，夏初是玫瑰花，秋天是茉莉花，周围的山上是熏衣草。从16世纪起当地就有香水蒸馏厂，如今有3000多人从事与香水有关的行业，除加工本地出产的鲜花外，还要进口大量的原料。生产1千克香精需要约4000千克鲜花。据说全世界主要的3200多种知名品牌的香水都是在这里调配研制的。这里有一座国际香水博物馆，不仅向参观者介绍香水制造的全部历史，还收藏大量别具一格的香水瓶。

其实，欧洲香水的诞生地是德国的科隆。一种说法是1709年意大利人约翰·玛丽亚在科隆研制出"Kolnishe wasser"（科隆的水），从此风靡世界；另一种说法是200多年前由一个银行家发明了饮誉世界的"4711"牌科隆香水。最初的香水厂规模很小，夹在两条巷子中间，前门门牌号码为47号，后门门牌号码为11号。于是，厂主便将两个门牌号码合而为一，作为产品的商标，一直沿用至今。科隆香水生产规模日益扩大，成为世界上著名的香水工厂之一。市内还有科隆香水生产史博物馆。当时制造香水的香料主要是紫苏花油、摩香草、迷迭香、豆蔻、熏衣草、酒精和柠檬汁。

提起香料，不能不提到保加利亚的玫瑰花。保加利亚号称"玫瑰之国"，在她的中部，由毗连的卡赞勒克谷和卡尔洛沃谷组成的狭长的山谷，东西长130千米、南北宽15千米。这一带，气候温和，雨量充沛，从17世纪始就从中亚引种玫瑰，是世界驰名的玫瑰谷。每年6月，这里芳香四溢，是玫瑰花的海洋，红、黄、白等各色玫瑰竞相怒放。玫瑰谷平均每亩可产玫瑰花瓣100千克，约3000~3100千克玫瑰花瓣可提炼1千克玫瑰油，其价值相当于1.52千克黄金。据统计，保加利亚生产的玫瑰油产量占世界第一位，出口量约占世界市场的80%。

世界上出产香料的地方很多，有不少热带岛屿因出产香料闻名天下，获得"香料之岛"的美誉，如印度尼西亚的马鲁古群岛、班达群岛，加勒比海的岛国格林纳达，非洲坦桑尼亚联合共和国的桑给巴尔群岛、马达加斯加，以及留尼汪岛、科摩罗群岛等。

马鲁古群岛位于印度尼西亚的东北部，由大约1000个小岛组成。气候炎热，潮湿多雨，是东方的肉豆蔻、丁香的主要产地之一。肉豆蔻是一种常绿乔木或灌木，遍体生香，种子和假种皮是著名的芳香原料。丁香是一种桃金娘科热带常绿乔木开的红褐色小花蕾，味辛辣，香气馥郁，用于肉类及面包等食品调味。以前仅产在马鲁古群岛，18世纪后半期由法国人传播到印度洋诸岛及美洲。马鲁古群岛以南的班达群岛是肉豆蔻的原产地。

格林纳达是加勒比海向风群岛南部一个岛国，面积344平方千米。它同马鲁古群岛一样地处热带，潮湿多雨，植物茂盛，主要香料作物是肉豆蔻，年产量约2500吨左右，占全世界产量的1/3。桑给巴尔群岛是有名的"丁香岛"，总面积不到2700平方千米，却有300多平方千米的土地栽种丁香，共有近500万株丁香树，产量占世界第一位。

　　非洲第一大岛马达加斯加，是世界上香料作物的重要产地和出口国之一。香荚兰的荚果年产量4000~8000吨，居世界第一位。丁香年产量1.5万~2万吨，仅次于坦桑尼亚，居世界第二位。伊兰伊兰的年出口量达2万千克。伊兰伊兰是番荔枝科乔木，又名芳香树。全年盛开有长柄的香花，花朵蒸馏提炼的香精是制香水、化妆品的主要原料。

　　位于非洲大陆与马达加斯加之间的科摩罗，是个面积仅2235平方千米的岛国，出产的伊兰伊兰占世界首位，此外还有鹰爪兰、香荚兰、丁香、薄荷、柠檬草等香料。香料出口额占总出口额的95%，是该国的经济支柱和外汇收入的主要来源。

　　留尼汪是印度洋西部一个火山岛，面积2510平方千米，出产的香料作物主要是天竺葵、印须芒草、伊兰伊兰和香草兰。

　　不要小看小小的香料，在人类历史上，对香料的需求和巨额利润的刺激，促进了航海业和香料贸易的发展，引发了争夺香料之岛的战争，改写了世界的历史；香料的发现是美的发现与美的创造，美化了人类的生活，提高了人类的生活质量，也促进了以人造香料代替天然香料的科学技术的进步。

　　一部香料史，也称得上纵贯古今，波澜壮阔，趣味横生。限于篇幅，留待以后再谈。

（三）

　　香料广泛应用于人类的生活之中，并贯穿于整个人类的文明史，是由于人类具有敏锐的嗅觉。对大自然存在的无比神奇的芳香的世界，人类的感知也在随着科学的发展不断深化。据说人类能识别和记忆的气味可达万种以上。但是长期以来，究竟是什么样的机理使人能够识别各种不同的气味，甚至连普通人的鼻子对熟悉的气味包括各种香料能存留在记忆之中，始终是生理学上一个令人困惑的难题。

　　2004年医学和生理学奖授予美国霍华德·休斯医学研究所的卫理查德·阿克塞尔（Richard Axel）和弗雷德·霍奇逊癌症研究中心的林达·巴克（Linda Buck）俩人，他们的贡献正是在于揭开了嗅觉系统奥秘方面的开拓性工作。他们发现，人体有一个占人体全部基因数3%的庞大基因族决定了嗅觉受体类型，数量有1000种，分布在鼻腔上皮细胞顶部，专司监测进入鼻腔的气味之职。这些嗅觉受体类型就如同一个个灵敏的传感器，每个仅检验少数几种气味，当这种气味进入鼻腔时，它们将信息通过神经传导给大脑中负责感知气味的嗅球，大脑也通过受刺激的部位形成嗅觉记忆模式。这样人类就能识别不同的气味并且产生对气味的记忆了。

　　理查德·阿克塞尔和林达·巴克的研究，从分子技术破译人类嗅觉系统的秘密，不仅找到了不同嗅觉受体编码的基因，而且找到了某些编码的内在规律。这也是与香料研究有密切关系的重大发现。

　　另一个有趣的消息是，1998年国际香料及香精公司（IFF）与美国太空署合作，在航天飞机上研究在微重力环境下，对玫瑰科植物香味的变异，以寻找地球上没有的特殊香味。这很可说明，为了满足人类对香料的广泛需求，科学家和实业界对芳香物质的研究始终没有结束。

南极夏至饮茶记——金涛散文

56

火地岛见闻

　　离开布宜诺斯艾利斯，飞行了3200多千米，来到阿根廷国土最南端的火地岛。这里是我这次空中旅行的终点，也是前往南极的起点。

　　下榻的旅馆有个挺别致的名称——山毛榉旅馆。山毛榉是火地岛那些白雪覆盖的山坡上分布极其普遍的一种耐寒树木。从房间的大玻璃窗向外眺望，我时常感到疑惑，很难把眼前的景象和教科书上关于火地岛的描写统一起来。在我的印象里，火地岛是寒冷的代名词，这个南美最南端的孤岛，潮湿、寒冷，终年笼罩着阴沉沉的冷雾，凛冽的海风带来极地的严寒、风雪，和使人难以忍受的潮气，岛上没有阳光，没有温暖，毫无生机……

　　然而，这时正是火地岛的黄金季节，蓝天澄澈，温暖的阳光慷慨地倾泻在海湾、雪山、森林和牧场上。在我的窗下，是一个坡度突然陡峭的山坡，山坡上的草地像一块巨大的绿毯，一直伸展到山麓的公路边。草地上有很多美丽的花。有一种花像宝塔似的，花穗上开满红色、紫色、鹅黄色的鲜艳花朵，这种南美特有的花儿叫"奇比诺"，野地里、森林里、家家户户房前宅后的小花坛里都有，非常可爱。

　　火地岛夏天的景色分外迷人，这里的一切都富有大自然原始的、朴实无华的美。就拿我们所在的乌斯怀亚来说吧，这是一座背山面海的港口城市。说得更确切些，它坐落在山和海的怀抱里。南面，港口的码头面临波平如镜的比格尔海峡，如果不是有人

火地岛森林

提醒，你会把它当作群山环抱的一个湖泊。殊不知这条蜿蜒曲折、伸进岛屿的海峡，是沟通大西洋和太平洋的重要通道。海峡的碧波尽头，黛色的山峦绵延起伏，峻峭的山峰白雪皑皑。风平浪静的时候，巍巍雪峰在宁静的海湾投下可爱的倒影，使人不禁想起瑞士的秀丽风光。在印第安语中，乌斯怀亚是"观赏落日的海湾"的意思。每当日落黄昏，我从山毛榉旅馆所在的山头，眺望晚霞中的海湾，但见远处积雪不化的山峰染上淡淡的红色，雪线以下的山坡覆盖着葱郁的森林，在渐渐升起的雾霭中，更为静穆。这时，凝望那倒映着晚霞的海水，和开始出现几颗星辰的苍穹，你的心仿佛也随着那山后的落日一齐下沉，沉到那幽深的海水之中。当初，印第安人也是从这海湾的落日，感受到大自然的无比壮美吧。

乌斯怀亚背负着白雪覆盖的勒马尔歇峰，即使是盛夏，山顶的积雪也不会全部溶化。坡度平缓的山坡和山间谷地，长着山毛榉、野樱桃等寒带树木。离城区不远的山坡，树木早已被砍伐殆尽，如今长满茂密的青草，成了很好的牧场。在城区东北，沿着海滨公路的方向望去，只见五峰并峙，形状奇异，山峰如同斧削，一座比一座高。据说，这是冰川作用的产物，这就是乌斯怀亚有名的一景——五兄弟峰。

我们来到乌斯怀亚前不久，1984年10月12日，这个地球最南端的城市正在庆贺它的百年大寿。建城100周年的庆祝活动十分热闹，阿根廷邮政部门特地发行了纪念邮票，市民们在海边树立了纪念碑和纪念像。其中有一座印第安人的青铜塑像，坐落在码头出口处的花坛中，似乎是提醒人们不要忘记，这里曾经是印第安人的乐土。在乌斯怀亚诞生以前，印第安人才是这个岛屿的真正主人。

乌斯怀亚是阿根廷火地岛地区的首府。火地岛这个面积约48700平方千米的岛屿，在1881年由智利和阿根廷两国正式划界一分为二，分界线以东划归阿根廷，以西归属智利。两国领土不仅毗连，有的地方还相互交错。从乌斯怀亚隔海相望，那近在咫尺的黛青色的巍巍山岭和白雪皑皑的峰峦，已是智利的疆土了。

乌斯怀亚虽说建城有100年，但规模和市政建设顶多算个小镇。唯一的一条繁华大街，是横贯东西的圣马丁大街。街不宽，只有10来米，长500多

乌斯怀亚全景

米，随山势而起伏。这里看不到现代化的高层建筑，多半是一层或两层的房屋，铁皮覆顶，就地取石为材，也有几十年前建的木头屋子，还有不少新建的钢筋水泥建筑。坐落在大街一侧的米黄色的教堂，算是最高的建筑了。旁边有一片面积不大的墓地，荒草中露出块块碑石。圣马丁大街两旁集中了超级市场、酒吧、旅馆、电影院、邮电局和商店，入夜灯火通明，橱窗里的霓虹灯五光十色，人来人往倒也相当热闹。

　　漫步在乌斯怀亚街头，你会遇到许多不同国籍的旅游者。

　　这个小城只有18000居民，一到旅游旺季，游客大大超过当地居民的人数。乌斯怀亚的旅馆共有1200多张床位，远远不能满足旅游业发展的需要。这里每天有班机往来于首都布宜诺斯艾利斯，连接拉美各国的泛美公路，也以此为终点。夏天，这里气候凉爽，风景宜人，最高气温不超过14摄氏度，自然成了避暑胜地。我们来的时候正是盛夏，早晚要穿薄薄的毛背心。冬天，这里的天然滑雪场和架设在雪岭冰峰之间的空中索道，同样吸引了许多爱好南国雪景的旅游者。据了解，冬季的最低温度不低于零下20摄氏度，多半在零下7~10摄氏度，加上四面环山，挡住了寒风，并不太冷。只是有时从大西洋刮来的飓风长驱直入，顿时天昏地暗，浪涛澎湃，景象就十分肃杀了。

　　我们在乌斯怀亚逗留时，不止一次听到阿根廷朋友提起，火地岛是幸运的。他们说，历史上有两位著名的人物使这个偏居一隅的岛屿名扬天下。凡是提起这两个人物，没有不提到火地岛的。

　　这两个著名人物，一个是葡萄牙航海家麦哲伦，一个是英国生物学家达尔文。他们都在火地岛留下了自己不可磨灭的影响。

火地岛是麦哲伦率先发现的，也是他正式命名的。1521年10月，麦哲伦率领的船队经过一年多艰苦航行，横渡大西洋，沿着南美大陆的东海岸向南航行，在南纬52°的海岸发现了一个海峡口。

当麦哲伦的船队有史以来第一次闯入这个寂静阴暗的海峡时，迎接他们的是曲折迂回的水道，变幻莫测的海流和瞬息万变的天气。海峡东段比较开阔，但是愈深入，黑黝黝的山林、绵延起伏的山冈和远处近处的巍巍雪峰，使他们仿佛进入了一个笼罩着神秘气氛的梦幻世界，四周静寂得叫人害怕。更令人感到压抑的，还是岸上的神秘的火光，在夜色沉沉的岸上，他们不止一次看见神秘的火光闪烁，隐约还可看见飘拂的烟柱。有火证明这里有人类生存，麦哲伦和船员们都这样寻思，但是他们并没有遇到生活在这里的土著，尽管麦哲伦曾经派水手乘小艇去搜索过。于是，麦哲伦把这块陆地称作"火地"。

麦哲伦和船员们见到的火光，是岛上印第安人为了御寒点燃的篝火。据说他们还不懂得取火方法，只好不分昼夜地在住地燃烧干草和树枝，来保存火种。过了将近两个世纪，著名的英国生物学家达尔文访问了火地岛。他是乘英国海军巡洋舰"比格尔"号作环球旅行时，于1832年到火地岛进行科学考察的。那时，火地岛上还有很多被称为雅马纳的印第安人。达尔文怀着浓厚的兴趣，考察了这里的岩层、海湾中的动物和山林中的树木，他还详细地记述了岛上印第安人的生活方式和风俗。但是，从那时以来的100多年里，印第安人在岛上点燃了多少世纪的篝火，随着他们被欧洲移民大批屠杀，最终熄灭了。火地岛东部有座海拔2135米的达尔文山，是为了纪念这位著名科学家而命名的。乌斯怀亚面临的比格尔水道，是以达尔文当年乘坐的英国海军巡洋舰的名字命名的。这条海峡据称是该舰舰长费兹罗最先发现的。在我们来乌斯怀亚前不到一个月，阿根廷和智利两国经过长达5年的谈判，终于结束了对比格尔海峡地区的领土争端。这个历史遗留下来的领土纠纷，闹腾了快100年！

乌斯怀亚城市不大，但是战略地位十分重要，它扼守比格尔海峡的咽喉，城区面临的乌斯怀亚湾水深湾阔，是很理想的避风港，阿根廷海军在这里建有基地。从这里往东可达马尔维纳斯群岛——当年震惊世界的马岛之战，就在那里爆发；向西可达大洋洲。特别是它离南极半岛只有1000千米，阿根廷和各国的南极考察船多以此为后方基地。我国首次赴南极的考察船队，也在这里补充燃料和食品，然后出比格尔海峡，南渡德雷克海峡，向南极洲挺进。

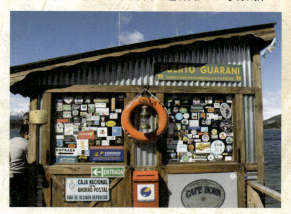

乌斯怀亚的小店

我很欣赏火地岛国家公园的一行耐人寻味的警句。

公园入口处有一座圆木搭起的牌楼，不加任何彩饰，任其天然，就那么几根树木搭了起来，和四周莽莽苍苍的山林野趣极其协调。牌楼正面是西班牙文写的"火地岛国家公园"字样，背后是一行含意隽永的句子——"认识祖国是你的义务。"

我们是在一个阴云低垂、山雨欲来的早晨去国家公园的。阿根廷火地岛地区政府新闻处特地派了一部小卧车，给我们安排了这个参观项目。汽车出乌斯怀亚城，西行在一条盘山的砂石公路上。这几年，随着人口的猛增，乌斯怀亚城区也在沿着勒马尔歇山麓向西扩展，老城以西的山坡和公路一侧，新盖了成片的房屋，形成了道路纵横的住宅区。离开新城区不远，茂草深深的山坡上放牧着一群群花白的奶牛，山坡上围起铁丝网，这大概就是牧场了。一路上还可以看到不少光秃秃的山坡，遗下了白色的树桩子，好像一个个十字架。给我们开车的年轻司机说，这些地方过去尽是茂密的森林，后来被砍伐殆尽，现在当局已经禁止采伐了。

汽车在高高低低的公路上盘旋，不时可以看见道旁奔腾的比波河。远处，白云萦绕在森林密布的山腰，渐渐向山顶扩散。在我们的头顶，铅灰色的云块沉重地压下来，不久，车顶响起了密集的雨点声，公路旁高高的野草开始摇摆、匍匐，大道上扬起灰蒙蒙的沙尘。

我们不禁担心起来，偏偏赶上了这样的天气，但是阿根廷司机并不理

火地岛国家公园

会，仍然目不斜视地操纵方向盘，向那莽莽苍苍的密林驰去。

车到森林公园门前，雨已住了。门票是150比索。看门的老头在牌楼后面的木屋里冲着我们笑笑，也许是笑我们选择这样的天气来游玩吧。

火地岛国家公园是阿根廷最南部的一个自然保护区，大概也是世界最南的自然保护区了。这个占地63000公顷的森林公园，是1960年正式开放的，自然景观完全保持原始的面貌。汽车驰入园门，不得不减慢速度，因为贯穿园内的公路上，隔不多远就设有人工的路障——有的是几根微微隆起的圆木，有的是高出路面的土埂，据说这是防止汽车超速的一种措施。这样也好，坐在车内可仔细观赏美丽如画的景致。如果步行，偌大的公园恐怕一天也跑不过来哩。

公园内山岭逶迤，森林茂密，公路不时穿行在阴暗的密林之中，仿佛钻进了密不透风的绿色隧洞。有时经过一片开阔的山谷，绿草如茵，清澈的溪流在谷地蜿蜒，一座木桥跨过湍急的溪流，深山空谷传来阵阵鸟鸣，越发显得幽静。当汽车吃力地爬上山坡，忽然眼前出现一泓碧波，那是一个山间小湖。宁静的湖水倒映着积雪的山峰，好似一幅令人陶醉的山水画。翻过山冈，汽车转瞬之间又将我们带到海浪轻吻沙滩的海滨，那里海湾楔入深深的山谷，对岸是一个寂静无人的圆形岛，海边的高地堆积着厚厚的、疏松的贝壳层，据说是印第安人留下的遗迹。海边不远处立有一块路牌，标明连接首都的3号公路以此为终点，从这里到布宜诺斯艾利斯为3242千米。火地岛国家公园虽然比不上阿根廷著名的阿瓜苏国家公园——位于密西昂内斯省西北角与巴西、乌拉圭交界处，有南美最壮观的伊瓜苏瀑布，它由275个大大小小的瀑布组成，最宽处达3.5千米，从70米高的陡崖上飞泻而下，景色壮观极了——但是，火地岛国家公园却是阿根廷唯一拥有雪峰、湖泊、海湾和原始森林等多种景观的游览胜地。

　　这里的山坡上、谷地里，几乎是清一色的山毛榉，间或也有野樱桃、桦树等寒带树木，景象显得比较单调。大概是岛上风大的缘故，加上土层瘠薄，树木的根扎得不深，不少地方成片的树木被风刮得东倒西歪。这就是被称作"醉汉林"的一种特殊景观。在土层较厚的山谷里，树木密密丛丛，不见天日，许多树上长满金黄的"果实"，好像圣诞树上点缀的灯泡。我们让汽车停一下，攀缘树枝，摘下树上长成一团的"果实"。原来这并不是树上结的果实，而是一种寄生菌，外形大小酷似荔枝，只不过颜色金黄，像海绵一样柔软，表面还有许多空隙。这就是有名的"印第安人面包"，可以吃。我们摘了几个尝尝，甜津津的，味道还不错。

　　在公园漫游时，时常可以发现海狸的杰作。那也是自然界的一种奇观：一片枯死的树林，淹没在积水的洼地里，在洼地的下方便可以找到一座用树枝堆积的堤坝，人走在上面都不会塌陷。年轻的阿根廷司机告诉我，这是海狸干的，这种聪明的动物建筑师，通常在小河边筑窠，它们的毅力是令人钦佩的，日复一日地搬来无数树枝，截断水流，堵塞河道，硬是筑起一道堤坝。它们极其隐蔽的窠，就藏在堤坝里面。

　　我们没有碰上海狸，却没少见到海狸的杰作。它们对森林的破坏是显而易见的，成片的林子因积水无法排泄而淹没，泡在水里而大批死亡。不过，要捣毁海狸的堤坝并不难，人们也许是故意将它保留下来，以便让远道而来的旅游者能够目睹动物建筑师创造的这一奇迹吧。

63

公园的密林深处，还建有旅馆、饭店和酒吧，林中空地还有一座小巧的教堂。不过，人们似乎更喜欢生活在大自然的怀抱里。我们见到一些旅游者，在密林深处搭起帐篷，围着篝火野炊，过着野营的生活，有的跑到湖边垂钓，尽情享受大自然的山林野趣。那些旅馆和酒吧，倒是游人极少，门可罗雀。

火地岛国家公园的动物，据说有南美驼、狐狸、信天翁、黑色啄木鸟和海豹，但我们都没有遇到。只是在湖边见到成群的野鸭，偶尔遇到一只惊慌的野兔，从车轮前方的公路一窜而过。如果要参观火地岛的动物，了解它们在自然界生活的情况，乌斯怀亚倒是另有一处可供浏览的地方，那就是坐落在比格尔海峡中的海豹岛和鸟岛。

我是在参观火地岛国家公园的次日，专程乘船去海豹岛和鸟岛的。码头上有一艘白色的游艇，专门接待游人，但票价相当贵，每个游客是2500比索。

这天天气不好，天色阴沉沉的，能见度极差，游客寥寥无几。除了我们几名中国记者，还有几对情侣和一对夫妇，这对夫妇带着两个很可爱的孩子。游艇清洁舒适，桌子靠着两旁的玻璃窗，游客可以坐在舱内观看外面的景色。船上除了两名水手，还有一名身材壮实的侍者。他很健谈，一面给我们送上咖啡，一面和我们攀谈，给我们介绍周围的风景。

游艇离开乌斯怀亚码头，向南朝着比格尔海峡驶去。海豹岛和鸟岛都是散落在海峡中的孤岛，属于布里斯群岛，距离乌斯怀亚约6海里，侍者告诉我们，比格尔海峡全长180千米，最宽处有14千米，最窄之处才2千米，最深处为280米。

这条海峡迂回曲折，岛屿、暗礁甚多。1980年有一艘德国大型游船"蒙特·塞万提斯"号在海峡中触礁沉没，船上1300名乘客获救，但不愿离开的船长和这条遇难的船，却沉入海峡之中。因此，现在岸上的山冈上立有灯光显示的航道标记，提醒船只注意。他还说，比格尔海峡盛产沙丁鱼、海蜇和蜘蛛蟹。最大的蜘蛛蟹，连足在内直径有1米，重量达9千克，堪称蟹中之王，是当地的特产，远销日本、沙特阿拉伯等国。

谈着谈着，突然游艇响起汽笛，速度骤然减慢。侍者告诉我们，海豹岛已到，叫我们到船顶去看。于是，我们立即爬上舷梯，登上驾驶台上面的船顶。

这是露出海面的一个光秃秃的孤岛，岩石裸露，高出水面不过六七米，岩层倾斜，长度约三四十米。当游艇缓缓地绕着小岛航行一周时，可以清晰地看见小岛两端簇拥着几十头大大小小的海豹，皮毛呈黄褐色，躺在石头上睡懒觉。偶尔，马达声和游客的吆喝声惊动了海豹，但它们似乎早已司空见惯，仅仅不耐烦地抬起小小的脑袋，朝这边瞅上一眼，接着又躺下了。

这时，海上风很大，我们在船顶上站了一会儿，急忙又退回舱内。过了片刻，汽笛声又把我们催上船顶，这次是鸟岛了。

鸟岛比海豹岛高峻险要得多，四面陡崖壁立，难于攀登，顶部平坦，栖息着成千禽鸟。游艇的到来，惊扰了小岛的安宁，这些羽毛灰白的鸟儿顿时振翅飞翔，在岛屿上空盘旋，发出嘎嘎的叫声。据说这种鸟是候鸟，来自北美的阿拉斯加，模样很像企鹅，以鱼为食。每年11月飞到鸟岛筑窠、孵雏，一到来年3月，南半球的冬天降临，它们就成群飞到温暖的北方去过冬。有趣的是，它们从陆地衔来草籽，待到有雨水时，荒芜的小岛便长出片片绿草，给孤岛带来一片生机。

火地岛是美丽的，它不仅是风景宜人的游览胜地，也是人们认识大自然的课堂。"认识祖国是你的义务"，这不光是对阿根廷人而言的，每一个热爱自己祖国的人，恐怕都要认识自己的祖国，了解祖国的山河和她的自然环境吧。

火地岛见闻

65

世界的末端博物馆

灰暗的墙上胡乱地涂抹着竞选口号之类的标语，房子也是一幢没有气派、很不显眼的小楼，坐落的地点不是在热闹的市区，而是海滨冷冷清清的玛依普大道。不过，这个小小的博物馆，却有一个响当当的名称——世界的末端博物馆。

乌斯怀亚只能算个小镇，有这么个博物馆就算是很不错了。

乌斯怀亚博物馆

乌斯怀亚的博物馆，原是一家银行，也算这个百年小镇最古老的建筑，5年前才改为博物馆。所以进了大门，在迎面的大厅一侧，还保留当年银行铁门沉重的"金库"，兴许是让人们不要忘记它的繁华盛世吧。

接待我们的博物馆馆长，是个瘦瘦的中年历史学家。他一见面就向我们解释，博物馆所以起了这么个古怪的名称，是因为乌斯怀亚城是通向南极的桥梁。而南极在他们的心目中，乃是世界的尽头。

我很欣赏这个别致的名称，乌斯怀亚是地球最南端的城市。从这里往南，再也找不到人烟密集的文明之地了。

"今年（他指的是1984年）是乌斯怀亚建城100周年，"馆长一面领着我们参观，一面讲解，"10月12日我们刚举行了建城百年的纪念活动，所以博物馆的陈列重新作了布置……"

大厅正中的房梁上，悬挂着一尊木雕的女神像，女神的头部和整个上身前倾，仿佛在凌空飞翔，胁间的双翼和身上飘拂的衣襟，给人一种动感。据

66

说，这是一艘英国沉船的船首装饰，早期的木帆船都喜欢饰以各种图案的木雕，这尊女神大概是水手心目中的保护神。

　　"这艘船于1893年沉没在火地岛东端的航道上，那一带沉船很多，桅樯林立，有船只的坟墓之称。"馆长面无表情地说，"1930年人们将这艘英国沉船打捞上来，还找到不少船上的航海仪器。"

　　在女神的双翼之下，大厅里陈列着沉船曾经使用过的航海仪器：几件黄铜的罗经和六分仪。博物馆似乎是以这艘不幸遇难的沉船为开端，向观众述说火地岛早期开发的艰难，以及乌斯怀亚走过的漫长历程。

　　大厅四壁展出的图片和陈列的实物，向我们介绍了西方人征服火地岛的"光荣"业绩。最早的一批欧洲移民，是在英国传教士詹姆斯·布里奇斯率领下，于1832年抵达火地岛的，他们开始向印第安人传教。传教的真实含义是什么，我们不妨听听博物馆一位馆员的介绍。

　　馆长临时有事，提前离开了，代替他接待我们的，是年轻的馆员埃尔南·比达尔。他只有27岁，瘦高个子，刚从布宜诺斯艾利斯大学毕业不久。他告诉我们一些博物馆里没有展出的内容。

　　埃尔南·比达尔说，印第安人在火地岛生活的历史，至少可以追溯到1000年以前。"我在大学读书时，曾经参加过这里的考古发掘，挖出了一个地道，是当时印第安人活动的遗迹，已有1000年的历史了。"他双手插在腰间的兜里，对我们说："不过，自从上个世纪后半叶，大批英国人和美国人移居火地岛，白种人来了以后，黄热病、结核病、麻疹也被带上了这个与世隔绝的岛屿，印第安人染上了这些可怕的疾病，大批死亡。仅1870年黄热病流行，土著人就死了一半……"

　　这个年轻的馆员指给我们看玻璃柜里的陈列，那里放着早期传教士编纂的印第安语—英语字典，译成印第安语的《圣经》，还有一本厚厚的、纸已发黄的登记簿，是记载印第安人的婴儿受洗礼的花名册。

　　"白种人还大批屠杀印第安人，"埃尔南·比达尔稍稍提高了声音道，"殖民当局明文悬赏，杀死一个火地岛土著，可以领到1英镑赏金。19世纪初，岛上还有1万多印第安人，可是现在，整个火地岛只剩下2户，还是在火地岛的智利一方。这边，阿根廷管辖下的火地岛据说有两个仅存的印第安妇

阿根廷乌斯怀亚监狱博物馆外观

女，生活在荒无人烟的岛屿北端。"

埃尔南·比达尔说到这里，一个个子不高、穿着白裙的姑娘走了过来。他连忙向我们介绍，这姑娘是英国传教士詹姆斯·布里奇斯的第五代继承人："她的高祖是第一个到这里传教的，在火地岛建起第一个最大的庄园。"埃尔南·比达尔当着姑娘的面告诉我们："这些字典、《圣经》都是她爷爷的爷爷翻译编纂的！"

姑娘笑了，似乎很为自己家族的"光荣"业绩而自豪。

步入大厅一侧的一个小房间，历史也随即翻到新的一页。把印第安人斩尽杀绝之后，火地岛又变作一座人间地狱。

殖民者看中了这里寒冷的冬天，潮湿多雾的密林，自然还有地处一隅、交通阻隔、插翅难逃的地理位置，于是，火地岛和附近的罗士道伊岛，都成了流放苦役犯的地方。

博物馆展出了很多有关这方面的照片：穿着条纹囚服的犯人在寒风和飞雪中砍伐森林，在绵绵阴雨的山谷里修路……有一幅照片拍的是由犯人组成的乐队在演奏，真是绝妙的讽刺！似乎这些失去自由的囚徒，过得多么开心。房间里还摆有当年犯人制作的桌椅和许多精细的木雕器具，如国际象棋、镜框、小柜子等。雕刻得都很精美，很有点艺术性。最使我感动的是一件微雕工艺品。那是一根普通的火柴，放在放大镜底下一看，令人大吃一惊，细细的火柴杆上密密麻麻地刻着的，竟是一首阿根廷国歌的歌词。一个身陷囹圄、流放在荒岛的囚徒，是在怎样的心境下雕刻了祖国的国歌？他是谁？他犯了什么罪？他为什么念念不忘自己的祖国？这一切都没有人能够回答。可是，我的心却被这件精巧的微雕艺术品震撼了。也许，这里面包含着一个永远被人遗忘的爱国者的遭遇。在反抗殖民者的斗争中，阿根廷的历史

乌斯怀亚的印第安人雕像

上不乏这样的爱国志士。

埃尔南·比达尔告诉我们，直到1884年国家才开始在火地岛行使权力，拉塞德上校在这里建立了第一个海上警察署。当时岛上很荒凉，唯一的经济活动是捕杀海豹，获取油脂和皮革，估计有700万头海豹被捕杀。拉塞德统治期间，火地岛发现了金矿，掀起了一股淘金热，很多欧洲人冒着海上的风涛之险，到火地岛来淘金。他们抱着发财的愿望而来，但是环境的艰苦，气候的恶劣，加上海盗的抢掠，使许多人白白送了命。19世纪末叶，有个罗马尼亚人来此拉起队伍，发行货币，自造邮票，屠杀印第安人。比格尔水道附近海盗出没，甚至掠走苦役犯……那是一个充满恐怖、血腥的时代，资本主义的新秩序是在野蛮的屠杀、抢掠、奴役的血泊中建立起来的。

离开这个令人气闷的展厅，我们走进大厅右面的几个房间，格调轻松了些，生活的气息很浓。这里展示了乌斯怀亚早期居民的生活情景。我很欣赏这里的布置：一个门面很小的商店，很像我小时候乡下的杂货铺子，据说是按19世纪乌斯怀亚第一家商店的原貌布置的。陈设用具也都是原物，陈旧的木头柜台上放着笨重的老式手摇计算机，这是店主的"算盘"。货架上放着当年出售的皮鞋、粗瓷器皿和日用百货，还有装牛奶的马口铁奶桶，铁质的磅秤……使人恍若走进了过去的年代。另一间房里陈列着早期的家庭摆设，有老式的大喇叭留声机、煤油灯、餐具、中国瓷器和笨重的玻璃器皿，还有现在罕见的家庭用品的雏形，如磨咖啡机、玉米脱粒机、老式打字机、缝纫机等。埃尔南·比达尔说："在20世纪初，火地岛的主要经济活动是畜牧业，再就是砍伐木材……"

走出博物馆，已是黄昏，对面的码头旁边，一座青铜铸造的印第安人塑像，披着愈来愈浓的暮色，快要变得模糊不清了。我走了过去，一直走到他的旁边。铜像只有30厘米多高，安放在石座上。这是一个年轻的印第安猎手，身披兽皮，挎着弯弓，神态忧郁，正在低头沉思，像是在和自己的家园告别，但是一股难舍难分的悲哀涌上心头，使他踌躇万分，肝肠寸断……

这座铜像是为纪念乌斯怀亚建城100周年而立的，遗憾的是，今日的火地岛已没有印第安人的立足之地了。

复活节岛之旅

　　5个小时的飞行快要结束，机舱头顶的指示灯闪起"系好安全带"的信号，我贴着舷窗朝下望去，飞机正在倾斜，像一只张开翅膀的大鸟小心翼翼地寻找着陆点。吐着白沫的浪花清晰可见，奔涌的波涛如同一盆骚动的熔化的碧玉不断变幻奇异的图案，但我的目光此刻关注的只是那块神奇的土地，我似乎是在捕捉难忘的第一印象，这个在梦魂里萦绕了多少年的孤岛，究竟是像荒漠一样令人可怕，还是美丽清新的人间仙境，我简直无法想象，我从书本中得到的印象，它是荒凉的、孤独而寂寞的，谁知道实地情况会是怎样呢？

　　蓦然，机翼的顶端像是贴着浪花掠过，轻盈地避开褚红的礁石，接着，闪现了一片悦目的碧绿，生机勃勃的生命之绿，机舱里不约而同响起一阵欢愉的惊呼，绿色的草地，绿色的跑道，绿色的小岛朝着我们飞来，越来越快，越来越近……

　　随着一声剧烈的撞击，起落架底下的轮子亲吻着大地，我和同机抵达的

复活节岛的石像

许多不同肤色的旅客以欢欣无比的心情走出机舱。

啊，这就是梦里寻她千百度的复活节岛，我终于万里迢迢来到她的身边。

（一）

马塔维里机场不是沙石跑道的简易机场，45米宽的水泥跑道，一眼望不到头，从海边延伸到绿色的丛林，足有3400多米，气魄不小。虽然没有雄伟的候机厅和辐射的登机桥，但宽阔平坦的机坪和修剪整齐的草地，罩在明丽的阳光下，使人仿佛步入现代化的航空港。差不多所有的旅客都和我一样，以不可思议的惊讶注视着扑面而来的新奇，一边拖着拎着行李袋，一边正腾出手急不可待地按动快门，镜头对准澄澈如水的蓝天，迎风摇曳的棕榈和鲜艳娇媚的花卉，似乎生怕眼前的一切只不过是梦里的幻境，转瞬即会消逝。机场出口一尊尊古朴原始的石雕，散发着复活节岛独有的神秘诱人的情调，色彩浓烈如酒，风格雄浑而耐看，自然更令人费去了不少胶片。

马塔维里机场最初的规模也很小，20世纪50年代，只能起降灭火的小型飞机；60年代，旅游业兴起，智利政府拨款扩建，一般的客机和运输机也能起降。不过，马塔维里机场有今天的规模，装备了盲降系统、测距机等先进导航设备，波音747巨型客机也能全天候起飞降落，是因为美国人看中了这座与世隔绝的孤岛。20世纪80年代，经智利政府同意，美国投资1800万美元，将它扩建为航天飞机的备用机场。贫穷荒凉的复活节岛，依赖一步登天的机场，跨入现代文明之门，但它的身躯依然徘徊在旧时代的阴影里。

从机场向北，汽车跑上不到一刻钟，公路拐上缓缓的高坡，迎面高地耸立着两株高大的棕榈，野草杂花点缀的高坡上，屹立着一幢白墙平顶的房子，房前还有一道水泥柱子的花架，尚未完工，这就是我们下榻的APINO-NUI旅馆了。

天色尚早，放下行李，我便迫不及待地奔向海边，远方那声震如雷的涛声早已撩拨得我坐不住了。

大道绕弯，索性从杂草丛生的高地斜插过去，就是紧贴海边的公路。大道无人，烈日耀眼，这时正是下午4点多钟，碧蓝的天空深远透明，竟无半缕云彩，海水呈深蓝色，像溶化的蓝玉一般纯净可人，风很大，但湿润而柔和，一望无涯的大洋片帆皆无，唯有前簇后拥的波浪像一条条银链朝岸边滑来，待到将近时，浪头昂起，如百米冲刺的赛手猛然加速，喧嚣着，呐喊着，扬起白花花的身躯，似乎生死不顾地朝着礁石岩岸一头撞去，顿时肝脑迸裂，血花纷飞，轰然的巨响伴随着一阵冲天的雨雾溅落下来。

南太平洋星罗棋布的岛屿中，恐怕很少有像复活节岛这样拒客于千里之外的小岛了。

它不像那些青葱悦目的珊瑚岛有着洁白如银的沙滩，椰林环抱的礁湖，以它的妩媚和安宁抚慰远航水手一颗疲惫的心。它也不像那些山泉汩汩、硕果压枝的岛屿，以它的富饶和秀丽吸引着远洋归来的漂泊者。复活节岛不是这样，它很像一座壁垒森严、令人可怖的古堡，三角形的三个伸向大洋的触角，屹立着陡峭的火山，那里礁石林立，悬崖逼岸，地势十分险恶，船只唯恐避之不及，又怎敢在那里登陆呢！

沿着环岛的大道——这条土路贴着海岸延伸，只见灰黑色的玄武岩构筑的海岸犬牙交错，礁石纵横，几乎见不到一处可心的沙滩，火山溢出的玄武岩虽经大浪的淘洗和风雨的侵蚀，依然保留着当年的原始面貌，有的如扭曲的绳索，有的如流动的铁水，似乎仍能感觉炙人的热气。海岸巉岩崎岖，礁岩千奇百怪，滚滚而来的浪涛如同险滩受阻的激流吐银喷玉，扬起喧腾的浪花，更有甚者如激涌的喷泉从石隙中喷出，在岸边洒下一片蒙蒙细雨，声若雷鸣，十分壮观。

海滩附近，如今是岛民聚居之区。海边屹立着数尊高大完整的"莫阿伊"石雕人像，远远便可窥见它们远眺大海的身影。岸边一带地势平坦，杂树丛生，土红色的大道向左右延伸，绿树掩着幢幢洋铁皮覆顶的陋舍。再向北去，宽阔的大道两旁绿草如茵，野花芬芳，时不时露出一幢幢建筑别致的房舍，有旅馆、邮局、出售当地手工艺品的商店，这即是岛上唯一的现代化村庄——汉格罗阿。

汉格罗阿白天见不到什么人，村民的房舍深藏在绿篱丛中，彼此相距甚远，使人无从窥探他们的隐秘。寂静的大道偶尔驰过一辆破旧脱漆的老式吉普，或是游人的奔马扬起一阵灰尘，一切顷刻又归于寂静。我穿过地面灼热

复活节岛之旅

的大道，径自走向路旁一家临街的农舍，树影笼罩的房檐下，有位赤膊的老人正在那里雕刻，走近一瞧，老人青筋毕露的手握着一柄很细的雕刀，在一块木质细密的红木上雕刻一具体态瘦削造型别致的人形雕像，它的头部是一只鸟头，但身躯却具人形——这即是复活节岛最为崇拜的"鸟人"。

坐在老人旁边的一位老妪，见我注视老工匠的艺术作品，示意他将"鸟人"递给我看，继而又热情地跨入门槛，从房里取出几件木雕艺术品，有一件是用整块木头雕刻而成的鱼，还有几件是我熟悉的莫阿伊的复制品。我问老人雕刻这样的作品需要多少时间，他慢吞吞答道："少则半个月，多则个把月。"

"这些木料是从哪里来的？"我又问，因为雕刻的木料质地致密，木质坚硬，非一般树木可比。

他的回答出于我的意料，"这种木头就是岛上生长的。"老艺术家告诉我。

我后来得知，复活节岛土地贫瘠，多属不毛之地，除了长草可以养羊以外，谈不上有规模的农业。岛上居民除了靠海吃海，捕捞龙虾和金枪鱼，多赖旅游业为谋生的主要来源。像这位老工匠雕刻的木雕，还有一些人就地取材用火山岩雕刻的石雕艺术品，在机场、旅游工艺品商店和各景点都有出售，其中尤以木雕艺术最为精致，其价格也相当昂贵。

告别老工匠，走向海边，码头的栏杆前立着一尊白色的雕像引起我的注意。这尊雕像高约2米，涂着白漆，是西方世界常见的耶稣基督的雕像。在它身后不远的岸边，是那高大粗犷，保持着原始人神秘氛围的莫阿伊雕像。只是后者久经风风雨雨，有的雕像残破不堪，更有一尊雕像的头部已从颈脖折断，翻倒在雕像的足下。

望着这尊屹立海边的耶稣基督的雕像，我的第一个感觉是它与周围的环境气氛极不和谐，异常刺眼。如果说莫阿伊石雕人像代表着复活节岛土著居民固有的原始信仰，一种根深蒂固的文化传统，那么这尊金发碧眼的神像却是外来的强加在复活节岛的文化和宗教——实际正是如此，复活节岛一部悲惨的衰亡史，不也是在这种仁慈的宗教外衣掩盖下，演出的一幕鲜为人知的血与火的历史吗。

莫阿伊石像群

（二）

半夜里被一场大雨惊醒，无论如何也睡不着了。

好些年没有经历如此动人心魄的热带豪雨了。倾盆大雨似乎还不足以形容它的气势，那是只有站在尼亚加拉大瀑布底下方能感受的气氛，大自然的情感原也是这般奔放的，只有这样才能宣泄积郁心中的块垒。雨声掩盖了一切，大洋的喧嚣听不见了，心灵的尘垢也冲洗殆尽，满耳是山洪般的喧声，在洋铁皮房顶轰鸣，在窗前阔大的棕榈叶片上喧闹，在寂静无人的田野上奏响……

雨声在我的心头激起更加孤寂之感，我没有勇气冒雨走出户外，盘腿默默地凝视黑暗的窗外，时不时地，电光的利剑划破雨幕，我仿佛觉得出大地在暴雨中战栗，山岩和树林在暴雨的鞭打下抽泣。我似乎开始理解复活节岛土著的心绪，在风雨袭来的日子，当暴虐的狂风在小岛的山野之间耀武扬威，或是，无情的暴雨像皮鞭一样抽打小岛那瘦弱的身躯时，面对巨浪掀天的大洋，小岛如同被世界遗弃的孤儿，无依无靠，孤苦伶仃，仿佛面临世界末日的厄运。

聆听这震撼心灵的风声雨声，我不禁想起几个世纪以来洗劫复活节岛的血雨腥风。

所有关于复活节岛的发现史，都记载了荷兰西印度公司的一支由3艘航船组成的太平洋探险队，在1722年率先访问了这座小岛。由荷兰海军上将雅各布·罗格文率领的船队是在绕过南美洲南端的合恩角，于1722年4月22日这天发现这个奇异的小岛的，由于这天是"基督教复活节的第一天"，罗格文所以把它命名为复活节岛。但是岛上的原始居民对自己的故乡却另有称呼，他们称之为"吉—比依—奥—吉—赫努阿"，即"世界中心"的意思，而被波利尼西亚人以及太平洋诸岛的土著居民称它为"拉帕-努依"（RaPa-Nui），这个名称更令人费解，也颇含神秘色彩，因为直译过来就是"地球的肚脐"。

荷兰人的船在岛的东岸抛锚停泊，他们立即就被耸立在岸边的雄伟石像吸引了。实际上，复活节岛的自然景观并没有引人之处，耸立的火山够不上雄伟的气势，瘠薄的火山灰和火山熔岩覆盖的岛屿景色单调，既没有奔腾的河流，也没有珍禽异兽，而且岛上的居民住在芦苇盖的简陋小屋里，过着极原始的贫困生活，估计约有5000人左右，是红头发，肤色很浅的波利尼西亚人。

然而和岛上原始居民共同生活在一起的一尊尊巨石雕像，使荷兰人感到惊心动魄。无论他们走到哪里，都遇到这些屹立在石砌平台上的巨人的警惕的目光。石像似乎是有生命的，它们的脸部表情十分生动，有的安详，有的沉思，有的怒目圆睁，有的脸色阴沉，荷兰人看到许多石像头上还顶着巨大的赫红色的圆柱形头饰，它们至少有10米多高，都是用整块石头雕成。除了发现数以百计的石像，荷兰人还在岛上看见许多石块砌成的墙壁、台阶和庙宇。

充满好奇的复活节岛土著居民对欧洲人的首次来访，怀着十分天真而善良的心情，就像见到天外来客一样。然而荷兰人回报他们的却是文明世界的见面礼，对聚集岸边手无寸铁的人群开枪射击，所有的刽子手都有堂而皇之的理由，荷兰人声称这仅仅是为了恫吓岛民，后来有人对这类屠杀手无寸铁的复活节岛居民的暴行说得更俏皮，是"为了在岛民的记忆里深深留下火枪武器有致命威力的印象"。

罗格文的发现使世界第一次知道了这个太平洋孤岛上奇特而神秘的原始文化。在长期与世隔绝的封闭环境里，岛上居民形成了一种独有的生活方式，并创造了丰富多彩的文化艺术和手工艺品，有耐人寻味的民风习俗，当然他们建造的巨大石像和令人费解的文字，是其中最为引人注目的历史奇迹，至今仍是各国探险家和学者乐于探索的文化之谜。

遗憾的是，人类一开始忽视了复活节岛古老文明的历史价值，没有采取明智的措施加以保护，相反，野蛮的掠夺和愚昧的举动摧残了这株脆弱的文明之花，使它无可挽回地凋谢殆尽。等到人类清醒过来，一切都为时已晚了。

1805年，美国一艘捕鲸船"奈恩西"（Nancy）号来到复活节岛，美国捕鲸者不仅寻找鲸群和猎取海豹，而且企图获得一批廉价奴隶。这些奴隶贩子经过一番血战掳去岛上12名男子和10名妇女，我们至今尚无法知道，在这场血战中有多少复活节岛的居民遭到杀戮。美国人抓走了复活节岛22名男人和女人，用铁链将他们锁了起来。当"奈恩西"号在海上航行了3天后，奴隶贩子将他们从船舱里放出，并允许他们上甲板呼吸新鲜空气，因为航船这时离复活节岛已经很远，四周都是茫茫大洋。不料刚刚松绑的男人和女人乘看守不备纵身跳入大海，朝着他们故乡的方向游去，尽管他们最后的结局是悲惨的，但他们宁肯死于大海的怀抱也不愿沦为奴隶。

1811年，美国捕鲸船"平多斯"号又在复活节岛掳掠妇女，不堪凌辱的妇女采用同样的方式从船上逃走，但遭到海盗的野蛮枪杀。

对于复活节岛的居民来说，最大的灾难发生于1862年。当时，秘鲁的钦察群岛发现的大量鸟粪是利润很高的肥料，但开采鸟粪却缺乏足够的廉价劳动力。于是，秘鲁的奴隶贩子于这年12月12日分乘六艘船开赴复活节岛，先用廉价的小商品做诱饵，然后发动突然袭击，杀害了一些反抗的人，将1000多名青壮年男子，还有女人和孩子掳走，运往钦察群岛，卖给当地的奴隶主开采鸟粪。据记载，这批俘虏之中有岛上的酋长凯·马科艾（King Kai Makoi）和他的儿子莫里瑞特（Maurate），而这位酋长据说很可能是复活节岛唯一能懂"科哈乌·朗戈—朗戈"奇异文字的学者，这种刻在木板上的古怪符号，迄今再也无人能够懂得它的含义了。

秘鲁奴隶贩子的无耻行径引起世界各国的愤怒，塔希提大主教詹森通过法国驻秘鲁的领事向秘鲁政府提出强烈抗议，英国也向秘鲁施加压力。在世界舆论的谴责下，秘鲁政府不得不作出释放这些俘虏的决定。

可是为时已晚。由于通信手段落后，当秘鲁政府决定释放奴隶的消息传到钦察群岛时，疾病、恶劣的待遇和繁重的苦役，在很短的时间里已使这一批俘虏迅速死亡，仅仅剩下100人左右。在他们返回故乡的航行途中，大部分人又染病身亡，幸存者只有15人。

复活节岛的灾难并未结束，这15名幸存者的归来又将大陆上的瘟疫传播到这个久已隔离于世的孤岛，他们大都染上可怕的天花，于是那些躲过了秘鲁奴隶贩子追捕的岛民纷纷染病身亡，复活节岛成了名副其实的人间地狱。老人、儿童和妇女一个接一个地死去，到处阴风惨惨，哭声震天。复活节岛在18世纪以前人口维持在3000~4000人，有人估计最高峰时可达到2万人。到1877年，仅剩下111人。可以毫不夸张地说，复活节岛的历史就此完结了，因为通晓古代传说的老人相继死去，了解记载着民族历史文化和古代文化的学者也所剩无几，他们的死亡意味着复活节岛的古代文化也葬入了坟墓，这是不言而喻的。

灾难似乎还未终止。1863年，法国传教士埃仁·埃依洛和另一个依波利特·罗歇尔神甫来到岛上。这些上帝的使者最大的"功绩"是使那些幸存下来的岛民皈依了上帝。为了铲除多神教的罪孽，这位自作聪明的法国传教士下令烧掉那些有文字的"科哈乌·朗戈—朗戈"木板。损失是无法估计的，人们今天所能见到的有限的几块"科哈乌.朗戈—朗戈"木板，是这次浩劫中幸免被毁的。因为有的岛民不忍心失去祖先留下的古代遗产，便将它们偷偷地藏在外人无从知晓的秘密的洞穴里；还有人将这些珍贵木板造了一条小船，后来人们拆船时才发现了船木全是一本无人能识的天书。但这些具有重大价值的木板，所剩无几，据说至今仅有26块散见于世界许多国家的博物馆中。

复活节岛的土著居民像无依无靠的孤儿一样，多年来苦难深重，难逃浩劫。每个登上岛屿的强盗、恶棍都可以随心所欲地役使他们，欺凌他们，使他们陷入痛苦的深渊。1868年4月，法国一个冒险家杜特罗阿·鲍尔尼踏上复活节岛，大言不惭地宣称他是岛的主人，使小岛陷入混乱之中。他和基督教传教团发生冲突，捣毁房屋，死伤许多人，并裹胁一部分居民逃往塔希提岛。如果不是后来这个法国恶棍被人暗杀，混乱的局面不知何时才会了结。

1888年，智利海军的杜·波利卡尔波·托洛少校乘"安达尼亚"号船登上复活节岛，正式将该岛纳入智利版图。但他并未给有了祖国的复活节岛带来希望，反而使其陷入更加贫困的境地。托洛将岛上的土地租让给一家英国的公司，跑马圈地，捣毁了除汉格罗阿以外的所有村庄，将全岛圈为饲养绵羊的牧场，致使本来就很稀疏的植被被羊啃得精光，造成土壤流失，生态恶化。不仅如此，岛上的土著居民被赶到汉格罗阿，四周圈起铁丝网，只有两个出口，居民不经智利军事长官的许可不能越雷池一步，实际上他们已是失去自由、贫困至极的奴隶了。这种状况一直持续到20世纪60年代，1934年一位参加法国比利时联合考察团的著名学者阿尔弗雷德·梅特罗这样写道："岛上简直贫困得难以形容，根本谈不上从原始社会过渡到我们的文明时代来。智利人对该岛漫不经心，管理不善，派到岛上去的人又不务正业，因此，复活节岛的问题不是衰落，而是在贫困中腐烂下去。"而在1963年到达复活节岛的法国探险家弗朗西斯·纪齐埃尔也以悲愤的心情写道："岛上的居民每星期要为官方义务劳动一天，他们没有身份，没有护照，无权离开孤岛。官员们动辄欺负凌辱这些可怜的人。在我们考察期间，此类事情屡有发生。"

目睹复活节岛土著居民蒙受的苦难，恐怕岛上的石像也会落泪。

我踏上复活节岛的头一个晚上，凄风苦雨就这样向我倾诉小岛的满腹辛酸。这该不是偶然的吧。

（三）

清晨，雨停了。翻飞的乌云随着阵阵海风在湿润的旷野和起伏的山峦飘逸。大海还是骚动不安，卷起一道道白练，阴郁沉闷的嚣声远远传来。

我踏着吸饱了雨水的大道向海边走去，道旁的青草叶子上滴着晶莹的水珠，一群约有十几匹棕色的、灰色的、米色的马匹在草地上溜达，远处的汉格罗阿村似乎还在酣睡，不闻鸡犬之声，附近的高坡上是一片用铁丝网圈起的别墅，几幢欧式小楼坐落在绿茵的草地和修剪整齐的灌木丛里，据说那是岛上智利官员的住宅。

一路上碰不到人，清晨的小岛异常宁静。这里生活的节奏是缓慢的，现代化的世界与它完全绝缘。它像一个步履蹒跚的老人，迈着沉重而悠闲的步子，在淡泊的生活中打发光阴，不慌不忙，不计时日，任凭时间的长河从它身旁悄然而逝。

和这种安详恬淡的田园牧歌式的生活最为谐和的，恐怕要数那岛上随处可见的莫阿伊石雕人像了。他们在晨光熹微中醒来，抖落身上一夜的雨水，任清凉的海风拂去脸上的倦容，用深情的目光凝视着这块熟悉的土地。他们对这里发生的一切保持最大程度的沉默，似乎在暗示人类，对于世间一切伟大的和平凡的，高尚的和卑鄙的，可歌可泣的和令人沮丧的，最值得表达情感的方式是保持沉默。

西海岸一片空旷的海滨高地扑入我的眼帘，这里地势平缓，有茂密的野草和开阔的视野，在濒临苍茫大洋的海岸高处，用黑灰色的火山岩砌起的石头平台上，一尊雄伟而完美的莫阿依，用炯炯的目光注视着我。

在复活节岛的陆地与大海的交界线，所有的莫阿依石雕人像都像尊神一样被供奉在石砌平台上。长方形的石台好似祭坛，长50～60米不等，高和宽约在1～3米，大小也不一样。保存完好或者经过修葺的平台（当地称"阿胡"）还有石块铺筑的台阶或倾斜的护坡。这一片扇形的海滨高地的阿胡共有3座，也是经过一番清理、发掘和修复才形成今天的规模。这要归功于智利大学、怀俄明大学和国际遗址基金会的功绩。在他们的资助下，美国和智利的考古学家在1969年至1970年用起重机、绞车和钢丝绳使这些倒塌的石像重新归位，当然他们的工作得到了岛上居民的大力帮助。

不过，3座相距不远的阿胡上面供奉的石像，多数破损相当严重。有一座阿胡上面是5尊群像，当中的一尊头部被削去一半，而右边一尊个体最小的头部已经被砍掉，不过这5尊石像造型各异，风格古朴，别有一番韵味。与这组群像相距百十来米的另一座较矮的阿胡，上面屹立的石雕人像也是免冠的，个头较大，但雕刻的手法比较粗糙。

唯一保存完好的这尊石雕人像在高大的阿胡之上，它和所有海边的石雕人像一样，背海而立，高约10米，硕大的脑袋戴了一顶赫红色的石头帽子，这顶石帽的确是"戴"上去的，石料的颜色、质地与建造石像的石料完全不同，式样颇像我国北方人冬天常见的皮帽，唯上部凸起。这座石像所以格外引人注目，在于他的造型十分细腻传神，雕刻工艺相当熟练。他两眼圆睁，炯炯有神，目光微呈向上凝望的神态。长耳方颏，隆鼻薄唇，微突的嘴唇紧闭，如同一位反背双手肃然而立的人。我仔细观察他的表情，总感到有一种高深莫测难以捉摸的心态，既威严又心事重重，既不满又克制着心中的忧郁，总之绝对谈不上是愉悦欢欣的。

复活节岛上所有的石像，不论是完工的还是半成品，出于不同时代不同风格的作品中，你绝对找不到一尊像弥勒佛那样开怀大笑喜上眉梢的神态。他们或阴郁，或沉思，或冷漠，或严肃得叫人心情压抑。他们的心态似乎是复杂的——如果可以称作"心态"的话。这种现象恐怕不是偶然的。中国佛教的殿堂供奉的五百罗汉，虽然形态各异，但喜、怒、哀、乐，人生百态，毕竟都有反映。为何复活节岛几百尊石雕人像没有一张笑脸，个个神情严肃，心情不悦，这难道不是那些没有留下姓名的雕刻大师留下的一个难解之谜吗？

也许，这也是复活节岛的莫阿伊石雕人像所以震撼人们的心灵，形成一种莫以名状的神秘氛围的原因。

我这样想也不是毫无根据。几乎所有踏上复活节岛的人，都会感到全岛被一种奇异而神秘的气氛所笼罩，而造成这种气氛的原因，便是那一座座高大的守卫在海岸线上的石像。

"在复活节岛上，一种强烈不安和压抑感攫住了我。"法国作家比埃尔·洛蒂写道，"我在其他任何一个岛上从未有过这种感觉。那些巨大的石雕都有略微向上翘起的鼻子和向前突出的薄嘴唇，似乎在向人们投出鄙夷的一瞥，或正在发出轻蔑的嘲笑。"

莫阿伊石雕人像神态各异的造型，以及隐藏在石像背后的秘密，至今仍然令人困惑不已。由于现在的复活节岛居民没有一个人参与过石像的制作过程，甚至连年岁最大的老人也不知道石像的来历，这种神秘之感越发增加了它的浓重色彩。人们不知道这些石像代表着一种什么样的超自然的力量，是岛上原始宗教崇

复活节岛唯一保存完好的石像

拜的神祇，还是岛上神化了的领袖人物和英雄豪杰，如他们的祖先、酋长或首领。或者像有的学者认为的那样，"最早的石雕是代表神和被岛民们神化了的祖先，后来随着时间的流逝，这些雕像就逐渐变成了一种装饰品。"

撇开石像产生的历史文化背景不论，仅仅就石像的制造加工过程，也使研究者难以用常规加以解释。这和其他大陆古文明发源之地的情况不同，复活节岛不过是一个面积很小的弹丸之地，又与其他大陆毫无联系，自古以来处于封闭状态，当荷兰船长罗格文首次登岛时，他所发现的小岛充其量不足6000土著居民。生产力极其低下，仍然停滞在落后的石器时代，生活极其贫困。即使是20世纪的今天，恶劣的自然条件，贫瘠多石的荒原，动植物资源的匮乏，再加上与世隔绝的状况，仍使岛上社会生产力的发展受到极大限制。以此类推，人们很难想象，在生产工具极其落后，缺乏机械力量的条件下，岛上的原始居民是怎样完成这样庞大的石像的制作，又是用什么方法将这些笨重的石像从很远的地方搬到海边。即使今天，把一顶重达几吨的石帽安全放在石像的头上，也谈何容易。那么，复活节岛的古代工匠又有什么超人的本领呢？

不仅如此，任何古代的宏伟工程都离不开庞大的劳动大军和雄厚的物质条件。尼罗河的富饶，几十万奴隶和高度专制集权的古埃及法老王朝，是金字塔得以高高矗立于大漠之中的基础。蜿蜒在崇山峻岭中的万里长城，同样是第一个统一了中国的秦王朝，集中了全国的财力，役使百万奴隶、战俘和士兵的血肉之躯，用血汗铸造而成。可是复活节岛庞大的石像工程能依靠什么呢？它无法聚敛巨大的社会财富，也无法用战争征服别的岛屿或大陆的部落，获得大批廉价的劳动力；它的赤贫的土地甚至无法维持一支雕刻大军的温饱，去从事旷日持久的石像制造工程。

但是，复活节岛毕竟在大海中升起的方圆不到200平方千米的孤岛上创造了举世瞩目的辉煌历史。它用石头的永恒记述了一个不同凡响的民族非凡的创造力；用神秘的石像和刻在木板上的符号，以及无数刻在岩石上的图案，留给后人无法猜透的神秘的过去。一切社会学家、考古学家、人类学家、语言学家在它的面前都无法否认自己的知识是多么贫乏。一切约定俗成的社会发展规律和传统模式，在莫阿依石雕人像的眼里该是显得多么可笑啊。

我望着一尊尊石雕人像陷入了沉思。当屹立在晨曦中的石像，背枕着朝霞染红的金光灿灿的大海，以嘲讽的神态凝望着小岛的荒原和飘拂的炊烟，孤岛开始新的一天之际；或者，当薄暮升起，石像拖着长长的身影融入夕阳的余晖之中，黑夜又笼罩山岭原野之上，这种无可名状的神秘氛围更加令人感到压抑。

答案究竟在哪儿呢？如果莫阿依能够开口说话，也许它会告诉我的。

（四）

一辆浅黄的老式吉普车颠簸在碎石和火山砂砾铺成的公路上。路面很糟糕，似乎长久无人清理，车辙压陷的深坑积满了水，时而有石块横在路面。我们就像坐在摇篮里一路晃来晃去，不时发出声声惊叫。

吉普车是旅馆租赁的，租金并不算贵。那位波利尼西亚人和智利人的混血女老板权做向导，她是智利大学化学系毕业的，回到家乡从事旅馆经营兼做向导。复活节岛年轻的新一代人正在从封闭的孤岛生涯勇敢地闯了出来。他们不再是受人欺凌的羔羊，而日渐兴起的旅游业正是他们大显身手的舞台。他们在与外来民族的交往中创造了新的人生价值，虽然这仅仅是开始。

我们贴着三角形小岛的底边一直向大阳升起的方向驶去。天色阴郁，没有太阳，倒也避免了烈日的炙烤，但沿途的景象益发显得荒寂。灰蒙蒙的天空下，举目四望，视线所及尽是野草点缀的多石的旷野，黑色的石头像聚集一团的野牛在原野上漫游，又似一堆堆雨后长出的牛肝菌，草很稀疏，长的无精打采。看不见树木，也没有灌木丛，有的地方黑色的石头垒成一道道矮墙，好似人为的地界。沿路看不见村庄，也没有一个人影，只有公路一侧的大海浪涛汹涌，呼啸的风声伴随澎湃的浪花，在礁石岩岸追逐。

复活节岛的南岸人烟稀少，景色单调，唯一可以观赏的是几处立在海边的阿胡，但石砌平台上屹立的莫阿伊石雕人像几乎无一例外全都被推倒在地，似乎没有人想把它们恢复原位。石像倒塌的方位都倒向小岛，如同海上有一股巨大的力量将它们推下石台。有的石帽被掀出很远，这倒使我有机会观察它的形状和岩石成分。它与雕刻石像身躯的石料完全不同，而且不会出自同一个产地。石帽是红色的火山砾岩，质地松，用手指头轻轻一掰，可以抠出小块，估计它的重量是较轻的，和火山浮石差不多。在一处颇为壮观的阿胡上，女向导指着一个洞穴叫我们看，那是阿胡石台的基部，两尺大小的洞口，里面放置着杂乱的骸骨。女向导的解释证实了某些考古学家的说法，他们认为复活节岛分散各处的石雕人像属于各个不同的部落和家族。每尊石像都是部落家族受到尊重的首领或酋长，而他们死后的遗骸就安葬在供奉石像的阿胡下面。

在这片偏僻的海滨，离公路不远的平原上，我们还发现了几处刻在石上的岩画。它们有的似海龟，有的像鱼，也有的是不知其名的四足动物。岩画刻在地上的岩石上，石面比较平坦，画面线条十分简捷，形象生动、很能说明复活节岛古代居民的艺术才华达到了相当成熟的水平。

我们此行的目的地是造访岛上著名的拉诺—洛拉科火山（RANO RARAKO）。环岛公路走到三角形小岛东端的普—阿卡古基火山山麓，有一条岔路折而向西。普—阿卡古基火山和岛上另两座火山——即三角形顶端的拉诺—阿—洛依火山（RANO A ROI）和西南端的拉诺—卡奥火山（RANO KAU）呈三足鼎立之势。它高达375米，火山口很小，喷出的熔岩使它形成坡度很平缓的山坡和伸向大海的波伊克半岛，但在近岸处却是陡峭的悬崖绝壁，那青翠的山坡仿佛是高山上的牧场。我们要登临的拉诺—洛拉科火山，在普—阿卡古基火山的西南，据说它是一座寄生火山。

远远就看见拉诺—洛拉科火山的雄姿，但它给我的第一印象却不像一座火山。它不是圆锥形，山峰不像富士山那样丰满匀称，火山口分为不对称的两半，东南部又高又陡，高出山麓120米，北半部低而平缓，高度仅50~70米，很像一个切去一半的俄式面包。

看来，慕名而来的不仅是我们，山麓的公路旁停了几辆大面包车。那里有一道火山岩块堆砌的矮墙和一个不大的入口，好像进入山寨的一道关隘。"拉诺—洛拉科"几个刻在石碑上的大字异常醒目，说明这里已圈入文明遗迹的保护之列。

我们从石碑前面的入口步入山坡，开始坡度不大，山坡土层较厚，长有茂密的野草，只有一条用脚趟出的小道蜿蜒其间。渐渐的，坡度陡了起来，有的地方很滑，小道忽而向上，忽而折而平行。这时我们的注意力都在山顶上，那岩石裸露的火山顶部似乎有种神奇的力量吸引着我们，使我们顾不上气喘吁吁，也要奋力爬上去。

"到了！"当走在前面的女向导回过头说道，我们猛跑几步，不由地一个个张大了嘴，毫不掩饰我们的惊讶。

我此刻的感觉仿佛回到了遥远的古代，似乎看见一个个手持石斧石凿和木棍的工匠正在用他们手里的原始工具开山凿石，耳畔响起不绝于耳的叮当声。这是采石场千古不变的噪声。不过，这里开采的并不是建筑用的普通石料，人们用最原始的手段创造着永恒的艺术，毫无生命的顽石在能工巧匠手里被赋予了生命的血肉之躯，还注入了超越生命的神奇力量。

我们眼前的拉诺—洛拉科火山，正是一座莫阿依石雕人像的加工厂；更确切地说，它更像一座露天的石像博物馆。有人说它是名副其实的雕像山。这里躺着据说有150尊未完工的石像，也有被加工了一半而放弃的"废品"。它们躺在凿空的石槽里，背部还和山岩连在一起，有的斜卧在倾斜的山坡上，默默地仰望苍天。当初的石

尚未从山体分离的石像

匠充分利用石料，有时把几尊石像并排在一起加工；也有的石像隐藏在草丛或者巨大的石缝里，需要仔细观察才能发现。石像有大有小，大的石像高22米，令人生畏。人站在它的旁边如同侏儒。石像的加工精度也有区别，有的接近完成，只需搬运到指定地点；有的仅仅雕刻了基本轮廓；多数雕像都达到了相当精细的程度。它们的造型酷似屹立在海边的莫阿伊石雕人像。

我们在一尊尊石像间盘桓，不禁为这巨大的工程而惊叹，同时一个问题也接踵而至，这些石像为什么没有完成就被突然放弃了呢？是什么原因使石匠们停止工作，将他们耗费心力的艺术品丢弃不问呢？尤其是有的石像已全部完工，石像底部垫上滑动的石块，就像一艘拴在船坞的新船，只需砍断缆

绳就将驶向大海，然而是什么原因，使它永远搁浅在它的船坞里，永远失去眺望大海的机会呢？

我无法解释这奇怪的现象。曾经到过这里的挪威探险家海尔达尔似乎对此也有同感。他说："如果你置身于拉诺—洛拉科火山之中，那你就会觉得自己好像接触到了复活节岛的秘密，这里的空气也仿佛充满了神秘的气氛。"我想，这种神秘气氛还在于你会感到一种超自然的力量，存在于这些默默无言的石像之间。如果你面对像洛阳龙门石窟那样宏伟的石雕，你当然会想到当年的石匠是怎样加工它们的。而且，当这些笨重的家伙雕成之后，又是用什么办法将它们从山顶搬到十几千米远的海边，再将它们完好无损地竖在阿胡之上？即便是今天，人们用起重机、吊车和大卡车，也并非易事，可是不要忘记，那些和石雕人同时代的复活节岛人正处在蛮荒的石器时代。

女向导看出我的疑惑，指着山下的旷野对我说，石像是沿着一条依稀可辨的道路搬到海边的。我纵目远眺，熔岩平原似乎有一条弯弯曲曲、断断续续的路，像模糊的一条虚线，而且路上还能发现倒下的石像，好像它们走到半路突然不动了。一切都是那么突兀，简直不可思议。

从拉诺—洛拉科火山口的雕像山下来，我们又爬上平缓的北坡，翻过一道不高的山梁，静卧在宽敞的火山口里的一个火口湖扑入眼帘。火山口四周坡度平缓，它的北缘离海不远，海浪日夜吞噬它的岩石，一旦岩层崩塌，湖水就会消失。不过，眼下湖水宁静，湖畔丛生着青翠的芦苇，如童话里的仙境，异常静谧。我们坐在湖畔的山坡，屏声敛息，杂念顿消，一颗心仿佛沉入那深邃的湖底。

拉诺—洛拉科火山的神秘还不限于此，在火口湖的东北坡以及半山腰还有许多矗立山坡的石像。这些石像和海边的莫阿依，以及雕像山那些未完工的雕像，造型完全不同，属于截然不同的两种风格。它们都是完工的雕像，好像长在山坡上。而且它们都是上半身，头部占了很大比例，最突出的是它们脸颊狭长，鼻梁高挺，有着深陷的眼窝、长长的耳朵以及噘起的嘴唇，多数雕像只是一个头加上脖子，此外，它们都从不同方向眺望大海，和背海面岛的莫阿依形成鲜明的对照。

这些风格不同的石像肯定包含着我们还不十分清楚的秘密，也许它是不

同时期的产物，也许这造型不同的石像代表
着先后到达复活节岛的不同的民族。他们各
自继承了不同的文化传统。是不是还有别的
解释，我无从回答。

笼罩着迷雾的拉诺—洛拉科火山，它使
我懂得了复活节岛的神秘所在，但我却是带着
更多的困惑离它而去。

站立在阿胡上面的石像

（五）

阿纳克那海滩（Anakena）称得上是复活节岛最迷人也最美丽的地方。
它在岛的北端，广阔的沙滩，蓝蓝的海水，迎风摇曳的棕榈将它点缀得十分
妩媚，和岛屿西部荒凉冷清的景象形成鲜明的对照。复活节岛树木稀少，但
这一带不仅有成片高大的棕榈，给烈日下跋涉的游人张开一柄柄巨大的遮阳
伞。沿着纵贯全岛，贯通南北的一条公路，途中还要经过一条森林繁茂的谷
地，而阿纳克那海滩就在这条公路和另一条环岛公路的交会处。

不仅自然风光得天独厚，阿纳克那海滩松软的沙地尽头，濒临海岸的高
地上还屹立着7尊雄伟的莫阿依石雕人像，除了两尊头部不翼而飞，其余5尊
保存非常完整，有4尊头戴红色圆形石帽。它们竖立在高大的阿胡之上，石
台的边坡用石块加固，遍植青草——在复活节岛上，这样完美的石雕人像群
只有很少几处。

阿纳克那海滩还和复活节岛的古老传说有相当密切的关系，根据传说它
是波利尼西亚人的最早移民落脚之处。相传在11—12世纪，在希瓦的毛利人
中间，由于氏族内部冲突和自然灾害，居民大批死亡，于是氏族首领霍多—
玛多阿被迫离开故乡去开拓新的疆土。据说霍多—玛多阿在梦中有人告诉
他，说是一个向着太阳的美丽岛屿等待他的到来。他派了7名青年作先导，
带了农具和种子去寻找该岛。随后他和妻子、臣民几百人，分乘两条大船逃
离了灾难深重的故土。经过两个多月的航行，最先到达的7个青年水手和大
批人马在阿纳克那海滩汇合，并将霍多—玛多阿的王宫定在这里。传说中提
到，霍多—玛多阿的船队抵达复活节岛是一个极为热闹的场面。经过长途航

行的人们在白色的沙滩宿营，头戴羽毛王冠、身穿色彩鲜艳斗篷的霍多—玛多阿手持象征国王权力的权杖，巡视了这片陌生的土地，他对这里的一切都很满意。事实也如此。移民们从故乡携来的动植物很顺利地适应了这里的气候。他们开垦土地、种上了甘薯、香蕉、甘蔗、土豆等农作物，并饲养家禽，孤岛进入人口增长、经济繁荣的时期。多年之后，霍多—玛多阿的眼睛瞎了，年岁越来越大。他知道自己将不久于人世，便叫他的孩子们搀扶他来到岛上最高的拉诺—卡奥火山，他朝遥远的故乡希瓦呼喊，以表达他对故土的思念。几天后，他死了。他的孩子们将他安葬在阿纳克那海滩，让清风和不息的涛声和他做伴。

　　我坐在海滩棕榈林的绿荫下，这里为游人预备了好些木头的长凳和条桌，是野餐的好地方。海风轻轻吹来，棕榈的羽状叶子絮语盈耳，似乎在向我讲述遥远的过去。灿烂的阳光照耀着远处那一尊尊神情庄严的莫阿依，那专注的目光和不可思议的表情，使海滩弥漫着无比神秘而令人迷惘的气氛。我很快就要离开这座充满神奇色彩的小岛，我怀着试图揭开它的谜底的愿望而来，但在我即将离开之际，却是带着更多的困惑，更多的疑问。其实，冥思静想，这也毫不奇怪。人类的历史本来就是一团充满神秘色彩的迷雾，在历史的长河中，我们不过是匆匆过客。没有亘古不易的法则，没有万世不衰的江山，沧海桑田，盛极而衰，绚丽的文明之花纷纷凋零，微不足道的种子崛起参天大树，历史的辩证法本来就是如此。何况历史本来就是人写的，人能够创造历史，也能够编写历史。迷雾自古以来就是历史的障眼法，它善于隐恶扬善，惯于弄虚作假，长于颠倒黑白，一部《二十四史》又有几多真真假假，虚虚实实，何人弄得清它的是非曲直呢。想到此，复活节岛倒也有可爱之处，那扑朔迷离、似是而非、若有若无、莫测高深的历史迷雾还是由它弥散开去，不求弄个水落石出为好。让人们去遐思，去幻想，去探索，去考证，不也是人间一大乐趣么。

　　我就是这样怀着愉悦的心情，接过波利尼西亚人馈赠的一串贝壳项链，告别了令人无比留恋的复活节岛。

　　智利航空公司的一架波音747客机继续越过太平洋，向着另一个美丽的塔希提岛飞去……

波兰古都克拉科夫

追踪哥白尼的足迹

　　500多年前，波罗的海之滨一个小镇的古老教堂里，住着位德高望重的神甫。

　　教堂建在不高的岗阜上，高耸的塔楼伸出教堂的院墙，气势雄伟，远近一带的滨海平原没有比它更高的建筑了。

　　每当繁星闪烁、夜空澄澈的晚上，镇上的人大都进入梦乡的时刻，这位身穿黑色道袍的神甫便悄悄地攀梯登上塔楼。他一动不动地站在那里仰看星辰，还摆弄一些莫名其妙的仪器观测天象。他对这项探索宇宙的工作是如此倾心。波罗的海的冬天漫长又寒冷，凛冽的寒风冻得双手不听使唤，他依然一连几个小时忘情地观察，直到双脚都麻木了才回去休息。夏天，这一带凉爽宜人，他更是不知道疲倦，常常被夜露打湿了衣衫……年复一年，他的满头黑发变成银丝，但他从未停止过这件鲜为人知的工作，直到停止呼吸的那一天。

　　然而，今天全世界稍有文化知识的人都不会忘记他的伟大功绩。由于他的一部划时代的著作，整个人类的宇宙观发生了一场革命，千百年来被教会奉为金科玉律的经典学说——由亚里士多德和托勒密建立的"地球中心说"，彻底动摇瓦解。是他提出的"太阳中心说"，作为一种新的宇宙观，不仅奠定了现代天文学的基石，而且像一道曙光，驱散了宗教神学统治的漫漫黑夜，从此自然科学挣脱了神学的束缚而获得自由，人类思想解放的号角吹响了。

　　他，这位推动历史前进的思想巨人，就是我们十分熟悉的伟大的波兰天文学家尼古拉·哥白尼。

　　当我决定前往哥白尼的祖国时，我细细查找了波兰的地图。我有心去追踪他的足迹，访问那些留下他的吉光片羽的地方。于是，我到了他的故乡——托伦，他青年时代求学的古城——克拉科夫，一直到达他的后半生度过的波罗的海之滨的小城——弗龙堡。5个多世纪的悠长岁月，沧海桑田，人们是否还记得这位在孤独中死去的智者呢？而且无情的岁月流水是否早已将这位巨人的足迹冲洗得踪迹全无了呢？

　　我是怀着如此复杂的心情，踏上了遥远的旅程。

　　从波兰首都华沙北行，欧洲平原的景色令人赏心悦目。公路两旁，森林夹峙，绵延不绝，使人错以为穿行在大森林里。汽车不停地跑了3个小时，终于到达哥白尼的故乡——托伦。

　　实际上，汽车一直在和维斯瓦河赛跑。流贯波兰全境的维斯瓦河，穿过华沙，此刻又贴着托伦身旁静静地流向北方。沿着河岸，托伦古城赭红色的城墙巍然屹立；红墙绿树之间，教堂的尖塔和古建筑的房顶忽隐忽现；眺望宽阔的河面，远近有几座大桥气势不凡。缥缥缈缈的对岸，依稀可见片片楼房。据说是新建的工业区，人们打算在那里建设一座新城。

　　托伦人没有忘记自己杰出的儿子。他们对作为哥白尼的同乡感到骄傲和自豪。在市中心最显眼的市政厅广场，矗立着一尊高大的哥白尼青铜雕像。雕像是全身的，身着教士长袍的天文学家手托一具天象仪，神态安详地凝视着前方。这里聚集了许多游人，也许很多是如我一样的崇拜者。广场附近，临街一幢老房是波兰很有名的远东博物馆，收藏了印度、日本和中国的佛像、瓷器、漆器、书画和古代工艺品。附带说一句，托伦的文物古迹之多，仅次于古都克拉科夫，居全国第二，这也说明托伦历史的悠久。

我们受到托伦市长斯杰潘斯基的热情接待，承他给我们上了一堂生动的历史课。

托伦位于波兰中部，距离华沙213千米，是托伦省首府。这座有755年历史的古城，在13世纪由条顿骑士团所建。相传条顿人属于日耳曼人部落，所以托伦和波兰北部的格但斯克、索波特等城市一样，受普鲁士影响很深，很多建筑也保持了德国的风格。在哥白尼出生前19年，托伦摆脱了十字骑士团统治，成为波兰国王卡齐米日·雅盖隆奇克统治下的城市。

中世纪的托伦是波兰最重要的城市，它和波兰北部滨海地区的埃尔布拉格、格但斯克号称三大城。由于托伦位于西欧通向波兰的有利位置，加上维斯瓦河交通便利，物阜民丰，这里一度是繁华的贸易中心。中欧的矿石、日耳曼和北欧的工业品在这里集散。斯杰潘斯基市长说："如果有兴趣，你们可以参观托伦的葡萄酒窖。从中世纪起这里就有全国最大的酒窖，进口的葡萄酒先贮藏在此地，然后再运往各地。"托伦的衰落是1793年波兰国土被再次瓜分之后，由于被维斯瓦河河口新建的但泽港夺去大部分商业贸易，它的地位才一落千丈了。

我最感兴趣的自然是哥白尼在托伦留下的遗迹。在哥白尼大街17号的哥白尼故居，我向这幢绛红色的砖楼投下深情的一瞥。这条街原叫圣阿娜巷，街面不宽，但两旁二三层的楼房建筑整齐，屋宇高敞，很可显示这一带的住户都是城中的殷实人家。哥白尼是1473年2月19日诞生在这幢典型的中世纪民居的，楼下贮藏货物，进门左手边即是楼梯，楼上住人，底层天花板很高，房梁遍饰彩画，如今这幢古建筑已是一座博物馆。

关于天文学家早期生活，包括他的家世，目前所知只是一鳞半爪，大概许多细节已变成永远的秘密了。哥白尼的父亲是个很有经营才干的商人，原在克拉科夫和格但斯克之间经商，1458年迁居托伦，一度是托伦议会的议员（也有说他担任过市长）。1464年，他与本城富商瓦兹洛德的女儿巴尔巴娜结婚，生有二男二女，哥白尼是最小的儿子。

对哥白尼一生具有决定性影响的是他的舅舅乌卡什·瓦兹洛德。他早年在克拉科夫学习过，后毕业于意大利波伦亚大学，获教会法学博士学位。回到波兰先后担任普鲁士弗龙堡大教堂主教，又被罗马教皇任命为波兰城邦埃尔门兰德的大主教，后来担任瓦尔米亚主教。瓦尔米亚原是普鲁士的一部分，1466年并入波兰，称为王属普鲁士，接受波兰国王管辖，是普鲁士最大的主教区。瓦兹洛德主教还是波兰最早的人文主义者和文艺复兴运动的先驱。由于哥白尼10岁丧父，当哥白尼失去母亲后，舅舅便承担了抚养他们姐弟4人的责任。哥白尼先被送到约翰学校读书，之后升入托伦上游的弗洛克拉维克城的教会中学。

斯杰潘斯基市长说，托伦现有人口20万人，每年到托伦旅游的国内外游人达100万之多。为了保护这座历史名城，减少噪声和工业污染对城市古建筑的影响，在维斯瓦河畔建了停车场，各种车辆一律不准进入市区。他们还拆除了市内110座老式供暖设备，统一从7千米之外向市区供暖，从而有效地防止了空气污染。由于托伦不仅是一个商业城，它的化工、机械、电机、纺织也很著名，其中矿山机械、医疗材料等大量出口。为此，他们把这些工厂都建在维斯瓦河东岸的工业区，那里已有6万居民。

在托伦，我们参观了以哥白尼的名字命名的哥白尼大学。这所大学建于1945年，是一所很有特色的高等学府，它是天文学研究中心，而且是波兰唯一设有美术系的大学，学术活动十分活跃。据副校长察米阿尔科夫斯基介绍，哥白尼大学是从维尔诺迁来的，很多教授来自维尔诺波克巴托大学。目前，该校有教职员2300人，大学生7500人，设有23个研究所，1000名研究人员。他们每年接受外国访问学者达600～700人，本校也派出同样数量的教师出国进修，而且还举办各种国际性的学术讨论会，以促进校际合作与学术交流。察米阿尔科夫斯基特别强调指出，哥白尼大学的天文研究实力相当雄厚，天体物理研究一直是该校的重点科研项目。1987年10月，他们与我国南京大学签订合作协议，两校天文、化学等学科进行广泛合作。1988年9月，两校将第一次交换3名留学生。这一切再生动不过地说明，哥白尼开创的事业是后继有人的。

1491年，18岁的哥白尼离开托伦，进入克拉科夫大学（即今日雅盖隆大学）学习，直到1495年大学毕业前往意大利留学，他在克拉科夫生活了整整

4年。当时克拉科夫只有2万人，但来自波兰各地和欧洲许多国家的大学生竟达2000人。由于受文艺复兴思潮的影响，克拉科夫弥漫着蔑视传统、追求真理的学术空气，尤其是大学讲坛新旧思想的激烈论争，都在年轻的哥白尼身上留下深深的烙印。他的许多大胆的反传统的思想，据说就是在克拉科夫就学期间开始萌芽的。当时在克拉科夫大学占星学系任教的沃伊切赫教授，是欧洲著名的天文学家之一，是他的教学活动启迪了哥白尼对天文学的兴趣。正是受沃伊切赫教授的影响，哥白尼开始对传统的天文学理论产生了大胆的怀疑。

从雅盖隆大学毕业后不久，哥白尼在舅父瓦兹洛德主教的安排下，从1496年至1503年到文艺复兴的发祥地——意大利留学。他先后在博洛尼亚大学、帕多瓦大学、费拉拉大学学习教会法律和医学，1503年获教会法学博士学位。回国后，由于瓦兹洛德主教年迈多病，他在波兰皇耳斯堡主教官邸生活了6年。1512年瓦兹洛德逝世后，哥白尼便来到位于波兰北部格丁尼亚附近的弗龙堡大教堂当了一名神甫。从此他在这个波罗的海海滨小镇，度过了他一生最辉煌的时期。

弗龙堡的老房子

我们是从北部海港城市格丁尼亚驱车前往弗龙堡的。这一带，地势平坦，茂密的森林与绿色的田畴交替出现，很久也不见一个村庄。汽车不时穿行在密林郁闭的小路，仿佛钻进不见阳光的千里凉棚，使人心绪安宁，耳目清爽。钻出森林，在一个小火车站好不容易遇上几名装卸工，一打听，才知道我们走错了路。看来，是我们贪恋那秀色可餐的大森林了。

弗龙堡在哥白尼时代就是瓦尔米亚教区的首府，小镇有1500名居民，经过5个多世纪，弗龙堡似乎像远离尘世的深山古刹，依然保持恬静、安宁的古老风貌。那高踞在缓缓起伏的山冈上的教堂，像饱经风霜的城堡，默默无言地俯瞰着人间的纷争与困扰……

从弗龙堡教堂高耸的钟楼向北眺望，只见水天茫茫，渺无边际，这是与波罗的海相连的维斯瓦湾。弗龙堡原是东普鲁士一个小镇，现属埃尔布隆格省，居民仅2000人，多从事渔业。镇上多数房屋散布在小山冈周围，而雄踞山冈最宏伟的建筑，便是巍峨的大教堂，这座教堂建于14世纪，初为木结构，1344年改为砖石建筑，1488年四周又加筑了坚固城墙，墙上有箭楼，俨然一座名副其实的城堡。我从横跨壕沟的木桥进入城堡，壕沟外的参天古树可以证明古堡饱经沧桑的历史。接待我们的是一位年轻的女解说员，她说，古堡是1948年作为纪念哥白尼的第一个博物馆对外开放的，它包括作为博物馆展厅的大主教堂（1971年正式开放），一座可登高眺望并陈列着以天文为主题的艺术品的塔楼，还有埋葬哥白尼遗骨的尖塔高耸的大教堂。

在两层楼的大主教堂内，底层展厅以大量出土文物展示了弗龙堡及其周围地区悠久的历史文化。其中大量的陶器、陶质水管、日用器皿，是1959年考古发掘出土的，均是14—15世纪的遗物，据说有的是在哥白尼的棺材里发现的，有的出自教会医院的地下。二楼展出哥白尼的生平，以及与他的科学活动有关的展品。巨幅的哥白尼油画像，哥白尼的不朽之作《天体运行论》最早的波兰文本，哥白尼的博士证书，他写给主教的信，以及他亲手绘制的天体运行图，一一展示在我们面前，但是大部分都是复制品。此外展厅中还陈列着哥白尼观测天象的简陋的仪器。想到这位伟大的天文学家，不论是寒风凛冽的冬天，还是海风拂面的夏夜，始终坚持不懈地观测星空，探索宇宙的秘密达30年之久，着实令人钦佩。

　　哥白尼和文艺复兴时代许多杰出的人物一样，多才多艺，在许多领域都有卓越的贡献。他精通多种语言，翻译了公元7世纪拜占庭作家泰奥苏拉克特·西莫卡塔的《风俗·田园和爱情信札》，这是波兰第一部由希腊文翻译过来的拉丁文作品。他是一位妙手回春的医生，不仅当过舅舅的私人保健医生，被许多贵族请去看病，而且经常免费给穷人看病，在瘟疫流行时抢救了许多病人。他还是杰出的测绘专家和新的历法制定者。为了政治斗争的需要，哥白尼奉舅父之命绘制了瓦米亚和王属普鲁士西部的边界的地图。他的大量天文观测记录不仅是为了探索天体运行的规律，而且首先用于历法改革，因为当时通行的儒略历与实际情况有很大差距。而我们知道，历法和人类的生产特别是农业有多么密切的关系。

　　展厅里陈列了哥白尼撰述的一本《货币的一般理论》，引起我浓厚的兴趣。原来当时的波兰币制相当混乱，各地都发行货币，硬币的价值极不统一，以致市场物价飞涨，金融混乱，货币贬值。哥白尼为此专门写了论述货币的经济学著作，主张对货币实行改革，提出新的货币制。他认为应建立各国之间的货币同盟，一国只准流行一种货币，并限制货币发行量，销毁过去发行的劣币，只有这样才能建立市场新秩序。哥白尼曾把他写的论文送交议会讨论，他的理论虽然并未得到全部实现，但却引起国王和贵族的高度重视。哥白尼被公认为是那个时代最杰出的经济学家。

当然，哥白尼名垂青史的成就是对天文学的贡献，移居弗龙堡不久，约从1516年起，他便开始《天体运行论》的写作，整整用了20年的时间，到1536年基本完稿，由于害怕书中的观点将会遭到教会的迫害，他一直未敢公开出版。只是在1530年，哥白尼写了篇科学论文，名为《短论》，分赠给欧洲一些学者私下传阅，就这样还引起了一些人的激烈反对。1541年，他的弟子、德国维登堡大学教授雷提卡斯把《天体运行论》手稿送到纽伦堡出版。但是，当这本划时代的著作送到哥白尼手中时，他已双目失明，生命处于垂危状态，他仅仅用手摸了摸样书的封面，便与世长辞了——这是1543年5月24日。

具有绝对讽刺意味的是，当哥白尼的学说在欧洲广为传播时，在他生前对他进行恶毒的人身攻击，竭力歪曲他的学说最为起劲的，却是另一位伟大的宗教改革家马丁·路德。

众所周知，马丁·路德第一个挺身而出谴责教会出售"赎罪券"的肮脏交易，而且要求取消等级制度，否定教皇权威。他所掀起的宗教改革运动影响遍及西欧和北欧。然而马丁·路德对于弗龙堡这一位向宗教神权提出挑战的天文学家，却表现出极大的浅薄和无知。他粗暴地攻击哥白尼的学说是危险的异端。1531年，埃尔布隆格的路德派信徒居然在狂欢节的化装舞会上，用一名小丑的滑稽表演嘲笑哥白尼。可想而知，当这些无聊的人身攻击传到哥白尼的耳朵里时，他是多么痛心——在人类的文明史上，这又是多么常见的误会和不幸啊。

从大主教堂出来，我随游人攀上高耸云天的钟楼。钟楼当中是螺旋形的盘梯，圆形的墙壁缀满日月星辰的图案和以宇宙为主题的壁画，有写实风格的，更多则是抽象派的作品。

攀上钟楼最高处，墙上是一圈阳台，可以凭栏远眺弗龙堡全景。绿树掩映的小镇，红砖红瓦的房舍小巧典雅，错落有致，除此之外，满目尽是绿色的田野，绿色的森林，连天际的海湾也是悦目的绿色。近旁，塔楼底层有一间不常开放的斗室，放着木桌、木椅，壁炉是冰冷的，一具老式的天象仪闲置在墙角，不知有几百年了，这就是哥白尼的工作室。他的不朽著作《天体运行论》也许就是在这里诞生的。从钟楼顶上的阳台看去，那座尖塔耸立的哥特式教堂突然变小了，如蚁的游人正在向敞开的大门涌去，那里是哥白尼长眠之地。悠扬的管风琴声响了起来，如瑶池仙乐，飘飘袅袅，随风四散开来，传到很远很远……

翡冷翠纪事

　　翡冷翠，如今通译佛罗伦萨，在意大利语中是鲜花之城的意思，位于意大利中部的阿诺尔河上，离利古里亚海90多千米。这座美丽的古城所以闻名于世，是由于它是14—16世纪欧洲文艺复兴运动的发源地，也是世界上保存文艺复兴时期的建筑与艺术品最为集中的天然博物馆，因此，几个世纪以来，世界各地不知有多少人，怀着对艺术和文学的追求，不远万里前往翡冷翠，瞻仰艺术大师们的杰作，吸取创作的灵感和真理的启示。

　　拂晓从斯波雷托城驱车前往，马不停蹄地赶到翡冷翠，已是上午9点多钟。阳光普照的翡冷翠给人最深的印象，是它抵挡了现代化的浪潮，始终保持中世纪古城的风貌。市区不通汽车，游人一律步行。我们将汽车安置在城外的停车场，向城中走去，只见街道很窄，石头铺的老路两旁，高高的老式房屋清一色灰黄的墙面，半明半暗，留下岁月的沧桑。临街的铺子门面不大，古香古色，透出浓浓的艺术品位。偶尔透过老宅半开半掩的门扉，庭院深深，古木蓊郁，层楼重重，精巧的雕像和喷泉半藏半露，时光仿佛被深锁在封闭的庭院里。

　　走不多久，便是市中心的希纽瑞阿广场，这儿是全城艺术精华荟萃之地。广场北面建于13世纪的威基欧大厦，是一座94米高的城堡式塔楼，高耸云天，气势不凡，在有限的平面空间之内大大扩展了三维空间，如今这座几易其主的城堡是市政厅，也是珍藏艺术品的博物馆。最令人夺目的是威基欧大厦前一尊尊著名的雕像，皆是千古一绝的传世精品：米开朗基罗的"大卫"（复制品，原作藏在该城美术学院博物馆）、班迪内利的"赫拉克里斯与卡科斯雕像"、贝韦努托·切利尼的"珀耳修斯雕像"以及广场中心的海神喷泉。毗邻威基欧大厦的翡翠画廊是四层的宏伟建筑，是世界上珍藏艺术品最为丰富的画廊，据说可与巴黎的卢浮宫媲美，突现了这座城市崇尚艺术的个性。

　　欧洲的历史文化深深地烙下宗教的印记，遍布城乡的各种造型殊异的教堂，既是艺术的结晶，也是历史的缩影。翡冷翠当然也不例外。这里据称有60多座教堂，其中最为辉煌壮丽的要数圣乔万尼广场上的圣玛利亚百花主教堂，它那橘红色的穹顶犹如华丽的皇冠雄踞蓝天，俯瞰大地，是仅次于梵蒂冈的圣彼得大教堂、伦敦的圣保罗教堂的世界第三教堂。它和教堂右侧由乔托设计的高贵典雅、89米高的钟楼，以及教堂对面的八角形的圣洗堂，由中世纪著名艺术家洛伦德·吉贝尔蒂设计制造的青铜浮雕镶嵌的三座大门，集中代表了佛罗伦萨宗教建筑的精华所在，是每个来佛罗伦萨的人不能不看的标志性建筑。

　　还有一座教堂也值得一看，这就是圣十字架教堂，这座哥特式建筑是翡冷翠的先贤祠，那些在文学、音乐、科学、艺术等领域做出重大贡献的伟人长眠于此。我在这里见到伟大的科学家伽利略（1564—1642）的陵墓，祭坛两旁是寓意几何与天文的女神雕像。艺术巨匠米开朗基罗（1475—1564）的陵墓也很别致，除了米开朗基罗半身雕像外，还有三尊分别寓意绘画、雕

佛罗伦萨圣母百花大教堂

刻和建筑的女神雕像，概括了这位艺术巨匠一生在众多领域的杰出贡献。另外，《君王论》的作者、著名政治家马基雅维利（1469—1527）的墓碑上有一句耐人寻味的拉丁文题词："世上无颂词能与其名相称。"这句话用在翡冷翠许多彪炳史册的人物身上，真是再贴切不过的了。

在我的印象里，翡冷翠的教堂和欧洲许多国家的老教堂的区别不在于它的建筑形式，而是整体的色调有着鲜明的不同，它不像巴黎圣母院那样苍老阴郁，也不像德国科隆大教堂那样令人压抑，这里的教堂橘红色的穹顶，彩色大理石的高墙，明快空灵的轮廓，给人以欢快愉悦的感触，如果从高处俯

佛罗伦萨阿尔诺河上的老桥

瞰，全城红瓦耀目，绿树映衬，说它是鲜花之城绝不为过，这大概也是几代艺术大师刻意追求的意境吧。

阿尔诺河上的许多桥梁也是翡冷翠一道迷人的风景。河不太宽，两岸是鳞次栉比的楼房，其中最值得一看的是老桥，远看像是中国古代的风雨桥，到了桥上才发现桥面两旁是房屋，当中是人来人往的通道。有趣的是，桥上的店铺清一色是出售金银饰品的金店，金光灿灿、精美绝伦的首饰分外耀眼，很可表明这座城市的富足奢华。老桥历史悠久，相传中世纪最伟大的诗人但丁常和他终生热恋的少女贝娅特丽在这儿幽会——不过，当初的老桥还是城外一处幽静的所在，不会像现在这般熙来攘往的喧闹了。

老桥的一端不远即是著名的乌菲齐大厦，这里是翡冷翠的艺术中心，也是世界最重要的艺术博物馆之一。沿着楼上两条长廊，45个展厅展示了文艺复兴时期以来各个流派艺术大师的传世之作。许多过去只能在画册和美术教科书里知道的作品，现在却可以面对面地细细鉴赏，领略大师巨匠的神来之笔。尽管当时宗教神权的统治令人窒息，许多艺术家实际上是教会役使的画

师，作品也只能局限于圣经的故事为题材，许多作品本身就是教堂的装饰，然而即便如此，天才的艺术大师们却把歌颂人、赞美人生、歌颂人体美和表现人的内心世界作为艺术追求的最高目标，这恰恰是和宗教教义背道而驰的。文艺复兴时期的艺术家以画笔向传统挑战，革新宗教题材的画风，摒弃僵化的表现手法，把活生生的人作为艺术表现的对象，从而开创了人本主义的先河。于是宗教神权的圣殿落成之日，它的精神支柱却轰然坍塌了。这大概是教皇和红衣大主教们万万没有料到的。

中世纪的翡冷翠人杰地灵，汇集了那个时代在众多领域堪称一流的精英，群星灿烂，创造了文艺复兴不朽的辉煌。在文学领域，除了文艺复兴运动的先驱、诗人但丁、彼特拉克（1304—1374）之外，还有一位就是著名的意大利作家、《十日谈》的作者薄伽丘（1313—1375）。在文学史上，人们常常把他们三人称为"三颗巨星"，也常常将薄伽丘的《十日谈》和但丁的《神曲》相提并论，认为薄伽丘是用现实主义手法猛烈抨击教会的虚伪，向封建专制挑战的伟大作家。关于《十日谈》和薄伽丘的文学生涯，无需我在这里班门弄斧，史家早有定评。不过，有意思的是中世纪发生的一场瘟疫，也曾使意大利包括翡冷翠在内蒙受巨大的灾难，薄伽丘恰恰是这一历史事件的目击者。在这位作家的笔下，留下了那场令人恐怖的疫情的"现场报道"，这不仅是十分珍贵的历史资料，也是我们了解翡冷翠的过去和现在难得的文献。

这场席卷欧洲的瘟疫发生在14世纪，据史书载，公元1347—1351年间，一种被称为"黑死病"的瘟疫，自南而北在欧洲蔓延，短短的几年时间，2500万人被夺去了生命，致使欧洲大陆田园荒芜，十室九空，社会生活陷于停顿。据统计，黑死病的死神使欧洲人口减少了1/4。

黑死病（Black Death）据说是淋巴腺鼠疫和肺炎，它是由跳蚤携带的病菌引起的，而这种跳蚤附在家鼠皮毛间，致使被跳蚤咬过的人或接触过病人排泄物的人染上疾病。黑死病的传播有几个值得注意的特点：一是它的传播途径是从地中海的港口向欧洲大陆蔓延，因此有人认为，它最先出现在小亚细亚，后来随着商队的往来，尤其是往来地中海的商船将疫情传播开来。这也是瘟疫流行的普遍规律。从欧洲黑死病在各地爆发的时间来看，它最初是

佛罗伦萨市政厅前的大卫等雕像

在地中海沿岸的西西里岛出现（1347），有一种说法是，一支从西西里岛的墨西拿驶往威尼斯的船队将染有鼠疫的难民运到威尼斯，于是疫情转年便在北非、意大利、西班牙、英格兰、法国蔓延开来，1349年奥地利、匈牙利、瑞士、德意志和低地国家相继发生疫情，到了1350年北欧的斯堪的纳维亚和波罗的海沿岸各国也未能躲过这场灾难。

另一个值得注意的特点是，黑死病的疫情是有反复的，这当然和当时的医疗条件尤其是人类对这种疾病的认识及防御能力有限是分不开的。据记载，欧洲的这场大瘟疫后来在1361—1363年、1369—1371年、1374—1375年、1390年、1400年都曾多次复发过。此外，黑死病在人口集中的城镇为害尤其严重，而在地僻人稀的乡村则相对要好得多。因此，那些从城镇逃到乡村避难的人，往往躲过了这场浩劫。值得关注的一点是，在黑死病肆虐欧洲时，也有少数地区未染上疫情，如意大利的米兰和现在的波兰等地，据称米兰大主教曾下令对发现疫情的房屋实行严厉的隔离措施，不仅要将有疫情的房屋周围建起围墙，还要将病人和死者以及屋内健康的人全都埋葬。波兰也在全境严格实行隔离办法，从而有效地控制了疫情的蔓延。有资料说，现在的海港检疫制度，缘起于中世纪黑死病流行时意大利一些海港实施的隔离措施，当时为了阻止瘟疫传播，对所有进港的船只都不许马上靠岸，而是另找一块离城较远的地点，将船员隔离起来，为期一个月甚至四旬，如无疫情发生方可入城。这一行之有效的办法，于是逐渐被后世沿用至今。

薄伽丘生活的年代（1313—1375）正是黑死病席卷欧洲之际，在意大利各地包括翡冷翠遭遇瘟疫流行的1348年，薄伽丘是35岁，他目睹了这场可怕的瘟疫带来的灾难。因此，在《十日谈》这本巨著中，作家不仅把故事发生的背景放在黑死病流行的特定时期，写了十个青年男女逃出疫情的重灾区，来到一处世外桃源般的山中别墅，由此开始了100个故事的演绎，构成了《十日谈》的主体。除此之外，薄伽丘作为历史见证人，将这场瘟疫的真实情景记录下来，为后人保存了一份极其珍贵的大瘟疫的"现场报道"——我想，薄伽丘也是有意让后人记住历史上这场浩劫的真相吧。

发生在距今六百多年前的这场瘟疫，情景是十分恐怖的："这瘟疫太可怕了，健康的人只要一跟病人接触，就染上了病，那情形仿佛干柴靠近烈火那样容易燃烧起来。不，情况还要严重些，不要说走近病人，跟病人谈话，会招来致死的病症，甚至只要接触到病人穿过的衣服，摸过的东西，也立即会染上了病。"薄伽丘还写道：不仅人与人之间会传染，连牲畜一旦接触病人或死者用过的东西，也会染病并导致死亡。这说明黑死病既能通过空气传播，也能通过其他途径传播，而且在人与动物之间蔓延。

关于黑死病的症状，薄伽丘作了逼真的描述："染病的男女，最初在鼠蹊间或是在胳肢窝下隆然肿起一个瘤来，到后来愈长愈大，就有一个小小的苹果，或是一个鸡蛋那样大小。一般人管这瘤叫'疫瘤'，不消多少时候，这死兆般的疫瘤就由那两个部分蔓延到人体各部分。这以后，病征又变了，病人的臂部、腿部，以至身体的其他各部分都出现了黑斑或是紫斑，有时候是稀稀疏疏的几大块，有时候又细又密；不过反正这都跟初期的毒瘤一样，是死亡的预兆。"

薄伽丘在这里描写了黑死病患者淋巴肿大的症状，我不懂医学，不知这是否是鼠疫患者的症状。另外，薄伽丘还谈到当时医疗的情况也很糟糕，"任你怎样请医服药，这病总是没救的。也许这根本是一种不治之症，也许是由于医师学识浅薄，找不出真正的病原，因而也就拿不出适当的治疗方法来"，因此死亡率极高，往往患者在出现"疫瘤"的第三天就会死亡。据《十日谈》中所言，从当年3月到7月的4个月内，仅翡冷翠城里死亡人数竟有10万人之多，以致教堂的墓地都无法容纳如此多的死者了。在《十日谈》中，薄伽丘还以冷峻的笔触描绘了瘟疫当前的社会现状：有的人纵情享受欢乐，豪饮狂歌，抱着今朝有酒今朝醉的心理，放浪形骸，醉生梦死；有的人一走了之，逃往他乡；也有人清心寡欲，离群索居，选择了一种健康的生活方式；还有人对医道一无所知，却招摇撞骗，行医骗财……活画出大难临头

波提切利的油画《维纳斯的诞生》

的人生百态。

　　翡冷翠经历了1348年黑死病的流行，百业凋敝，田园荒芜，蒙受了巨大的损失。然而这场瘟疫并没有摧毁这座城市，也没有挫败他的创造力，在此之后不久，随着经济的发展，翡冷翠日渐繁荣，在这个中世纪的小城，留下了多少伟人的身影啊！达·芬奇诞生于此，在这里创作了《蒙娜丽莎》；米开朗基罗1501—1503年创作5.5米高的大理石雕像"大卫"时，才29岁；伽利略虽然出生在比萨，但他一生大半住在翡冷翠，完成了他对科学的不朽贡献；建筑大师布鲁内莱斯基，画家乔托、波提切利、拉斐尔、提香等，都在这里留下传世之作。此外，翡冷翠还是当时的音乐文化中心，形成了独具特色的歌剧乐派……

　　15—16世纪，翡冷翠成为欧洲著名的艺术中心，终于崛起成为欧洲文艺复兴运动的发祥地，在人类历史上写下了光辉的一页。

　　人类就是这样不断地和疾病作斗争，不断战胜各种传染病而发展起来的。

水城之夜

　　傍晚，暑气消散了，临近大运河的圣马可广场上顿时人山人海，热闹非凡。老天爷也挺凑趣，飘来一阵如烟如缕的雨丝，大理石铺就的长方形广场刚好湿了地皮。从高耸云天的圣马可钟塔和广场东边金灿灿的大教堂飞来的鸽子，少说也有几百只，这会儿像是赶集，飞到四方涌入的游客中间，大模大样地落在哇哇直叫的游人头上、肩膀上，或者干脆从他们的手心里啄食吃——广场有小贩专门兜售鸽子食，是一小包一小包的玉米粒。

　　广场的南北是一溜气势雄伟的老执政官官邸、新执政官官邸和马尔钱纳图书馆等建筑，南边的楼房底层是一家挨着一家的店铺，店铺前面宽宽的拱廊，这会儿挤得水泄不通。拱廊外头，有个小巧的露天乐池，面对着散落在广场上的咖啡座。我们在靠近乐池的咖啡座找到座位，各人要了一杯冰淇淋，乐池那边忽然奏起悠扬的旋律，细听是门德尔松的《威尼斯船歌》。音乐真是人世间最绝妙的感情纽带，它冲破了语言给人类设置的障碍，也冲破了种族、肤色造成的樊篱，使素不相识的陌生人心灵沟通了。伴随着乐池里几名音乐家的丝竹之声，喧嚣的广场陡然像风暴过去的大海平静下来，长廊里和广场上漫步的游人驻足不前，屏声敛息。就在这时，一群性格豪迈的西班牙游客拼命地向音乐家鼓起掌来，音乐家们也心领神会，立即演奏《卡门》的"斗牛士之歌"。那些欣喜若狂的西班牙人脚底早已痒痒的，立刻拉着身边的舞伴，踏着激扬的旋律，在咖啡座之间的空地上飞旋起来，引来一阵喝彩和掌声。

　　旋转的舞步，飘飞的彩裙，忽起忽落的鸽子，忽高忽低的乐曲，使我神思恍惚，不知身在何处。不知不觉，威尼斯的夜幕悄悄地降落下来，遮盖了眼前的圣马可广场，遮盖了游人冷落的小巷，连那大运河码头边终日闹哄哄

威尼斯叹息桥

南极夏至饮茶记
——金涛散文

106

的摊点，也不知什么时候打烊了。

威尼斯之夜，宁静，深沉，听不见汽车的噪声。狭窄弯曲的街巷也只有很少的行人，巷子里的店铺早早地关门闭户，唯有临街的橱窗通宵亮着灯光，炫耀着五光十色的商品。

在一所隐藏在黑暗中的教堂前面，昏黄的路灯映照着石桥旁停泊的几艘"贡多拉"，过了桥，见几名等候顾客的船夫正在路灯底下聊天。送我们来的老板上前几步，把我们交给一个40来岁的船夫，又特地叮嘱了几句。

"放心吧，准保不会把你的客人丢了……"船夫笑道，他是个瘦高个子，黑色的衣裤显得十分潇洒，但是那顶"贡多拉"船夫特有的扎红绸飘带的黄帽子，他却没有戴，大概是夜色中无需如此累赘吧。

白天，我们从穆拉诺岛回来的时候，快艇也曾穿行在威尼斯曲折迂回的水道之间，那两旁临河而立的楼房和水中的倒影，以及那不时迎面而来的拱桥和浮在波涛之上的教堂，给我也曾留下难忘的美好印象。不过，如果容许我挑剔的话，白日里的威尼斯还是显得过于拥挤，过于喧嚣了。那大运河的开阔水面犹如车水马龙的通衢大道，运货的船只，摩托快艇的噪声，挤满游客往来如梭的大客轮，把这座水上城市特有的宁静打破了，甚至连那座座拱桥上人头攒动的情景，也令人觉得大煞风景。唯有此时，夜深人静，当我和克拉蒂阿面对面地坐着，在吱扭的橹声中滑向夜色正浓的河上，我才真正走进了梦一般的意境。

"贡多拉"的外形很像印第安人的独木舟，船体扁长，船首尖翘，极富流线型，通体漆成油光锃亮的黑色，叫人联想起我国精巧的漆器工艺品。那站在船尾的船夫轻轻摇动橹板，"贡多拉"即刻离岸像箭似地往前窜去，那凝脂般的柔波轻轻荡起涟漪，轻巧得没有一点声响。不一会儿，眼前被黑暗笼罩了，"贡多拉"拐进夹在高楼之间的一条狭窄水道，环顾上下，没有月色星光，黑洞洞的楼房泄不出些微光亮，使人恍若置身于两岸山崖耸立的深山峡谷里了。

渐渐地，眼睛慢慢习惯了黑暗，加上水光的折射，方才看清这条水道犹如弯弯曲曲的长巷，"贡多拉"贴着墙根缓缓而行，遇到迎面过来的另一艘"贡多拉"，船夫只得扶着墙慢慢移动，两条小船才能擦身而过。两旁楼房很高，有三四层，多是年头很老的旧房，墙基的砖头长年浸在水里，早已千疮百孔，那沿着墙壁从房顶通下来的泄水管道，锈迹斑斑，底下都快烂了。家家门前都有个小台阶，靠墙立着小石柱或木头桩子，是系船用的。白天我曾看到不少临河的古建筑搭起了脚手架，在穆拉诺岛的运河两旁也见到一些年久失修的老屋，人去楼空，濒于坍塌。看来威尼斯市政当局维护古建筑的任务还很不轻。

贡多拉

据说威尼斯由于历代经营，120多个岛屿早已布满各个朝代不同风格的建筑物，已经没有向外发展的余地，目前本地居民超过36万，每年世界各地的游客有300多万，住房问题已经愈来愈紧张；加上房租昂贵，交通不便，一些久负盛名的中心区域又出现了居民人数越来越少的现象。有些老式建筑，我很怀疑是否有人居住呢。

"贡多拉"载着我们继续在迷宫似的水道中漫游。四周万籁俱寂，家家户户似已进入睡梦里，整个儿威尼斯都安静地睡着了，睡得那样深沉。平日里嘻嘻哈哈的克拉蒂阿这时变得异常沉默，仿佛这庄严的夜色有种震慑心灵的威严。偶尔从我们身边擦过的"贡多拉"，那游船上的对对情侣，或者如我们似的游客，也沉浸在这夜色的宁静氛围里。就连水道两旁不时闪过的酒吧或咖啡馆，那红绿灯下围坐宵夜的人们，也仅仅窃窃私语，唯恐惊扰了这梦幻般的安宁。只有那船尾橹桨划破水面的哗哗声，不紧不慢，节奏分明，似乎更增添了夜色的深沉。

威尼斯的运河

这浓于醇酒的威尼斯之夜，渐渐使我熏熏欲醉，我似醒非醒，仿佛和这凝固不动的河水，这隐藏在黑暗中的楼房，这从头顶跨过的座座石桥，以及漠漠夜空中的教堂钟楼尖塔溶化在一起。我的灵魂仿佛离开了栖身的躯壳，飞向空山幽谷，飞向苍茫大海，飞向了虚无缥缈的宇宙银河之间，一切纷扰离我而去，心灵深处变成一片空白。我仿佛变为一粒微尘，消失在这无边无涯的夜色里，沉入这深邃流动的波浪里，分解，溶化，无影无踪了……

这也许就是古今哲人所谓的"无我"的境界吧，我寻思。

威尼斯

不知过了多久，克拉蒂阿拍了拍我的膝盖，我如梦初醒，这才发觉"贡多拉"已经钻出水网的迷宫，驶入横贯威尼斯的大运河了。夜色朦胧，开阔的河面波浪翻涌，迎面吹来的海风已有些凉意，我下意识地紧了紧上衣。白天里繁忙异常的河道这时冷冷清清，除了我们一叶孤舟，见不到一艘船只。摇曳的波影灯光，映着对岸灯火疏朗的幢幢楼房，醉意朦胧，昏昏欲睡。只有那岸边和码头停泊的一艘艘游艇和排列整齐的"贡多拉"，在温柔的海风的抚摸下上下跳动，舒展着劳累了一天的筋骨。

记不清是什么时候回到"月亮"旅馆的，也记不清我和克拉蒂阿在哪儿弃舟登岸、踏着浓浓的夜色走回住地的，但我一辈子忘不了威尼斯的夜色。

这温柔的、宁静的威尼斯之夜……

死城庞贝

天蒙蒙亮时，我们从佩斯卡拉出发，汽车在平坦的高速公路上飞速奔驰着。快到中午，火辣辣的太阳底下，那久闻大名的维苏威火山，突然在一座城市的背后现出了身姿，那份威严而震慑心魄的气势是难以形容的。它并不像我在照片上见过的那样喷吐烟火，也不像头戴雪冠的阿尔卑斯山那样雄伟，它耸立在海水似的蓝天里，静静地俯瞰着脚下的一片城区，神态是那样安详而温驯，仿佛扮演着城市保护神的角色。然而，每个不会忘记历史的人都该知道，是它，这貌似恭谦而性情暴戾的维苏威火山，曾经不止一次大显淫威，残忍地毁灭了它脚下的生灵，把一度繁荣无比的城市变成一片废墟。

我们要去造访的死城——庞贝，就躺在火山脚下不到两千米的地方。说它是死城毫不夸张，这是一个没有居民、没有笑声的城市，店铺的柜台里没有琳琅满目的商品，昔日熙熙攘攘的广场荒草萋萋，曾经是欢声雷动的露天竞技场再也没有了观众，当初车水马龙的石条砌筑的大道上更听不见马车辚辚……它是一个在突发的灾变中猝死的城市，历史古远却从此停止了心脏的跳动，变成了一具徒具城市躯壳的木乃伊。

在一片地中海松林的浓荫里，庞贝考古中心的专家们在现代化的视听室用幻灯片向我们展示了庞贝灾难性的过去：这座靠近那不勒斯海湾的小城，始建于公元前7世纪，商业繁荣，海上贸易也很发达，居民约有2.3万人。公元62年发生了一场大地震，庞贝遭到破坏。17年后即公元79年8月24日下午1时左右，维苏威火山突然爆发，庞贝的末日到来了，幻灯片展现了这样的情景：当时从维苏威火山喷出的烟尘遮天蔽日，亿万吨火山灰从天而降，空气中弥漫着令人窒息的毒气。顿时全城一片恐慌，人们盲目地四处奔跑，然而，不论是来不及逃出房屋的，还是已经逃到户外的，无人得以幸免，统统被埋葬在灼热的火山灰中了。与此同时，离火山更近的两座小城——斯塔比亚和赫库兰尼姆的命运更为悲惨。熔岩和火山灰，以及山洪暴发形成的泥石流顿时将它们吞没。从此庞贝在地面上消失了。

　　庞贝是被火山灰掩埋起来的，这种火山灰呈灰白色，质地疏松，因而城市的建筑物以及各种居民的生活遗迹都被较好地保存了下来。清理出火山灰后，人们发现，庞贝是建在一个椭圆形的台地上的，面积约63公顷，四周有长3千米的城墙，共有8个拱形的城门，我们便从其中的"海门"步入这座死城。

　　一走进"海门"的城门洞，我们便从20世纪80年代一步跨入公元79年的古罗马时代了，这是一个非常明显的感觉。庞贝有两条纵横相交的大街，宽约4米，旁边有人行道，用巨石垒边，街道均由巨石镶嵌，呈不规则的几何图案。据说当时还未有下水道，下雨时街道成了泄水通道，所以隔不多远的路口置有巨石，作为行人过街的垫脚石。巨石两边又留有空隙，那是为了不妨碍车辆通过。人们由此可判断当时车轮之间的宽度。

　　从"海门"延伸过去的街道曾是一条繁华的商业街，这从一家挨一家的店铺，还有街石上留下的深深的辙印可以看出。往前走，视野突然开阔，在一堵断墙后面，是一座宙斯神庙的遗址。地面留有十几个带棱角的圆形柱基，背后衬着高大立柱联结的残壁，可以看出是上下两层。再往前，是一个开阔的广场。一排排雕刻精美的大理石柱散落其间，或巍然独耸，或连为一体，在阳光下显得异常壮美。这便是集中了阿波罗神殿、市政厅以及幸运之神神殿的中心广场，它是庞贝最热闹的政治中心和贸易集市。据说，广场一侧的演讲台是官员向市民发表演说的地方；广场的回廊当年摆满了商贩的摊位，这里一大早便商贾云

庞贝城的遗址

庞贝城

集，不仅买卖小麦、大米等商品，奴隶买卖也很兴旺。此外，幸运之神神殿还是法庭审判犯人的所在，自然也是吸引市民的热闹场所。只不过这一切都是想象中的情景，此刻眼前除了空旷的广场，残破的石柱，只有不多的各国游客罢了。

　　庞贝城区不大，却也具备了现代城市的雏形，为市民服务的公共设施应有尽有，其中有些设施之先进，令我们这些现代人为之咋舌。例如，城东南的露天竞技场，与罗马著名的高乐赛奥斗兽场同建于公元前2世纪，可容纳5000名观众，上有顶篷，外连方形大院，供观众入场前休息之用。城内还有一座可容纳2万名观众的露天剧场，设计合理，几万名观众入场、退场都挺方便，这不仅体现了古罗马当时高超的建筑水平，也反映出崇尚体育、戏剧的社会风尚。庞贝城区虽不大，但纵横交错的大街小巷却很多，很容易叫人转忘了方向。幸亏我们有一位考古学家当向导，七拐八拐把我们带到另一条大街。这条街是庞贝的富人区，许多贵族的宅邸都集中在这一带。街道两旁的深宅大院很有气派。我们参观了其中几座宅邸，进门通道的地面多有用马赛克镶嵌的恶狗守门的图案。入内是天井，两侧壁上饰有大理石的神龛。这些宅邸外观并不豪华，倒有点不露富的做派，然而内部的装修陈设却极尽奢华之能事。精雕的门楼遍饰彩画，粗大的大理石圆柱雕刻精美。天井内有巴洛克式的喷泉，回廊包围的花园种植着奇花异草。至于室内的陈设、雕塑、石桌、壁画、家具等，更是富及帝王之家。最让人感兴趣的是，在一间商店的外墙上，考古人士指着壁上的文字说，那是当年留下的竞选口号和支持竞选者的留言。此外，那上面还有一个医院的广告，宣布某某人最近被医院治好了病的消息。这1000多年前的新闻公告栏透露出的古罗马时代的信息，真是耐人寻味。

庞贝是一座地地道道的死城，这是真的。然而它绝不仅仅是一座古物陈列馆。考古人员通过经年不断的发掘整理，每年都能发现埋在地下的宝藏。我们有幸参观了一处发掘场，那是一座深埋的贵族宅邸。厅堂里色彩鲜艳的壁画正在清理，建筑的其余部分也已露出地面。给我们当向导的考古学家说，庞贝的发掘工作非常谨慎细致，所有的房屋按户造册，这就等于将庞贝全城的居民载入档案，逐户了解他们的社会地位和经济状况。现已发现庞贝的居民包括很多民族，如犹太人、腓尼基人等；还发现这里拥有各种行业的作坊，至于大量的劳动工具、武器、钱币、衣服、首饰、儿童玩具、家什以及账簿、文书等，更是当时社会生活和风俗民情最珍贵、最翔实可靠的资料。从这一点说，维苏威火山的爆发倒是给人类留下了一座历史的宝库。

将近两千年前发生的这一场悲剧，除了庞贝的遗迹和大量发掘的古物给后人以丰富的想象和推理之外，古罗马的文献也有非常详细的记载，这对于研究火山灾害是弥足珍贵的资料。其中，最有名的罗马帝国前期的作家小普林尼的几封信，真实地记录了维苏威火山爆发前前后后的情景。小普林尼的信是写给塔西陀的，后者是古罗马著名的历史学家，著有《历史》《日耳曼尼亚志》《年代记》等著作。从信中所述可知，小普林尼的舅父老普林尼是当时的著名作家与学者，有着很高的社会地位。当公元79年维苏威火山爆发时，老普林尼因执意考察这一自然现象而不幸遇难。为此，塔西陀事后致信小普林尼，请他提供老普林尼殉难的经过，小普林尼的信便是为此

113

而写的。

小普林尼的这几封信，不仅为人类研究维苏威火山活动留下了一份珍贵的记录，而且使我有可能在今天跨越时空的限制，返回到公元79年那个令人恐怖的日子。

"我舅父当时在弥塞努姆，受命指挥舰队。8月24日7点左右，我母亲告诉他，说天空出现了一块面积和形状都不同寻常的云彩。当时舅父已经行过日光浴，冲过凉水澡，用过午餐，正躺在卧榻上读书。他随即要了鞋，登上一个最便于观看那一奇景的高处。那块云是从哪座山升起来的，远处观看的人分辨不清楚——它是从维苏威山升起的，那是后来才知道的——论形状，与楹树的树冠最相像。它像是被一株无比高大的树干举向天空，无数的枝条向四方伸展，我想那是因为它被新聚集的气流托起，在空气力乏之后无此依赖，或者甚至是因为自身的重量所制服，因而向四面消散。有时呈白色，有时乌黑混浊，好像是把泥土和尘埃一起裹挟而上。"

小普林尼当时已18岁，受过良好的教育，他在致塔西陀的信里特别强调，"我所叙述的都是我亲眼所见或是事后人们记忆犹新时听人述说的"，所以，他所提供的材料应该是十分可靠的。

他在信中讲到，他的舅父老普林尼在准备出发时，接到朋友的妻子雷克提娜的来信，她请求他给予救援以脱离险境，于是老普林尼原定就近观察火山爆发的想法变了，"他命令有四层桨的舰队起锚，他亲自登上舰艇，此行不仅是为了去帮助雷克提娜，而且是为了救援更多的人，因为那是一处气候宜人、居民稠密的海滨"。

信中提到一个很重要的事实，即老普林尼一边指挥舰队驶向险境，一边"口授和记录着他亲眼看到的这一可怕灾难的各种变化和景色"。当时舰队处境越来越危险，"舰上已经开始掉落灰烬，越向前航行，掉下的灰烬越热、越稠密。浮石也开始掉下来了，还夹杂着乌黑、灼热、被烧得发酥的岩石"。在舰队靠岸时，"崩塌的山烧得使人无法接近海岸，舵手建议返航"，但老普林尼十分勇敢，坚持驶往他的部下驻扎的斯塔比亚——位于维苏威火山东南方。

"与此同时，维苏威山到处火光熊熊，光照天际，在漆黑的夜空显得格外明亮。"小普林尼在信中特别提到，在火山爆发的同时，还发生了持续不断的强烈地震，他的舅父老普林尼起初在卧室里睡觉，"然而，通卧室的院子里降落的灰烬和浮石已经越积越多，如果再继续逗留在卧室里，就有可能被堵在里面出不来了……连续不断的强烈地震使房屋不停地摇晃，好像已经离开地面，在忽左忽右来回移动；在户外，浮石虽然质地疏松多孔，但大量地往下降落也使人胆战心惊"。经过一番权衡，老普林尼和他手下的人决定离开随时可能坍塌的房屋，"大家把枕头顶在头上，用毛巾捆住，以防被石雨砸伤"。

这时的情景是相当恐怖的，小普林尼的信中写道："在其他地方，白天已经来临，而在那里，仍是一片昏黑，而且比最昏黑的黑夜还要昏黑，尽管有无数的火炬和各种火堆在燃烧。"众人决定离开险境，逃往安全地带。他们到了海边，"然而海上依旧是波涛翻滚。在海边，舅父躺在一块船帆上，不断地要人递给他凉水喝。火光和预示大火将临的硫黄气味终于迫使大家离开，舅父也不得不从船帆上起来。他扶着两个奴隶站了起来，但随即又倒了下去，我想那是浓密的火山气体阻碍了他的呼吸，堵住了他的气管。"小普林尼最后这样写道。

在另一封致塔西陀的信里，小普林尼详细地讲述了他和他的母亲留在弥塞努姆感受的恐惧和经历的灾难。弥塞努姆在维苏威火山西边，开始人们是被强烈的地震从睡梦中惊醒的。"许多天来一直地震，但不太强烈，也不甚可怕，因为在坎佩尼亚地震是常有的事。"小普林尼写道，"然而那天夜里地震却是如此强烈，使人觉得不仅一切都在晃动，甚至都要翻个个儿了。"小普林尼和他的母亲逃出房屋，坐在宅外的空地上。天亮后，光线暗淡，地

庞贝城墙

震持续不断，房屋随时可能倒塌，于是他们母子随着惊慌的人群逃出城外。值得注意的是，小普林尼"遇见了许多奇怪的事情"，这些奇怪的自然现象可供地质学家研究地壳运动的变化。

他所遇到的奇怪现象，一是地壳受内应力的影响急剧颤动："我们曾经吩咐大车与我们随行，它们尽管停在非常平坦的地方，但却向不同的方向滚动，即使塞住轮子，也不能使它们在原地停住不动"。

"我们同时还看到，大海在向后退缩，好像是被大地的震动推了回去；海岸则明显地向前延伸，许多海生动物搁浅在沙滩上。"在维苏威火山爆发的同时，还伴随着地震和海陆变迁，这无疑是一种值得注意的地质现象。

维苏威火山爆发的场面十分可怕，"在海岸的那一面，浓云密布，乌黑可怕，蜿蜒的火舌不停地晃动着，火的热浪冲击着云层，把云层撕裂，状如火焰本身，缝隙处亮如闪电，又远非闪电可比。""没过一会儿，云翳降到地上，盖住了海面，卡普雷埃岛被包起来了，弥塞努姆很快从视野里消失了"。小普林尼和母亲不得不拼命地跑，他回忆道："天上降下灰烬，不过还不算稠密，我回头望去，身后雾气滚滚，席卷而来，追袭着我们。"

由于火山爆发喷出的灰烬弥漫天空，"黑暗便立即降临了，黑得远不像往常没有月亮时或阴天时的黑夜那样，而是有如熄了灯的紧闭的房间一般。只听见妇女在嚎哭，孩童在尖叫，男人在呼号，人们凭声音，有的在寻找、识别自己的父母，有的在寻找、识别自己的孩子，有的在寻找、识别自己的妻子。一些人在悲叹自己的厄运，另一些人在悲叹亲人的不幸，还有一些人，他们因害怕死亡而祈求死亡。许多人举起双手求神保佑，而更多的人则认为，哪儿也没有神明了，世界最后的、永久的黑暗降临了"。

没有身临其境的亲身感受，写不出如此逼真的震撼人心的文字。小普林尼致塔西陀的信，收入他的十卷书信集，中译本由王焕生据《勒布古典丛书》中《小普林尼书信集》拉丁文本译出，收入罗念生编辑的《希腊罗马散文选》。诚如译者所言，"在现存的有关维苏威火山爆发情况的史料中，它们是唯一的直接文字材料"。正因如此，它们在科学上的价值是极其重大的。

沧海孤岛

日近黄昏，我从罗马赶到索伦托，欲乘轮渡过海到卡普里岛。我们把汽车停放在一个建在山洞里的停车场，步行到游人如织的码头。前往卡普里岛的渡轮有豪华的水翼船，有可载几百人的大渡轮，也有私人的摩托艇，每隔半个小时就有一趟。买好船票后，我在防波堤上找了个背山朝海的座位，静候着前往卡普里岛的渡船。

这里是那不勒斯湾一处富有诗情画意的海岸，在我的背后，索伦托这座美丽小城犹如建在峭壁悬崖的古堡，那贴着峭壁而筑的别墅楼房，造型古朴，气势非凡。陡崖之下半月形的海湾里，游艇如织。那些半裸的金发女郎卖弄风骚地躺在游艇的甲板上，好让7月的骄阳在她们的皮肤上镀上时髦的古铜色。一对对青年男女像矫健的骑手，驾着摩托快艇，沐浴着海风，以疯

卡普里岛

狂的旋律在大海的怀抱里追逐，那充满青春活力的身影在迷茫的阳光下，忽隐忽现……

半个小时不到，我告别了索伦托，夹在不同肤色的人流中登上一艘白天鹅似的气垫船，驶向心驰神往的卡普里岛。

卡普里岛和索伦托半岛隔海相望，这个坐落在那不勒斯湾南部第勒尼安海中的小小孤岛，面积只有10平方千米，岛上居民几年前统计才7000多，然而它却名闻遐迩，单是每年接待世界各地的游客就超过了100万人。我最早知道卡普里岛是从苏联大文豪高尔基的传记里得悉的，那是十月革命前，患肺病的高尔基曾到卡普里岛疗养，一住就是7年。后来我在莫斯科参观高尔基纪念馆时，见到了高尔基当年在岛上养病时的照片，还有一些卡普里岛的速写。列宁也曾应高尔基之邀，登上这座岛屿，这也是卡普里岛很值得纪念的一件事。不过现在，卡普里岛不仅是地中海中一处独具风姿的旅游胜地，而且也是西方世界阔佬们避暑消夏的好地方。欧洲不少亿万富翁和红极一时的影星、大名鼎鼎的电影导演、作家，都在岛上置有别墅，因此，卡普里岛的身价也陡增百倍了。

不过，当气垫船渐渐向渡船码头逼近时，映入眼帘的卡普里岛似乎并非如想象中那样富有魅力。码头上人头攒动，全是兴尽而归的游人。从狭窄的通道踏上岸边的石阶，沿着海边漫步，不宽的街道旁挤满楼房、旅馆和酒吧，撑起遮阳伞的咖啡座干脆占据半边马路，人声熙攘，热闹非凡。从这条滨海街道望过去，是一座缓缓隆起的山冈，楼房依山而建，从山麓向山顶延展，这就是岛上的卡普里镇。

卡普里岛面积虽小，却有两个规模可观的市镇，除了码头附近的卡普里镇，在高山之巅还有安纳卡普里镇，习惯上有"上卡普里"和"下卡普里"之分。我们预订的王子旅馆在上卡普里，登山的公路盘旋而上，有些地段贴着绝壁，只好在凌空的陡崖架起钢架，好让路面得以拓宽。汽车小心翼翼地爬行着，喘着粗气，还要时刻提防迎面而来的下山的汽车。凭窗而望，陡崖之下是迷茫的大海，波光粼粼，船只点点，有如凌空飞去之感。

一上山，卡普里岛的旖旎风光如同一幅绝妙的山水长卷，在我的眼前徐徐展开。原来卡普里岛的地势比起索伦托不知还要险峻多少倍。这个弹丸之

卡普里岛上的古建筑

地的小岛是从沧海洪波中涌出的一座山峦，群峰起伏，绝壁凌空，气势不用说有多壮观，最高峰叫索拉罗峰，高598米，咫尺之间相差如此悬殊，难怪山势显得格外雄奇。

建在半山腰上的上卡普里比起下卡普里要幽静得多。浓荫覆盖的小街只有不多几家店铺，鳞次栉比的楼房别墅仿佛是玩具积木随意摆在岛屿一隅的高地上。洁白的高低错落的建筑群中有一座高踞于其他楼房的教堂，那高耸的钟楼上的十字架在夕阳下闪闪发光，据熟悉当地掌故的人介绍，卡普里岛在古罗马时代就是皇家游览地，奥古斯都大帝和泰比里厄斯王都在岛上建有离宫别馆。现在岛上各处还留有当时的古迹，其中最负盛名的就是巴巴罗萨和卡斯蒂利奥内两座中世纪城堡，以及供奉本岛守护神的中世纪教堂了。

卡普里岛得天独厚，不仅四时景色不同，而且白天和夜晚、岛上和海上也都呈现出截然不同的风姿。到达卡普里岛的当晚，夜幕遮住了月色星光，无边的黑暗吞噬了海岬山林，这时我们乘兴租了一辆车，又从盘山公路来到下卡普里镇热闹的街头广场。远远地，喧嚣的乐曲旋律飘入耳际，不知从哪里突然钻出那么多的男人女人，老人和年轻人，像潮水一般涌向灯火通明的街心广场。广场挤得水泄不通，四旁的咖啡馆座无虚席，人们踏着旋律的节拍翩翩起舞，尽情享受这海风劲吹的美景良辰。

卡普里岛的黎明又是另一番景色。那是到达卡普里岛的次日，我们一早儿就坐电动缆车登上高峻的索拉罗峰。索拉罗峰是极目远眺再好不过的地方。下了缆车，拾级而上，脚下就是那傲踞群峰的最高点了。此刻，初升的旭日借助风威正在驱散海上的大雾，那游荡在山谷峰顶的浓雾渐渐化作缕缕飘逸的轻纱。我们一开始置身于混混沌沌的乳白色的云雾中，对面几步远的人都变得影影绰绰。

峰巅虽高，但古罗马人却把城堡一直修到雄踞全岛的最高点。那些历经风风雨雨的古堡是用巨石叠砌的，城垣爬满青翠欲滴的常青藤，一尊屋大维的全身雕像半藏半露在常青藤的绿叶中，仿佛是向游人招手致意。在峰顶一处开阔地面，还有一座咖啡馆供游人小憩。

不过，卡普里岛最迷人的地方似乎不在山上，而是那海边的浴场、海边的峰岩礁石和那充满神奇色彩的洞穴。从索拉罗峰下来，我们租了一艘游艇，环绕卡普里岛一周。从海上观望卡普里岛，景色完全两样。那陡峭的海岸逼近大海，高达几百米，有的寸草不生，有的树木葱茏。海边不宽的海滩，时而见到人头攒动的游泳场，人们躺着，坐着，游着，尽情享受地中海的阳光和海水。我们看见岩巅一座赫红色的别墅，据意大利朋友介绍，这原是一位意大利著名作家的私产，他去世前留下遗嘱，要将这栋豪华的别墅赠给中国的作家们。因为他是一个非常热爱中国的人。无奈作家谢世时正是中国"文化大革命"之际，无人过问这件涉外的财产继承权。几年之后，遗嘱生效期已过，这幢别墅按法律规定落入作家的亲属之手。只是如今人人都把这幢别墅称作"中国别墅"，算是对那位意大利作家的遗嘱留在人们心中的一点记忆吧。

卡普里岛最负盛名的地方恐怕要数蓝洞。这是岛屿北岸一个天然形成的洞穴。我们的游艇开到这儿要换上专为进洞的小划子，每个小划子不能超过4人，因为蓝洞洞口很小，水上部分仅1米左右，这里的潮水很急，洞口特意安置了铁链。船夫把小划子对准洞口后，一边叫我们低头，一面拉紧铁链，小划子像钻进怪兽的咽喉，很快就进入黑暗的洞穴里了。

　　小划子驶入蓝洞，起初我们什么也看不见，渐渐发现还有三四艘同样的小划子在黑暗中游动。蓝洞有60米长，30多米宽，高为16米，洞并不大，但是当小划子转过方向，我们面对着洞口时，在这一瞬间，从那钥匙孔般的洞口透射进来的阳光，使洞穴内满满的海水突然呈现出异样的天蓝色，像熔化开来质地纯粹的蓝色宝石，既柔和又洁净。再看那头顶上和四周的洞壁，也映着淡淡的天蓝色，像舞台上的灯光，又像是童话里的幻景，真很难相信大自然会创造出这般奇妙动人的景致。船在动，水波也在摇动，那四射的蓝光不停地变幻色调。我们很想在洞内多待一会，但是洞口外面还有很多排着队等候参观的小划子，我们只好恋恋不舍地出来了。

　　除了著名的蓝洞，卡普里岛周围还有其他一些各具特色的洞穴，如香槟酒洞、红洞、绿洞、珊瑚洞，等等。尤其是香槟酒洞，每隔不久，浪花喷飞，白雾四溢，有如打开香槟酒瓶一般，真乃大自然之杰作也。

沧海孤岛

徜徉在艺术的殿堂

这个国家，只是一座规模恢宏的宗教建筑群；

在我的眼里，这更像一座巨大的艺术博物馆；

但是，它确实是一座非同凡响的城市；

然而，它实实在在是一个"麻雀虽小，五脏俱全"的国家。

这就是位于意大利首都罗马的城中之国——梵蒂冈（Vatican）。

在罗马城西北角的莱奥尼纳城，沿着一条名叫和约街的宽阔大道西行，一直走到大街尽头，视野顿时开阔。这里，吊着铁链的水泥墩子和木头栏杆象征性地摆在街口，鱼贯而入的八方游人只能从敞开的通道进出。虽然没有边防警察找你的麻烦，但是，无论如何，你从这里开始，已经进入一个国家的疆土了。

这里，即是梵蒂冈的边界。在和约街的尽头，展开了一幅宗教气氛很浓的画面。迎面，气势不凡的圣彼得广场，以340米长、240米宽的尺度，在楼房林立、古色古香的城区拓展了一片开阔的空间，使人顿觉眼界大开，心胸也为之开朗。不仅如此，向西望去，椭圆形广场中央，一座41米高的埃及方尖塔拔地而起，像一柄利剑指向蓝天，左右各有喷泉——这座重320吨的方尖柱立在4个狮子拱卫的高大底座上，据传是公元37年由埃及掠来。广场的两翼，是各有148米长的圆柱回廊，这是世界上最漂亮的柱廊，88根巨型石柱和284根圆柱，柱顶加盖，顶端屹立形态各异的142尊圣徒雕像，本身就是令人叹止的雕刻艺术回廊。广场两翼的双柱回廊与广场西端高耸的主体建筑、全世界最大的教堂——圣彼得大教堂连为一体，既拱卫着圣彼得大教堂，又如伸出双臂，拥抱着四方拥入广场的人群，其宗教的寓意在建筑的构思中得到完美的体现。

穿过圣彼得大广场西行，拾阶而上，便是由高大的大理石廊柱托起的中间大、两旁小的3座巨大圆屋顶构成的圣彼得大教堂，长约 200 米，最宽处130多米，从地面到大圆屋顶顶尖十字架的高度达137米，可容纳5万人之众。那穹状的屋顶高耸天际，在罗马城的许多地方都可眺望它的雄姿。

圣彼得大教堂的外观雄伟，但它内部的华丽堂皇，已非语言文字所能准确地加以描写。人类丰富的语言辞藻在它的五彩缤纷的彩绘玻璃窗、雕塑精美的圣像和金碧辉煌的圣坛面前，显得相

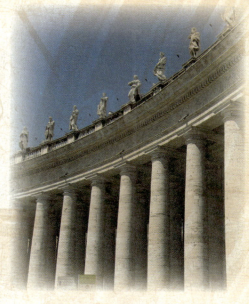

圣彼得大教堂的廊柱

当苍白贫乏。我读过不少有关圣彼得大教堂的介绍文字，深有这样的感觉。你在这里所能感受得到的是静谧的、激发想象的宗教氛围；你也能领略人类的艺术创造力所能达到的尽善尽美的境界；而当你流连徘徊于一个个自成格局的厅堂之间，欣赏那些造型完美的雕塑、圣器与溶成一体的廊柱时，你还可以体会到天主教教廷的富有与奢华。圣彼得大教堂不是某个建筑大师的作品，而是文艺复兴时期许多彪炳史册的艺术家付出毕生心血的共同结晶。大教堂门前长廊的廊檐，有文艺复兴初期著名的画家乔托的镶嵌画，按东西向，教堂内分5个长廊大厅，彼此由四方巨柱相隔，中央大厅为两旁廊厅的一倍，地面用光滑的斑岩铺成，教堂里的母爱小堂，陈列着米开朗基罗的不朽作品——雕塑《母爱》。创作这件作品时，米开朗基罗年仅24岁，雕塑表现的是圣母抱着将要死去的儿子——耶稣的悲伤与无奈，然而米开朗基罗在处理这样的宗教题材时，已将人们心目中的神变成活生生的人，着力刻画人的情感。依我看来，这也许是文艺复兴时期艺术辉煌的原因吧。教堂大厅上的穹形大圆屋顶，是米开朗基罗晚年的作品，直至他死后26年才由其他建筑师继续完成。圆顶的内壁饰以色彩鲜艳的镶嵌画和玻璃窗，高处繁星点点，宛若天穹，以建筑的艺术处理手法营造了天堂的缥缈意境，但它的外观却像

圣彼得大教堂的绘画

是教皇头上的一顶皇冠，也许这正是最初设计的宗旨吧。教堂大厅中央，一座金碧辉煌的华盖，出自著名建筑大师和雕刻家贝尔尼尼之手。这座29米高的巴洛克式装饰性建筑，底下则是耶稣门徒圣彼得的陵墓及祭坛。相传，耶稣的大弟子彼得于公元64年被尼罗皇帝处死，人们为了纪念他，在他的墓地修建了一个简易教堂。圣彼得大教堂即是在此基础上重建的，它于1450年兴建，1626年最后完成。

1954年5月14日，联合国教科文组织将梵蒂冈列入世界文化遗产的清单。在世界文化遗产的名录中，梵蒂冈不仅是教皇宫廷，它的价值更多地体现在荟萃了众多的著名建筑物和价值连城的艺术珍藏。历代著名的建筑师、雕刻家、画家以及金银、玻璃、马赛克、木匠等各种行业的能工巧匠，以他们的智慧才华，共同缔造了这座精美绝伦的艺术宝库。

关于梵蒂冈收藏的艺术品，用富甲天下形容恐怕一点也不为过。要详细介绍它们，大概可以出版几百卷书。有人曾说，没有梵蒂冈博物馆，西方文明是不可设想的。这话虽然不免夸张，但也有一定道理，因为单是文艺复兴时期最辉煌的艺术代表作，梵蒂冈的收藏，世界上恐怕找不到第二处可以与之相比了。

梵蒂冈是与许多世界级艺术大师的名字分不开的。其中许多大师几乎是毕生为梵蒂冈服务，为人类留下了珍贵的文化遗产。

首先要提到的是创立巴洛克雕刻艺术风格的贝尔尼尼（1598—1680）。这位天才的意大利雕刻家、建筑设计家、画家，一生在梵蒂冈留下了他的许多不朽作品：圣彼得广场的圆柱回廊，圣彼得大教堂中心的教皇祭坛和圣彼得祭坛，都是贝尔尼尼的得意之作。他还设计重建了圣彼得大教堂柱廊通向梵蒂冈罗马教廷的甬道。其中圣彼得祭坛上面的装饰性建筑，是一座高10米的巨型青铜龛堂，被誉为巴洛克艺术发展的里程碑。

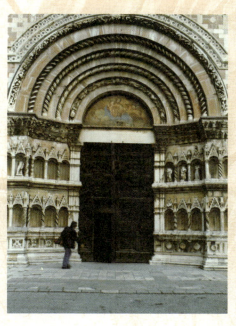

梵蒂冈美术馆

意大利文艺复兴鼎盛时期杰出的代表人物米开朗基罗和拉斐尔，都是为梵蒂冈增光添彩的大艺术家。米开朗基罗（1475—1564）不仅为设计圣彼得大教堂的圆形屋顶呕心沥血，在梵蒂冈博物馆西斯廷堂，他根据《旧约全书》的创世纪篇，在800平方米的天花板上，完成了9幅巨幅的天顶画，画中共有340多个人物。这幅光彩耀眼无与伦比的杰作是米开朗基罗于1508年至1512年用4年时间完成的。西斯廷堂中米开朗基罗的另一幅壁画《末日审判》，高20米，宽10米，画于1535年至1541年。这时的米开朗基罗已是60岁高龄的老人。据说米开朗基罗为了完成天花板上的壁画，经年累月仰卧在画架上，以致这位乐观的艺术家的性格也变得郁郁寡欢了。

与米开朗基罗同时代的大画家拉斐尔（1483—1520），1508年应教皇尤利乌二世的要求为梵蒂冈宫绘制大型装饰壁画，这就是梵蒂冈博物馆和拉斐尔画廊的拉斐尔馆的许多巨幅壁画，其中最著名的是《圣礼的辩论》和《雅典学派》。《圣礼的辩论》是拉斐尔在罗马创作的最大一幅壁画，内容是表现上帝、天使和各种宗教人物在天堂的情景，它对面墙上的《雅典学派》则是表现柏拉图、亚里士多德为中心、代表不同知识领域的众多哲人热烈辩论的场面。这些作品已成为文艺复兴时期艺术达到登峰造极的象征。今天许多游人前来参观梵蒂冈博物馆，多数是来观赏这些空前绝后的艺术杰作的。站在米开朗基罗和拉斐尔的巨幅壁画面前，仰首眺望天花板上面那花团锦簇、栩栩如生的诸神造像，心灵不能不为之震撼。我想，此画只应天上有，怕是再不会有超越他们的艺术家了。

梵蒂冈博物馆里面馆中套馆，迂回曲折，历代教皇及教廷收藏的艺术品、工艺品以及与教会有关的金银古玩分门别类藏于许多馆中，构成了一个庞大的博物馆群。除了最负盛名的绘画馆外，还有收藏雕刻作品的庇护—克雷芒博物馆、收藏意大利中部伊特鲁里亚南部（当时是教皇国一部分）出土的金、银、青铜、象牙等工艺品、陶器的格列高列·伊特拉斯坎博物馆、埃及博物馆、教皇传教士和民族学博物馆、基督教美术馆以及档案馆等。

梵蒂冈，说它是艺术的殿堂，恐怕不算过分。

梵蒂冈的全称是梵蒂冈城国。这个由圣彼得广场、圣彼得大教堂、教皇宫、博物馆、花园、办公楼以及几条街道组成的国家，由一道列昂四世城墙和其他建筑物构成边界。城区大致呈三角形，东西长1045米，南北宽805米，面积仅0.44平方千米，和北京的故宫差不多。此外，在国境之外的罗马还有几块"飞地"，包括罗马东南的教皇夏宫和梵蒂冈附近不远的圣约翰拉特兰大教堂、圣母玛利亚大教堂等建筑与机构。梵蒂冈的人口，有的资料说是1000人左右，有的说仅有684人，其中拥有梵蒂冈国籍的公民仅358人。因为按梵蒂冈有关国籍的规定，只有在梵蒂冈永久任职或永久居住的人，才能拥有国籍，一旦离开就会自动失去公民权。不过，是否拥有国籍是一回事，在梵蒂冈服务的人——从高级神职人员到下层的看门人，至少也有1000人。

梵蒂冈国是个名副其实的小国，弹丸之地，既无巍峨的山脉，也无一条河流，谈不上很有特色的自然景观，仅仅是一些不同用途、不同风格的建筑群体的组合而已。然而若想窥探它的秘密，洞悉小国的内幕并非易事。在它的殿堂宫苑和楼群之间，笼罩着神秘的氛围。

我曾两次访问梵蒂冈，也仅仅是窥豹一斑，皮毛地了解它的一些表面。关于这个天主教教廷的所在地，所知有限得很。

梵蒂冈与众不同的是，任何人都不能在它的境内拥有地产，即使你是亿万富翁，也休想在这里购置房产、买卖土地，那是绝无可能的。因为梵蒂冈是属于教廷的财产。

虽然是蕞尔小国，梵蒂冈自有一套特殊的行政管理系统。教皇是梵蒂冈城国的国家元首，集立法、行政、司法三权于一身。由教皇任命的管理委员会行使立法与行政权力，以国务卿为首的国务秘书处（又称教皇秘书处）受理教皇委托的一切事务。总秘书处及下属的事务局，分别管理涉及总务、人事、治安、新闻、计划、建筑、经济乃至梵蒂冈的卫生、电话及各博物馆等机构的管理。宗教公共事务委员会秘书是国务卿的助手、掌实权的外交部长，负责梵蒂冈的外事活动。梵蒂冈的触角，正是从这块方寸之地伸向世界许多地方和国际组织。它的司法权由一名教皇委任的法官代理，并设有初审法院、上诉法院和最高上诉法院。

像任何主权国家一样，梵蒂冈发行货币与邮票，它印刷精美的邮票主要供集邮者收藏。梵蒂冈设有广播电台，用33种语言对外广播。一份创办于1861年的《罗马观察家报》是梵蒂冈的官方"喉舌"，并出版《教廷文汇》等刊物。在它的境内市政厅附近有梵蒂冈火车站，与意大利铁路相连；梵蒂冈山顶有直升机场。除此之外，这个国家既无工业，也无农业，所有消费品，都是从意大利输入，是一个不从事工农业生产的国家。

关于梵蒂冈城国的经济来源，对外界来说始终是个谜。梵蒂冈的官员们在涉及该国的财政问题时总是保持缄默。据说梵蒂冈在许多国家有大量的地产和投资。在意大利的各个经济部门，特别是银行金融系统和不动产方面，梵蒂冈

梵蒂冈的瑞士卫兵

都有相当势力。世界各地天主教教徒的捐赠也是其经济收入的来源之一。

　　还需要提到的一点是，这个小国还有一支武装力量。与它的人口相比，这支武装力量颇具规模，这即是由教皇统帅的瑞士卫队。它的全部兵员来自瑞士，满员时约100人，负责保卫教皇和教皇领地。这些瑞士兵身穿文艺复兴时期设计的深蓝和橘黄两色相间的条纹制服，手持古代兵器，从而构成了梵蒂冈一道有趣的风景线。

　　最近一次去梵蒂冈参观，阳光和煦，蓝天如洗，巍峨的圣彼得大教堂的穹顶高耸天际，教堂顶上及贝尔尼尼回廊顶端一排站立的诸神雕像和广场上高大的圣彼得雕像栩栩如生，好似他们在天堂之上俯瞰大地的芸芸众生。偌大的圣彼得广场人头攒动，四面八方拥入的不同肤色的人群，有的结伴从教堂门前的石阶拾级而上；有的坐在埃及方尖碑的影子里仰首眺望；在贝尔尼尼回廊的石柱下。三三两两的人们在那里小憩，或者举起摄像机猎取镜头……这里洋溢着安宁、和平甚至有点净化心灵的圣灵气氛，使人在阳光的温暖中陶醉不已。

　　然而，当我在圣彼得大教堂的神龛之间和地下的历代墓地徘徊时，我却不由得想起一些难以拂去的记忆，这些记忆并非是那么甜蜜，相反却令人心头如堵，压抑得喘不过气来……

128

　　中世纪的欧洲，梵蒂冈是黑暗专制的象征。罗马天主教会残酷迫害一切与宗教教义相悖的进步思想，对科学的摧残达到骇人听闻的地步。建于13世纪的教皇裁判所便是教会镇压进步人士的专制机构。人们不会忘记，在罗马城内，有一个繁华的花市广场，广场中央屹立着一尊身着教士长袍的布鲁诺雕像。布鲁诺是16世纪的哲学家、数学家、天文学家，他坚持捍卫哥白尼的"日心说"，并提出宇宙无限的观点，因而触怒了教会势力。1591年布鲁诺回到意大利，当即被罗马教廷调查委员会逮捕。教皇克莱芒八世亲自下令将他处死，1600年2月8日，坚持科学真理的布鲁诺在罗马花市广场被野蛮地活活烧死，从而在人类的文明史上留下了黑暗而悲惨的一页。

　　写到这里，我不禁想起英国作家、历史学家赫·乔·威尔斯对梵蒂冈的罗马教廷倒行逆施的绝妙讽刺。威尔斯写道："正因为他们中间有许多人大概暗地里也在怀疑他们庞大和精制的教义结构是否统统健全，所以他们不容别人的提问或异议，并不是因为他们对于信仰的宗教有深切的信心，而正是因为他们没有信心。""除了他们自己的知识以外，憎恨一切知识，并且完全不信任他们所没有审定和控制的一切思想。他们竭力抑制科学，显然他们是嫉妒科学的。除了他们自己的心理活动以外，任何别人的思想活动都被他们视为非礼。"

梵蒂冈的教廷对科学的挑战，一个出名的案例便是对著名科学家伽利略（1564—1642）的迫害。伽利略是现代科学的奠基人，意大利数学家、天文学家、物理学家。他不仅赞同哥白尼的日心说，而且发明了望远镜，通过天文观测的新发现，进一步论证了哥白尼学说的正确性。1615年，伽利略受到教会的警告，后来继任教皇的乌尔班八世蛮横地勒令这位伟大的科学家必须放弃自己的观点。这时距布鲁诺惨遭火刑不过15年。伽利略慑于教会的淫威，只好三缄其口，以沉默来表示顺从。到了1632年，伽利略发表了《关于世界两大体系的对话》，再次以无可辩驳的论据重申了哥白尼学说。

大概是对伽利略死不悔改的顽固态度大为震怒，伽利略被罗马教廷宗教裁判所传唤到罗马，进行严厉的审讯，并处以8年软禁。在教廷的高压下，伽利略被迫在所谓悔过书上签字。然而，这位68岁高龄的科学家痛苦地在所谓悔过书上签字时，口中喃喃自语，留下了至今被人们传诵的一句名言："Epur si muove!"这句话的意思是"但它是动的"——地球还是在转动。

罗马教廷对伽利略的审判，企图用教会的强权压制科学思想的这一幕丑剧，当初表面上是教会赢了，然而历史是公正的，这一桩历史公案随着时间的推移，却将梵蒂冈为代表的罗马教廷永远摆在审判席的尴尬位置，成为历史鞭笞讥笑的对象。这大概也是那些专横的教皇们始料未及的。有趣的是，1979年11月，教皇约翰·保罗二世终于出来说话了，他承认伽利略被"错误地定罪"，要求教廷科学院对伽利略案件"重新审查"。1980年10月，梵蒂冈宣布将重新考虑伽利略案件，并成立了一个委员会，研究伽利略学说对现代科学思想的贡献。1983年，梵蒂冈的罗马教廷正式向世人宣布：350年前宗教裁判所对伽利略的审判是错误的。

过了如此漫长的岁月，伽利略的冤案终于平反了。

莱蒙湖畔

日内瓦莱蒙湖

离开日内瓦的头天傍晚，我独自乘无轨电车到达火车站，从那里步行前往莱蒙湖畔，向这里迷人的湖光山色投去最后的一瞥。天色晴朗，湖中喷泉130米高的水柱在夕阳的映照下如彩虹飞舞，湖水波平如镜，有几艘小艇扬帆而行。一艘豪华的白色游艇正在泊岸，码头上顿时挤满了从世界各地而来的游人。湖畔是一片静谧的树林，称作英格兰公园。虽然一边是车水马龙的大街，但漫步林中，绿茵的草地，造型优美的人物雕像，喷玉吐银的喷泉，使人心情顿时宁静下来。林中的长椅上坐着一对一对恋人，也有人躺在草地上享受着斜阳的余晖。那湖对岸的阿尔卑斯山雄峙的雪峰，此刻隐而不见，被法国那边的云翳挡住了。刚刚穿过罗纳河的桥梁时，我瞥见河中一座树木葱茏的小岛上，有法国启蒙思想家卢梭坐在那里终日沉思的雕像。树林一旁美丽精巧的花钟是这座钟表城的象征，此刻正在将时针慢慢地移向日落时分，似乎像我一样希望落日的脚步放慢下来，以便能够多看一眼这美丽的湖光……

我坐在湖畔的绿色长椅上，久久凝望着莱蒙湖的湖光夕照，不觉暮色渐渐升起。自从踏上瑞士的国土，所见所闻常使我遐想许多有趣的问题。瑞士这个欧洲的小国，面积不过41293平方千米，只比我国的台湾（3.6万平方千米）略大一点。而且山地多，不少地方峰峦起伏，河谷纵横，仅阿尔卑斯山就占瑞士国土总面积的60%，其绵延于瑞士南部，有终年积雪的山峰、广泛发育的冰川以及深切的冰蚀峡谷。西北部是汝拉山区，只有中部的中央高原的河谷盆地适合发展农业。瑞士虽然多山，地

莱蒙湖畔雕像

下资源却十分贫乏，几乎谈不上有什么开采价值的矿产资源。这是就其自然条件而言。

如果论及瑞士的人文景观，全国630万人却分成4个语言区，日内瓦邻近法国，莱蒙湖对岸即是法国，每天有许多法国人到日内瓦上班，早出晚归，这一带是法语区。到了首都伯尔尼和苏黎世，法语吃不开了，因为中部和北部是德语区。靠近意大利的南部意瑞边境，那里通行意大利语。而在东南部还有讲拉丁罗马语的居民，这种从拉丁语派生出来的语言也是列为官方通用的语言之一。因此如果你仅仅懂法文，除了在法语区可以畅通无阻，一到德语区或意语区，照样需要找人翻译，更休想看懂当地的报纸或欣赏电视节目了。不仅如此，这样一个小国竟分成自治权力很大、独立性很强的23个州，其中3个州又分为6个半州，小的州只有居民5000～6000人。我在瑞士期间，朋友提醒我："你到苏黎世，绝对不要向当地人夸耀日内瓦；你到伯尔尼，也绝对不要冒冒失失称赞苏黎世。瑞士人的地方观念很强，彼此是谁也不服谁的。"这话我没有验证过，但似乎也不是完全没有一点根据吧。

所有这些，在我的世俗的眼光里，都是很不利的条件。然而，不仅是我之所见，大约世人普遍公认，瑞士是我们这个星球上最富裕最发达的国家之一。虽然缺乏资源，却是工业高度发达的国家；国土虽然狭小，却是世界旅游业最发达的国家；她的居民语言复杂，各州独立性很强，却是高度团结全

西庸古堡

民武装的中立国家；她虽然是个内陆国，没有一寸海岸线，却是将触角伸向全球五大洲的国家……

瑞士，是一个值得认真研究的国家。

我从日内瓦到达蒙特勒郊外的莱蒙湖畔，在蒙蒙细雨中走进屹立湖岸的西庸风光好堡（Chilon Castle）。天色晦暗，莱蒙湖烟雨迷蒙，在这般阴郁的天气参观色调灰暗、防卫森严的古城堡，别有一番阴森恐怖之感。

西庸古堡据说是瑞士最大的中世纪古堡，从远处看，高墙拱卫。故楼耸立，很是威严。进古堡需过吊桥，穿过卷门洞，四面是巨石砌筑异常坚固的建筑群，当中的天井地面不平，呈不规则状，形成封闭的院落。里面居中有供古堡主人居住的豪华府邸，四周是供士兵守卫的碉楼，楼高六七层，有木梯通上层。缘梯而上，至碉楼顶层，厚墙辟有小窗，可窥望古堡外面的动静，想当初必是卫兵警戒防卫的瞭望孔。古堡底下有凿开山岩而建的牢狱，四壁皆是参差不齐的岩壁，仅有一条迂回曲折、忽上忽下的甬道可行，这即是关押犯人的囚笼。因古堡建于地势险要的湖岸，从城堡内布满铁栅栏的小窗窥望，但见湖水茫茫，风高浪急，要想越狱而逃是相当困难的。我一下到这黑暗的地狱，只见一处洞穴竖着木桩，乃是捆绑囚犯之处，不禁不寒而栗。这座古堡想当初是颇有名气的，英国著名诗人拜伦的《西庸的囚徒》一诗，就是以此为背景，称颂瑞士爱国者波尼瓦特的。

西庸古堡如今作为一处古迹保存下来，不知勾起多少游人思古之幽情，但我所感兴趣的却是古堡对面一座鲜为人知的蒙特勒地下水电站。据熟悉当地掌故的朋友介绍，这座水力发电站建在湖畔一座地势甚高的山洞里，它的水资源并非来自高山急流，而是地势比它低得多的莱蒙湖。每天晚上，它将湖水抽上来，白天又将湖水泻入湖中。这样，湖水发了电，又不会影响莱蒙湖的水位，因为莱蒙湖是瑞士的一颗明珠，人们对她爱护备至，绝不容许因发电而造成水位下降的。

西庸古堡和蒙特勒地下水电站，这两个风格迥然不同的建筑物，一是古代文明的遗迹，一是现代文明的产物，倒是使我想到瑞士人从本国国情出发，因地制宜，发展经济的思路。

瑞士人曾戏言，"上帝赐给瑞士人民的，除了阿尔卑斯山的险峻山峰外，就只有两只手了"。瑞士山岭逶迤，冰峰林立，高山湖泊与高山冰川点缀其间，又有中世纪遗下的教堂、修道院、古堡和众多名人遗迹，于是，他们就充分利用自然景观的优势和人文景观的魅力，发展本国的旅游事业。他们并不像有的国家耗费人力物力建造仿古城之类的假古董，而是让那些在现代化城市的喧嚣中忙碌的人们到冰峰、雪地、森林、草地、湖泊的天然风景中，去领略乡村的宁静和闲适。至于古代遗留的古迹，他们都像对待西庸古堡一样精心维护，保持旧貌，而不去画蛇添足，旧貌新颜，依然以古朴的纯真唤起人们怀古之情思。日内瓦城中有一条老街，依山而筑，迂回曲折，沿街多为古董店、画廊和手工艺品商店。

莱蒙湖

古老的建筑，石板的街道，幽雅的氛围，中世纪的情调，胜过了多少浓妆艳抹的繁华闹市，是各国游人必到之处，就是这个道理。

旅游业是瑞士仅次于工业和银行业的第三大经济支柱。这个号称"世界公园"的国家，为了吸引外国游客，发展本国的旅游业，真正是下了一番功夫的。他们深知旅游业的生财之道，关键是要使游客方便，过得愉快，高兴而来，兴尽而归。所以瑞士的交通极其发达，一个旅游点，不论山高路险位置偏远，都有便捷的交通工具可达。为了便于滑雪者和登山者，瑞士的滑雪电缆吊梯线有1000多条，有50多条爬山火车专线，登山电缆车400多条，各种爬山电车、爬山齿轮火车、电缆车可以方便地将游客送往阿尔卑斯山的雪峰之巅。至于飞机、火车、高速公路更是四通八达，省却了旅游者的跋涉之劳。

不过，仅仅有便利的交通还是不够的。瑞士的旅游服务充分体现了为游客着想的观念。我在日内瓦期间需要经常外出，只需在任何一个电车站的无人售票处办一张按自己需要规定期限的通用票，就再也无需每次掏钱买票了。每次上车前，在无人验票机上打上标记就放心上车，也没有人管你买不买票（当然，电车也有自己的管理办法，会突然查票，如果没有买票上车，是会被罚款的）。这仅是一个小例子。为了方便游客，瑞士各地的机场、火车站都设有旅游局的机构，负责安排旅馆、车票，并免费提供图文并茂、印刷精美的宣传品。至于自动售票机、自动购邮票的信箱、自动找换零钱的机器、自动售货机比比皆是，使旅游者感到极大方便。还有一件小事也可一提，日内瓦街上的电车、汽车站的站牌上：都标有班次和到达时间，所以乘客一看就知道下班车何时到达，还要等待多久。我曾实验过这种告示的准确性，看着手表静候电车是否准时，结果竟是分秒不差。这也说明他们工作的效率。

为了方便旅游者，瑞士任何偏远之地都建有旅馆、饭店，除了正规的星级旅馆，也有大量别有情趣的简易客店、山间别墅和富有地方特色、人情味极浓的家庭旅馆，以及与大自然融为一体的野营场所，供游人挑选，但保持清洁干净、服务周到都是无可挑剔的。再有一点，也是值得一提的：瑞士是个多语种的国家，看起来这是不利的，但是实际上瑞士人几乎都通晓多种语言，按照规定，高中学生必须进修4种语言。我在瑞士乘坐的大巴司机就会法语、德语、意大利语和英语。可以想见，这种全民族的语言水平，对于发展旅游业，为各国游客服务无疑是非常有利的条件。精明的瑞士人是将本国国土上的山光水色、人文景观乃至一草一木精心地保护下来，作为旅游资源来换回可观的外汇收入。因此，瑞士的旅游事业是整体化的优质服务，给人以整体的形象设计，而不仅限于某一个旅游点的摆设。我从日内瓦驱车去阿尔卑斯山，沿途所见，没有一处荒山秃岭，看不见一处裸露的地面和凌乱肮脏的村镇，到处是郁馥的森林、绿茵的牧场、古色古香的农舍和小教堂尖塔构成的宁静的村落。这乍看起来极其寻常的乡村图画，实际上包含着全国国民的素质。能够被人们誉为"欧洲花园"，瑞士人是花费了不少心血的。瑞士不仅以其秀丽的冰川、湖泊和雪峰、瀑布等自然风光吸引游人，还通过滑雪、滑冰、游泳、赛艇等体育活动以及丰富多彩的音乐会、艺术节、画展、书展、博览会、国际会议与旅游结合起来，广为宣传，精心组织，使别开生面的活动终年不断，吸引各种年龄不同要求的旅游者。据不完全统计，瑞士每年接待外国游客达3600万人次，全国为旅游业服务的人员达20万人。旅游业总收入达60亿瑞士法郎。

谈到蒙特勒的地下水电站，瑞士虽然缺乏地下矿产资源，但高山的冰川、深涧的湍湍急流却是取之不尽用之不竭的水力资源。于是他们便充分利用水力发电，开发这种廉价而又不会造成环境污染的能源。在瑞士山间旅游，可以看到高山峡谷都有小水电站，这也是从本国国情出发、因地制宜的一项重大决策。瑞士人积累了在高山地区筑坝及凿山引水的丰富经验。他们在阿尔卑斯山北侧与法国合作修建的埃穆松水坝，海拔1500米，隧道长800米，有57个进水口，坝长544米，坝最高处达180米，可蓄水2.38亿立方米，年发电量为64400万千瓦小时。此外，为了战备需要，他们将电站建在山洞内，因为是利用施工中的导流洞建电站，既安全又降低了施工的造价。在充分利用水力发电的同时，他们又相继发展了核电站和火力发电，但出于保护环境的长远考虑，目前已决定不再发展火力发电，而在开发太阳能方面着手研究了。

细雨蒙蒙山中行

从首都伯尔尼到阿尔卑斯山中的因特拉肯，如诗如画的湖光山色和寂静的山林扑面而来，我如同服了一杯浓而又醇的葡萄酒，心境从连日的喧闹浮躁中得以解脱，不禁沉醉而熏熏然。

瑞士给我最初的印象是她的静谧，尤其是这乍暖又寒、雨丝飘拂的早春时节。

踏着时疏时密的雨点，我漫步在伯尔尼的一条老街——克拉姆街。这条狭窄的老街，两旁临街的楼房，底层是连通的雨廊，一家家商店缩藏在里面，好似我国广东古老的骑楼，外面又有拱柱支撑，形成一座座古朴的拱门。你走在街上，看不见两旁商店里卖什么，必须从拱门外的台阶进入廊道。这条街很长，迂回曲折，街心不时矗立雕刻着传说中各种人物的喷泉，泉水从雕像的脚下汩汩而流，或者犹如克拉姆街这样，立着一座敦实厚重的钟塔。每当整点报时之际，钟塔上方便有机械操纵的小机器人用锤子敲打头上的两个钟，同时钟面下右方还有挥动乐器的时间老人和小鸡、小熊翩翩起舞的表演……我听说当年著名物理学家爱因斯坦就住在这条街上，或许他就是听着这16世纪的古老悠扬的钟声，悟出了相对论的奥妙精髓之所在吧。

也许是蒙蒙细雨的缘故，克拉姆街上空寂无人，使人恍若漫步在乡间小路上。不过，听朋友说，伯尔尼就是一

伯尔尼街景

个闲散的充满乡村气息的古城。倘若是每周的星期二和星期六的清晨，在巍峨的联邦宫前面的广场上，四乡的农民开着车载着各种农产品，在这个庄严的广场摆开了农贸集市，你就更加体会伯尔尼浓浓的乡村气息了。仅此一点，华盛顿白宫前面的广场，或者克里姆林宫前的红场，恐怕都是难以想象的。

早在800年前，伯尔尼还是一片野兽出没的茂密森林，只有阿勒河环抱的一个三面临水地势险峻的岩石半岛很适合建筑防卫森严的城堡，于是12世纪末的扎灵根公爵看中了这块风水宝地破土筑城。给这个新城起个什么名字呢？别出心裁的扎灵根公爵决定狩猎碰碰运气，事先约定用第一个猎物的名字为城市命名。结果他首先打中的猎物是一头熊，伯尔尼这个名称便由此而来。

这也许是历史的遗传，800年的沧桑岁月虽然过去，伯尔尼人如今仍然对熊特别钟爱。熊的图案不仅庄重地出现在伯尔尼的州徽和市徽上，克拉姆街还有一个纪念扎灵根公爵的街心泉，有趣的是，泉柱顶上的雕像并非最初建城的这位公爵，而是一头身披铠甲的熊。市场街有一尊雕刻着旗手的街心泉，旗手的胯下也是一头身披铠甲的勇敢的小熊。在阿勒河东岸，还有一处最受伯尔尼人喜欢的地方，那就是养了几十头熊的熊场，据说已有500年历史了。

伯尔尼只有十五六万人，没有机场，没有灯红酒绿的闹市，但它却以古色古香的老城，众多各具特色的教堂、博物馆和古老建筑吸引着各国游人。

它给我最难忘的印象是静谧的乡村特色。

从伯尔尼驱车往南，山回路转，在雪岭晴峰的阿尔卑斯山的背景映衬下，有两个碧玉般的湖泊静静地卧在绿色大地的怀抱里。那就是西面的图恩湖和东面的布里恩茨湖。那狭长成弓形的两湖之间，有一座倚山面湖风景如画的小城，这即是我们此行的目的地——因特拉肯。

天又转阴了，我们是来眺望海拔4158米的少女峰的，可是天公不作美，乳状的云雾仿佛从图恩湖上升起，遮断了湖对岸的巍巍群山，有一艘游轮朝湖中驶去，也被云雾吞没了。尽管远山的云雾忽浓忽淡，但少女峰的倩影始终藏而不见。

因特拉肯静悄悄的。这里是去阿尔卑斯山的必经之地，登山铁路盘旋而

上可达海拔3475米的荣馥崂约赫——少女山冈之意，那是欧洲海拔最高的火车站。要看冰川、雪峰、银妆素裹的白雪世界，那里是绝好去处。不过，因特拉肯也自有它的情趣，也许还没有到旅游旺季，游人不多，这座仅有万把人的小镇比伯尔尼更显得静谧。沿着霍赫街向湖岸而行，只有马车的嗒嗒声打破小镇的宁静，除此之外，听不见喧闹之声。

我在湖东端的布里恩茨镇参观了一家木雕工艺品厂，据说这里也是瑞士木雕工艺的中心。木雕厂楼下开店，楼上是一间间加工车间，这里保留着瑞士传统的手工艺，有的是代代家传的手工艺人，他们完全凭着娴熟的技术和丰富的经验，用古老的工具雕刻各种动物、花卉和传统风格的木雕，有很高的艺术价值。

最惬意的去处还是湖畔。坐在临湖的咖啡座，凭栏眺望，烟雨中的布里恩茨湖一片迷蒙，不知那湖水有多深，那湖有多么大。细雨挟着微风迎面拂来，远处的雪峰时而隐去，时而羞涩地撩开一角面纱。此时此刻，清新而略带甜味的空气沁人肺腑，人间的浮尘似已随风而去。面对纯洁超然物外的大自然，人世间的一切纷纷扰扰，顿觉黯然失色，一切皆是虚空。

我似乎走入了一个空灵超脱的境界……

然而，这一切皆是表象。回来的路上，在前往苏黎世的途中，我的思绪又转入瑞士的现实生活。

记不清是在什么具体的地点，当大巴士在盘山公路上忽右忽左地跋涉间，我从车窗瞥见一道两山夹峙的河谷，那河谷很宽，绿油油的田野点缀着小巧井然的村镇，但最醒目的却是一条笔直的机场跑道。忽地，轰隆声响彻山谷，一架战斗机腾空而起，跃上山谷，飞向蓝天——这时天已转晴，蓝天澄澈，像是图恩湖水一般，那战斗机在蓝天留下的飞行轨迹，像一道美丽的云片，久久不能消散。

导游小姐见我们窃窃私语，便即兴讲开了。她说，瑞士的深山峡谷之中，不仅隐藏着空军的机场和飞机库，就在我们经过的悬崖峭壁间，还有许多非常隐蔽的军火库，那里储藏了武器弹药，还有战备的工事和指挥所，都藏在隐秘的山洞里。在阿尔卑斯山的崇山峻岭，这样的战备设施也是很多的，只是不被外人所知。

我默然了，我仅仅看到的是瑞士和平安宁的表象，实际上瑞士人并非高枕无忧，他们的神经仍然是绷得紧紧的。

众所周知，瑞士是个永久中立国，至今尚没有加入联合国成为这个国际大家庭的一员。然而，面对变幻莫测的国际风云，针对地处大国包围中的不利地位，务实谨慎的瑞士人并不敢掉以轻心。他们深知，中立并不能绝对保障自己的安全，只有常备不懈才能立于不败之地。所以瑞士除了在国际事务中严守中立之外，他们不断巩固自己的国防，光是军费开支一项，就达到每年人均1万美元，这在世界各国中也是为数不多的。

不过，最令人惊叹的，还要数这个国家的兵力。瑞士的常规军队不多，据有关资料介绍，不过1500人，有的说是3000人，寥寥无

湖畔酒吧

瑞士乡村

几。但是，一旦实行军事总动员，瑞士在48小时之内可以立即组成一支60万人的强大正规军开赴前线，担负保卫国家的任务。

与此同时，只要最高统帅部下达命令，瑞士的主要交通要道、桥梁、涵洞，特别是穿过阿尔卑斯山的交通咽喉，如联系南欧的圣哥大公路隧道，将会根据战略需要立即切断。据说，平时，瑞士主要的交通要道下面都埋有炸药，一旦需要，就可以立即炸毁，阻止敌军侵入。

据有关资料介绍，在汝拉山区的山洞里有一座巨大的军火仓库，长达80千米，储存了大量军用燃料。西部山洞里还储备了65万吨的军用物资，平均一名士兵达1吨。

瑞士空军部队也大都隐藏在山洞里，机场的跑道只有很短的一段露出洞外。飞机驶出山洞，只能滑行很短的跑道，便要迅速爬升飞上天空。

不仅如此，瑞士还建成了规模宏大、结构复杂的地下防御体系，里面有地下医院和救护站、地下仓库、通信设施、发电供水装置、食品库，等等。一旦爆发战争，全国居民都可以进入地下。在卢塞恩市古奇山的山洞里，是欧洲最大的索伦堡大隧道，也是坚固的防御工事。这条隧道与一座七层地下建筑连为一体，拥有现代化的通信、发电、供水、净化空气以及医疗、食品仓库等设施，里面还有生活设施和办公室。一旦发生战争，可容纳2万人，其储存的食品和饮料可维持2万人用3个星期。

瑞士人自称他们实行的战略为刺猬战略。没有人惹它时，刺猬很温驯，但是一旦受到攻击，全身的刺便会竖起，与敌人拼个你死我活。

瑞士是个爱好和平的中立国家，但是也是保持高度警惕、实行全民皆兵的国家。

据介绍，瑞士法律规定，凡20岁至50岁的健康男子都要当兵服役，即强制兵役。按照不同年龄段，都要定期到兵营接受时间不等的军训。20~32岁，8年中每年3周；33~43岁，10年中共3次，每次接受2周军训；43~50岁，只受训一次，为期2周。女子虽然无服兵役的义务，但可以志愿参加军事辅助性工作。

不仅如此，每个男子接受军训的军服、轻武器、弹药、防毒面具等装备，都要带回家自己保管。"枕戈待旦"，在瑞士不是一句空话。一旦实行军事总动员，每个瑞士男子都知道自己的战斗岗位，而瑞士全国48小时之内即可装备3个野战军，每个野战军包括一个机械化师，一个边防师，一个野战师等，还有一个山地军和空军、防空部队。

这真是名副其实的全民皆兵。

在日内瓦、卢塞恩、苏黎世的火车站，经常在周末遇见步履匆匆、年龄不等的军人，全副武装，和亲人道别后，登上列车。现在就不会觉得奇怪了。他们之中有大学生，有银行职员，有工人，也有企业家和政府公务员，但他们此刻都是普通一兵。这也是瑞士的一道风景线。

我由此也想到，爱国主义并非空泛的说教。作为一个公民，平时努力做好本职工作，使国家富强，国土风景如画；战时立即投入战斗，保卫自己的家园，保卫自己的国家。这，才是真正的爱国啊！

郁金香、风车和北海的风浪

我在冷雨迷蒙的深秋踏入郁金香的国度荷兰的土地。

美丽的郁金香似乎过了盛开的时节，原野上见不到五彩缤纷的花的地毯了。但是，斜风细雨中矗立田野的巨大风车，翠色欲滴的牧场，一群群悠闲散步的黑白奶牛，乡村泥泞的小道和静谧小巧的农舍，还有随处可见的运河和横跨河上的木桥，都无不使人感受到这个低洼之国的富庶和景色之美。

离开人头攒动的阿姆斯特丹的皇宫广场，很快来到荷兰的乡间。我喜欢周遭黑油油泛着水光的土地。我知道荷兰人是世界上最了不起的围海造田的民族，他们的国土地势低洼，曾经饱受海水侵袭之苦，但是当你和任何一个荷兰人谈起他们围海造田的历史时，他都会自豪地讲起那一桩桩不平凡的经历。

荷兰又称"尼德兰"，就是"低洼之国"的意思。国土西部广大地区都位于海平面以下。如果不筑堤坝，北海的潮水顷刻之间就会将大片农田及村庄淹没。因此，荷兰人要想在这片低地生存，必须时时刻刻提防北海的风浪，据说从13世纪起，他们世世代代筑堤围海，挖渠排水，才算保住了脚下赖以生存的土地。

到了荷兰，才知道遍及荷兰全境的一道风景线——那矗立田野徐徐转动的座座风车，原是利用长年不断的西风推动沉重的叶片以排干农田积水的工具，像沼泽一样的农田唯有修筑纵横交织的运河沟渠及时排水才能耕耘收获。荷兰还有一件国粹是用整块木头加工制作的木鞋，如今摆在商店的货架上作为独具民族特色的旅游纪念品受到游客的青睐。木鞋花样繁多，色彩鲜艳，已经失去它的实用价值。但是它最初仅仅是荷兰人晴天雨天不能离开的鞋子，由于低地多水泥泞，在橡胶、塑料尚未问世之前，荷兰人祖祖辈辈脚蹬沉重的木鞋，不知跋涉了几个世纪的岁月。

荷兰风车

　　荷兰最引人注目的还是它的围海造地的宏伟工程，每个初来荷兰的人不能不对此留下深刻的印象，从20世纪20年代开始实施的围垦须德海计划，前后花费了20多年时间，这也算得20世纪人类改造自然的一大壮举。工程包括修建全长32.5千米的拦海大坝，坝基宽90米，高出海平面10米，坝顶是高速公路。1932年大坝竣工，把原先与北海连成一体的须德海变成一个不受海潮影响的内海了，将暴虐的北海挡在钢筋水泥铸就的海堤之外。1940年以来，他们又在须德海里分段围垦，一共围海造田22.5万公顷土地，分别建起农业、新兴工业和住宅等5个围垦区。

　　但是，大自然并不会轻易地屈从于人类的挑战。就在荷兰人为须德海计划大功告成刚松了口气的当儿，一场凶猛的狂风恶浪向荷兰南部发起突袭，造成有史以来最为严重的洪水灾害。

　　荷兰南部是莱茵河、马斯河、斯凯尔德河3条大河交汇入海的三角洲。低洼的地势，脆弱的堤坝，难以经受特大海潮的侵袭。1953年2月1日，阵风高达200千米每小时的飓风从苏格兰横扫而来，掀起滔天巨浪，以排山倒海之势直逼荷兰海岸。尽管气象台事前发出警报，可是已经来不及了。狂风卷着巨浪冲毁了堤坝，吞噬了大片土地，并且淹及城镇村庄。顷刻之间，位于比利时奥斯坦德和荷兰泰瑟尔群岛之间的海堤溃决了。到了第二天，荷兰被海水淹没的地区占国土面积的1/3，受灾最为惨重的一些小岛有1800人死亡，全国有20万公顷良田被毁，仅溺毙的牛就有1万头之多。至于被毁的海岸铁路、公路、电话网、电网和供水系统，更是难以计算。

正是1953年的特大水灾，使荷兰人痛下决心，倾举国之力，投入大规模的围海防洪工程，他们深知，唯其如此才能一劳永逸地保住自己的家园。从1956年起，荷兰耗资120亿荷兰盾，采用世界上最先进的水利工程技术，在莱茵河、马斯河、斯凯尔河的三角洲地区建起宏伟的防洪大坝，共建高30～40米、重量为1.8万吨的坝墩65个，安装了62个巨型活动钢铁闸门，将北海的浪涛抵挡在大堤之外。1986年工程竣工，终于解决了长期以来困扰人们的洪水泛滥和海水倒灌，有效地保住了南部地区肥沃的良田——这一带恰恰是荷兰土质肥沃、耕地集中的农业区。

荷兰人经过艰苦卓绝的努力，建成总长度达1800千米的堤坝，向大海索回了70万公顷土地。这对于只有1000多万人口的小国，不能不说是了不起的业绩。

我来到北海岸边的拦海大堤，那是一个乌云翻飞、天色晦暗的日子。那天，波涌浪翻的北海似乎对我并不欢迎，掀天的巨浪从远方呼啸而来，怒气冲冲地猛扑钢筋水泥的大坝，水柱冲天，发出沉闷的轰鸣。我站在高高的坝顶侧风而立，阴云低垂的海面看不到一艘船，也没有飞鸟的踪影，只有凌厉的风声和大海的咆哮充溢天地之间，使人感到大海的恐怖和威严。

面对白浪滔天的北海，我想起荷兰人生存的艰难，但是当我眺望那巍然屹立于狂澜之中的千里长堤，我又对荷兰人的不折不挠而由衷地钦佩。正是有了抵御风浪的围海工程，荷兰才会成为郁金香盛开和畜牧业发达的国度吧。

苏伊士运河纪行

望断天涯路的大漠黄沙，有几只骆驼踽踽而行。柏油路面的公路两旁，看不见村庄，也没有绿色的农田，偶尔在路旁孤零零地耸立一块阿拉伯文的广告牌。旋风掠过瘠薄的沙地，时不时地可见一丛丛、一簇簇灰蒙蒙的沙生植物，再就什么都看不见了。

我们是从开罗前往苏伊士运河的。东行的路上景色相当荒凉。在埃及，离开了尼罗河滋润的绿洲，几乎都是寸草不生的大漠荒野。快要接近苏伊士运河时，沿途的荒野不时闪出一座座兵营。土墙圈起的营区，风沙中飘扬的旗帜，在烈日下操练的军人，以及散落在沙漠中涂了迷彩保护色的坦克，似乎都在提醒我们这里是军事重地。

不远处，枣椰树和棕榈树的绿色掩映着隐隐约约的苏伊士城，天高地远的灰蒙蒙的背景下飘忽着一线盐湖的青色。开车的司机兼导游是位热情的埃及人，他说前面不远就是苏伊士运河了。

苏伊士运河，这条连接地中海与红海，贯通大西洋与印度洋的东西方重要航道，不是一条普普通通的运河，它在近代史上发挥着非同寻常的作用，也因此格外引起世人的瞩目。

恩格斯在为马克思的《资本论》所作的注释中曾经对苏伊士运河开凿通航的重大作用作过一段经典性的概括，他说："由于交通工具的惊人发展——远洋轮船、铁路、电报、苏伊士运河——第一次真正地形成了世界市场。"

事实正是如此。当欧洲由于工业革命的兴起纷纷开拓海外殖民市场的时候，寻找一条通向东方的便捷航路，进一步加快东西方的贸易往来，已经成为摆在欧洲殖民主义者面前头等关心的问题。

苏伊士运河的水是蓝色的

当时，西方的商船欲到东方必须绕过非洲南端的好望角，不仅航程遥远，而且风急浪高，航行很不安全。于是，他们的目光移向地处亚洲、非洲与欧洲交接点的埃及，而地中海与红海之间的苏伊士地峡是最理想的开掘运河的地点。

据说早在1672年，德国哲学家莱布尼茨就曾上书法国国王路易十四，建议法国占领埃及，以便控制这个通向东方所有国家的门户，打通法国商业通向印度的道路。1798年，拿破仑远征埃及时，曾经有一批科学家亲赴苏伊士考察，对开凿一条穿过苏伊士地峡的运河进行论证，但这项计划随着拿破仑远征埃及的失败而落空。

苏伊士运河的破土动工，始于1859年4月25日。取得运河开凿权的，是一位名叫费迪南·德·勒塞普的法国人，他骗取埃及总督的信任，以埃及无偿提供开挖运河必需的土地和各种建筑材料的先决条件，运河开航后每年交付埃及政府年纯利润的15%为回报，获得了开凿苏伊士运河的特权。于是，从一开始，苏伊士运河的一切权益便牢牢地攥在西方殖民者手里了。

苏伊士运河宽宽的河面

据有关资料介绍，凿通苏伊士运河共挖土石方7400万立方米，由于气候炎热，劳动条件恶劣，埃及有12万工人病死累死。1869年11月17日这条全长164千米的运河正式通航。

苏伊士运河的凿通，得益的当然是西方资本主义各国。东西方的航线因此大大缩短，从欧洲各国驶向东方的船只，或者从非洲之角的阿拉伯国家驶往美洲东海岸，无需绕道非洲南端的好望角。据统计，从日本东京到荷兰的鹿特丹，缩短了25%的航程，从海湾国家到英国伦敦，缩短了46%的航程，最多的缩短66%的航程。航程的缩短，节省了大量燃料和各种费用，提高了船只的航运周转期，对于世界市场的形成无疑具有重要作用。至于苏伊士运河本身创造的利润，却大部分落入西方殖民者的腰包。直到第二次世界大战结束，英国仍然占领苏伊士运河区，并在那里驻扎了7万军队，成为英国在海外最大的军事基地。

于是，围绕着苏伊士运河的主权，百余年来这条航线和它们周围的土地，屡屡笼罩着战争的乌云……

我们是从苏伊士城以北的一座隧道——哈姆迪隧道进入西奈半岛，来到苏伊士运河东岸的。

隧道是从苏伊士运河的河床底下穿过的，长1640米，水泥路面宽阔平坦，车辆可以对开。钢筋混凝土构件组装的穹状隧道灯光柔和，通风良好。在西端的入口处附近，建有一座隧道的控制中心，凭借26个电视屏幕的电子监测系统，不仅能有效地监控隧道的通风、照明、空气污染等数据，而且可以监测车辆通行情况，以便随时排除险情。

哈姆迪隧道是1980年建成通车的，它的建成弥补了苏伊士运河的一大缺欠：由于苏伊士运河的开凿，亚非大陆被运河切断了，西奈半岛也因此与尼罗河流域隔绝开来。现在，我们的汽车只用了不到5分钟，就从非洲大陆经哈姆迪隧道进入亚洲的西奈半岛——这当然对于发展西奈半岛的经济具有特殊意义。这个有6万多平方千米的西奈半岛蕴藏着丰富的石油等矿产资源，在农业和渔业方面也有很大的发展潜力，是一片大有发展前途的处女地。当然，西奈半岛是埃及的国防前哨，据说隧道可以在1小时内通过1000辆坦克，它的战略地位更是非同一般。

穿过哈姆迪隧道，汽车爬上寸草不生的沙石高坡，河面平静、水呈蓝色的苏伊士运河静躺在石块砌筑的河床中，像一条不宽的引水渠，镶嵌在黄沙覆盖的大地上。

当我第一眼看见这举世闻名的沟通东西方的水道时，我承认，我感觉她并不像想象中那样雄伟壮观。她没有尼罗河那样宏大的气势，也不具备黄河、长江奔腾万里的博大胸怀。她太平凡了，河道仅有300多米宽，两岸看不见绿色的森林，也没有诗情画意的田园风光，作为一条人工河道，她只是用自己的身躯肩负起运输过往舰船的唯一功能，仅此而已。

但是，当我了解了苏伊士运河饱经忧患的过去，我的心中油然生起对她的崇敬之情。

1956年7月26日，纳赛尔总统在亚历山大宣布把苏伊士运河收归国有，受到埃及举国上下的一致赞同。但是，不愿放弃苏伊士运河区的英国政府，伙同法国和以色列悍然发动对埃及的侵略战争，企图以武力迫使埃及屈服。

战争在塞得港打响，这座运河入口处的海港成为举世瞩目的焦点。英国和法国的空降兵和海上登陆部队近3万人，以海陆空的联合作战向塞得港发起猛攻，而以色列则乘机占领西奈半岛，企图形成铁壁合围的强大攻势。侵略者气焰嚣张，英法海军向塞得港炮轰，飞机向塞得港的平民区狂轰滥炸，伞兵迅速向塞得港纵深地区推进……然而他们始料未及，已经独立的埃及人民是无法用武力征服的。塞得港的每一条街道，每一座楼房，都是抵抗侵略者的战壕和要塞，埃及军民包括老人、妇女和儿童都奋起抵抗，英勇地抗击了来犯的侵略者。而且，时代毕竟不同了，埃及人民保卫塞得港和苏伊士运河的正义斗争，赢得包括中国在内的全世界各国的广泛支持，谴责英法侵略者的呼声响彻全球。当时中国的报纸电台天天播发苏伊士运河的战况，声讨英法侵略者、支援埃及人民的集会游行到处都在举行——我对苏伊士运河就是那时留下深刻印象的。

1956年12月22日，英法侵略者最后一批残兵败将灰溜溜地撤离塞得港，转年以色列也从西奈半岛撤兵，苏伊士运河从此飘扬着埃及国旗，回到了埃及人民手里。

随着苏伊士运河国有化，埃及政府开始大规模地着手运河的改建工程。先是清理航道，1956年战争期间的大批沉船需要打捞，扫清航道上的水雷，运河设施受损严重也要更新。当运河开始通航后，改建工程也夜以继日地加紧进行。

在1956年实行苏伊士运河国有化时，运河全长为173千米，航道水深12米，河面宽为160米，航道宽110米，只能通过3万吨的满载货轮。经过扩建后，到1964年2月，运河水深加大到13米，6万吨满载货轮也可畅通无阻了。据统计，1955年，有14666艘船只通过苏伊士运河，平均每天40.2艘。到了1966年，由于运河水深加大，当年通过运河的船只增加到21250艘，平均每天58.2艘。不料，当埃及决定从1967年开始实施进一步扩建运河工程时，苏伊士运河又不得不重新关闭，一直关闭了8年。

中午，我们在苏伊士城打尖，品尝了别有风味的非洲烤鱼。这座苏伊士运河南端扼守苏伊士湾的港口城市宁静而闲适。纵贯全城的通衢大道立着一尊巨大铁锚的雕塑，再清楚不过地点明了城市的特征。人行道两旁枣椰的树荫下，身穿阿拉伯长袍的穆斯林和头裹黑色披巾的妇女悠闲漫步，街头不时出现扬起灰尘的公共汽车与不慌不忙的马车并行的场景。商店很多，出售阿拉伯风格的工艺品和皮货的店铺多为旅游者青睐。在街头的咖啡馆里，抽着长长的阿拉伯水烟的男人们向我们热情地问候……这里的生活节奏是缓慢的，洋溢着和平安宁的氛围。但是谁能想到，几年以前这里硝烟弥漫，到处燃起战争的火焰呢？

在西奈半岛的大漠深处，我们寻访了不久前的战争遗迹，那是用钢筋水泥筑起的明碉暗堡和一道道掩体，密如蛛网的铁蒺藜构成难以逾越的屏障，装甲车和坦克扼守着交通要冲。虽然听不见枪声和炮声，但是遮天蔽日的风沙之中，仍然可见战壕炮位隐藏着荷枪实弹的以色列士兵的模型。

这里，就是1967年中东战争时以色列布防的"巴列夫防线"。这场战争使埃及丢失了西奈半岛，以色列在苏伊士运河东岸建造了长达170千米的巴列夫防线（巴列夫是当时以军参谋长）。以色列企图以坚固的工事据点构筑一条"马其诺防线"，永远占领西奈半岛。

从那时起，苏伊士运河关闭了，埃以双方以运河为界陈兵对峙，战争的乌云笼罩在运河上空。

苏伊士运河

一直到1973年10月，萨达特总统发起反击以色列的"十月战争"，精心准备的埃及军队出动200架飞机、2000门大炮向运河东岸的以军阵地猛攻。接着，8000名埃及士兵乘坐1000艘橡皮艇，强渡苏伊士运河，以锐不可当之势突破巴列夫防线，取得了收复西奈半岛的决定性胜利。但是，在这同时，以军将领沙龙（当时任南部军区司令，后为国防部长、总理）率领装甲师突破苏伊士运河渡口，偷渡大苦湖，进入运河西岸，并包围了苏伊士城，使战局发生了戏剧性变化。

于是苏伊士城陷于以色列军队的重重包围之中，尽管以色列的炮火使苏伊士城85%的房屋被毁，到处是断墙残垣，城内居民死伤惨重，缺水缺粮，但是苏伊士城的埃及军民顽强抵抗，坚守了整整100天，也未让以色列军队踏入苏伊士城……

十月战争后，苏伊士运河又回到埃及人民手里，西奈半岛的失地逐步收复。从1974年始，苏伊士运河又开始大规模的清理工程。光是水雷就清扫了70万枚，还有4万个爆炸物、90艘沉没的舰只、10艘沉船……耗资1.2亿美元。1975年6月5日，苏伊士运河在关闭8年后重新开放。

现在，苏伊士运河水深提高到近20米，河面宽300～350米，运河长度延伸为195千米。水深了，航道宽了，横断水域面积大大增加，通过的船只吨位由过去的6万吨增加到15万吨（满载货船），1982年已有45万吨超级油船通过运河。苏伊士运河不仅面貌一新，而且管理系统全部实现电子计算机网络，管理的技术人员全部是埃及自己培养的。每年，苏伊士运河给埃及带来20亿美元的外汇收入。

当天下午，我们离开苏伊士城向大漠西行。远方的地平线上，如同海市蜃楼，一艘艘巨轮静静地浮现在一动不动的水波上。公路一侧耸立着一座座高大的水塔，一眼望不到尽头的围墙贴着运河延伸，那一带就是苏伊士运河区，它在我的视线中渐渐远去，远去……

卢克索访古

卢克索，埃及南方位于尼罗河畔的一座历史悠久的古城，距首都开罗约700千米。

去埃及之前，一位前辈在电话里提醒我，去埃及一定要去卢克索，否则就等于白去了。他是一位著名的建筑学家，20世纪80年代访问埃及时专程在卢克索进行过考察。

到了开罗，一打听，去卢克索的交通很方便。最便捷是坐船溯尼罗河而上，3天左右的航程，一路可以饱览尼罗河两岸风光，根据克里斯蒂的小说改编的电影《尼罗河上的惨案》便是循着这条路线展开的。只是行程匆促，时间来不及，只好放弃了。

也有火车从开罗去卢克索，一天一夜。但当地朋友劝我打消这个念头，说是很不安全，又说铁路路基不佳，颠簸厉害，我的决心动摇了。

最后的选择只有坐飞机了。一个天气凉爽的早晨，从开罗国内机场乘机飞往卢克索。一个小时后，火红的太阳从沙漠上空冉冉升起，机翼之下，一片绿洲沃野，青翠悦目，沿着蜿蜒的尼罗河伸延，和绿洲外围毫无生气的大漠黄沙形成鲜

151

卢克索神庙方尖碑

明对照。

这里，就是尼罗河畔的卢克索。

卢克索即史书上所谓的底比斯，现代的卢克索城便是建在底比斯的废墟之上的。早在古埃及十一王朝时期（公元前约2040—前1991年），底比斯就是全埃及的首都。从古埃及中王朝到新王朝的两千年间，底比斯以其显赫的地位成为疆域辽阔的帝国中心，它的城门就有100多个，称为"百门之城"。城内建有很多规模宏伟、富丽堂皇的神庙、殿堂和陵墓。这些不朽的石头纪念碑历经几千年的风风雨雨巍然屹立，成为埃及和全人类宝贵的文化遗产，1980年底比斯古城及墓地被列入世界文化与自然遗产名录。

一到卢克索，方才发现从世界各地慕名而来的旅游者之多，令人惊讶不已。我遇到一位挂着双拐、金发碧眼的姑娘，兴冲冲地随着旅游团步入卡纳克神庙，一打听，姑娘很自豪地说，她是从巴黎来的。

旅游，给古城带来了繁荣和活力。五花八门的旅行社，出售旅游纪念品的商店和摊贩比比皆是，旅馆、餐馆和在街头游走招揽生意的豪华马车和出租车也很多，旅游业在卢克索经济中的地位是可想而知的。

卢克索有很多神庙殿堂，其中规模最大、保存最完整的当推卢克索神庙与卡纳克神庙。两者之间有一条1000多米长的石板大道，两侧排列着一座座羊面狮身雕像。相传过去路面的石块均包有金箔或银箔，光辉夺目，无比奢华。

古埃及的历史遗址，不论是吉萨的金字塔及狮身人面像，还是卢克索的神庙遗址和法老石雕，不仅建筑的宏伟令人惊叹，其年代之悠远也足以震撼人心。希腊历史学家希罗多德在公元前5世纪遍游埃及时这样写道："奇迹之多，超过别的任何国家，许多工程之伟大实在难以形容。"所以当我的面前巍然耸立着历经沧桑的一座座历史丰碑，折射着古埃及文明的光辉，我的感觉无异于面对繁星满天的苍穹，不由得感到自身的渺小了。

卡纳克神庙始建于公元前19世纪，巨大的工程持续了几个朝代，凝集了古埃及2000余年建筑艺术的精华。

穿过一条两侧并列着表情冷漠的羊面狮身石雕的甬道，即是高如城墙、巨大雄伟的塔式大门，塔门两旁各耸立一尊拉美西斯二世雕像（他是第19王朝的法老），前面耸立着一尊指向蓝天的方尖碑。

大塔门据称是建于2000多年前的托勒密王朝，塔墙厚约15米，高约46米，宽1.13米。它的内侧墙基堆有泥砖，似乎提示后人，在没有起重机的古代，筑墙的巨大石块是靠码放泥坯然后堆放上去的。

　　卡纳克神庙有12座塔门，塔门与塔门之间庭院相通，自成格局。由于年代久远，历经沧桑，庙堂殿宇有的倾覆，乱石堆积，其空间布局必须细细分辨方能理出头绪。即便这样，那一尊尊高大的石柱，雕镂精美的石廊和古朴厚重的石墙，仍给人以浑厚质朴的美感。值得一提的是，第二座塔门与第三座塔门之间，圆柱高耸，遮天蔽日，仿佛进入石柱的森林，竟将凌空烈日的暑热挡住，这便是举世闻名的圆柱殿。

　　圆柱殿亦称连柱殿，建于公元前1300年左右，由西提一世开始建造，拉美西斯二世完成。殿内134根石柱排列成16行，中心圆柱高达21米，直径3.6米，犹如千年古树一般。石柱上刻满象形文字和彩绘浮雕，有的已剥落，柱头圆盘则是埃及传统的莲花状或纸莎草花状图案。圆柱殿高大粗壮的柱子除了起到支撑房顶的建筑功能，实际上已是一种营造神秘虚幻气氛的装饰。漫步在石柱之间，视线不时被石柱挡住，以致产生空间无穷尽的错觉，而阳光的遮挡及明暗变化，又不时给人以虚虚实实之感。这也是古埃及建筑匠心独运之处。整个厅堂长102米，宽53米，气势恢宏，工程浩大，被誉为人类进入现代社会之前规模最大的建筑之一。

　　卡纳克神庙和南面的卢克索神庙，都是为供奉埃及最高的神——阿蒙而建的神庙，亦称阿蒙神庙。阿蒙原是底比斯的地方保护神，随着底比斯的地位日益重要，成为全国的政治

埃及卢克索神庙石柱

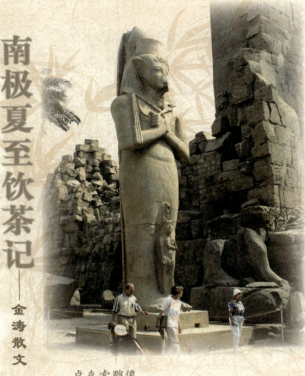
卢克索雕像

南极夏至饮茶记
——金涛散文

中心，阿蒙神也日益受到推崇。法老们将一切文治武功归于阿蒙神的庇佑，到处为阿蒙神修筑宏伟的神庙。在当年的一件石刻中，记载了阿蒙神庙的辉煌：它的地板用白银装饰，正门用金银熔铸而成，庙中的法老宝座以黄金与宝石打造，庙前的旗杆也是金银铸造的，富丽堂皇，无与伦比。它的建筑布局呈南北向，沿着中轴线排列着门楼、立柱庭院、立柱大厅和祭祀殿。卡纳克神庙由于历代埃及的法老不断扩建，致使这座占地31公顷的神庙集中了20个世纪不同风格的建筑群。除了沿中轴线依次建有塔门、圆柱殿、祭祀殿及宴庆大厅外，小厅中有两座著名的方尖碑，是以哈特谢普苏特女王的名义设立的，一块高30.5米的粉红色花岗岩碑石，通体镂刻了象形文字，据说是从阿斯旺经水路运来的。由于历代法老在对神庙进行扩建时都不忘自己的"丰功伟绩"，神庙的壁面廊柱镂刻了重大历史事件的雕刻及象形文字，所以卡纳克神庙留给后代的不仅是古埃及建筑艺术的瑰宝，也是内容丰富的历史档案——这些档案是刻在石头上的。地中海沿岸很多国家早已亡佚的历史事件，往往可以在神庙的壁画和题记中找到它的线索。

从卡纳克神庙出来，日过中天，沙漠吹来的热风毫不客气地脱去游人身上厚厚的衣衫，似乎夏天在转瞬之间悄然而至了。这时，善解人意的导游领着我们进了一处阴凉的所在，那是坐落在僻静街道的一座纸莎草画展览馆。

古埃及文明不仅用坚固的石头构筑的雄伟建筑炫耀它那灿烂的光华，同时也在柔软的纸莎草纸上留下绚丽非凡的光彩。纸莎草纸，可以算作古埃及人的一大发明。

很早就听说过埃及出产一种纸莎草。在开罗参观萨拉哈丁古城堡时，许多商贩向游人兜售廉价的纸莎草画。那印在纸上取材于古埃及壁画的图案和人物，给我印象很深。但我一直不知道纸莎草纸的原料是什么植物，更无从了解纸莎草纸的制造工艺。

这家展览馆满足了我的愿望，在那挂满琳琅满目的纸莎草画的展厅，有一个展台正在表演制造纸莎草纸的原始工艺。

纸莎草，像芦苇一样生长在浅水中的植物，尼罗河谷地和三角洲的沼泽最宜于它的生长。纸莎草的三角形茎高可达3米，手腕粗细，由于它的纤维富有韧性，古埃及人用它制作各种器具和篮子、衣服、小船及绳索等，甚至将纸莎草捆绑成束用做房柱，但纸莎草对古代文明最重要的贡献是作为人类书写的材料。古埃及壁画中，可以见到人们在茂盛的纸莎草丛宴乐游猎的画面，卢克索神庙高大的石柱也有不少以纸莎草的花茎为柱顶图案，可见纸莎草与古埃及人的生活关系之密切。

我在纸莎草画展览馆看到，工作人员先将纸莎草绿色的茎按一定长度切成小段，就像将蒜薹切成段一样。然后剥掉外面光滑的韧皮，剩下的就像剥了皮的甘蔗芯。这时用锋利的小刀将木髓劈成1.5厘米厚薄的薄片，将它放在水盆里。据工作人员说，浸入水中的纸莎草茎芯薄片要泡6天——这是备

神庙雕像群

料过程。

接下来就是造纸，工艺流程并不复杂：先将浸泡好的纸莎草茎芯薄片，按横直交错的方式将两层垒放在布上（或石板上），然后施以重压将水分挤出。工作人员是将铺好的纸坯放入压榨机内，但我相信古埃及人只能用木槌轻轻敲打，或者用石块压在上面。经过压平、晾干以及修剪边缘和用石头磨光，一张柔软而耐用的纸莎草纸就制作出来了。将一张张纸莎草纸粘接起来便成了纸莎草卷。

古埃及人是什么时候发明了纸莎草纸的？据考古学家在一座第一王朝的古墓中发现的一卷空白的纸莎草卷推断，纸莎草纸的发明不会晚于古埃及第一王朝——那是公元前3100—前2890年，距今5000年之久了。

纸莎草纸的发明，为传播文化提供了最便捷的书写材料，用途十分广泛。纸莎草纸的制造在古埃及相当发达，并且是古埃及主要的出口商品之一。罗马帝国相当长的时期使用古埃及的纸莎草纸，所以有相当多的希腊和拉丁文献是凭借纸莎草纸卷才得以流传的。至于古埃及的文学作品、历史记载、民间传统和科学技术成就，更是有赖纸莎草纸得以保存至今。1862年发现的埃伯斯纸莎草卷，是一部医学纸莎草卷，摘录了至少40种不同书籍中搜集的秘方和笔记，载明药名、剂量和服用方法，据考证成书于第18王朝初，它与柏林医学纸莎草卷和赫斯特纸莎草卷，是世界上最古老的医学文献。另外，古埃及人成绩卓著的数学也在纸莎草卷中记载下来。一部是现在保存在大英博物馆的莱茵德数学纸莎草卷，据说最后完成年代是公元前1700年左右，是一部关于分数的论著；另一部叫做莫斯科数学纸莎草卷，存于莫斯科博物馆。目前纸莎草学已作为一门独立的学科而诞生，作为古文字学的一个分支，以整理、翻译纸莎草纸上的古文献为主旨，为研究古代埃及、希腊、罗马等地中海沿岸国家的历史、文学、宗教等提供资料，1947年还成立了一个学术机构，即国际纸莎草学学会。

我们在展览馆里见到的展品，则是画家用绚丽的彩笔在纸莎草纸上绘制的工艺品，内容多为古埃及庙堂和古墓中反映古埃及人生活场景的传统画面，也有现代风格的作品，这些都是很受各国游人喜欢的收藏品。

寻访"太阳的子孙"

　　利马的黄金博物馆的展厅，是一个保安措施很严密、设在地下室的黄金窟，四壁一个个玻璃柜，摆满价值连城的各种黄金工艺品；薄如纸张的金箔制成的面罩，金片编在一起装饰的华服，精工细镂的金花、金冠、金项圈、金项链、金钏、金镯子……还有叫不出名目的许多玩意儿。灯光黯淡，恍若黑夜，那展厅的无价之宝像星辰熠熠闪光，令人心醉神迷。

　　我痴痴地置身于这座秘鲁首都的黄金宫殿，心中不由地想到这些稀世珍宝的制造者的命运。你也许很难相信，这些制作精巧、具有高度艺术价值的黄金饰品，竟是出自印第安人的工匠之手，在西方殖民主义强盗眼里，美洲的土著印第安人是被当作没有文化、愚昧落后的劣等民族而惨遭杀戮的。

　　在人类文明史上，恐怕没有一个民族像美洲印第安人的命运那样悲惨了。当欧洲还笼罩在中世纪的黑暗时，印第安人在与世隔绝的美洲早已点燃了光华四射的文明之火。

　　印第安人是一个了不起的伟大民族，在漫长的岁月里，他们在天文、数学、医学、建筑、农业栽培等众多领域，创造了高度的文明，就像他们精心制作的黄金饰品至今仍然放射出灿烂的光华。可是，历史是多么的不公正，自从西方殖民者踏上美洲大陆，死神的阴影就追随着善良勤劳的印第安人，他们绵长的历史猝然中断，他们缔造的文明之树叶枯干折，他们光荣的过去似乎成为博物馆里的展品，令人喟然兴叹。

　　因此，当我踏上美洲的土地，很自然地，我的心中始终萦绕着一个执着的

安第斯山印第安人神庙

念头，这即是很想见一见美洲的印第安人，哪怕是简单地谈一谈，也不负此行。可是，从阿根廷到智利，从智利到秘鲁，眼看访问已近尾声，我们一直没有找到这样的机会。

我差不多快要绝望了……

然而，天无绝人之路。就在快要离开秘鲁的前几天，热心肠的王世申同志，他是我国驻秘鲁大使馆的官员，兴冲冲地跑来说："有了，明天我们就到安第斯山去，那里有一个印第安人村社……"

我高兴得差点跳起来，细一打听，这才知道，我们是得到圣马斯克大学人类学家亚诺斯教授的穿针引线，才得以访问印第安人村社的。亚诺斯教授和他的夫人约兰达，为了研究印第安人的社会和风俗，1970年起在印第安人村社落户，赢得了当地印第安人的信任。村民们把这一对夫妻当做完全可依赖的自己人一样，分给他们一块土地，山区缺水，像对待所有村民一样，规定了他们用水的时间……由于亚诺斯教授这种特殊的关系，我们才有可能访问生活在安第斯山的印第安人。

清晨，早早儿离开利马，汽车沿着滨海高速公路向南驰行。沿途景色荒凉，大海近在咫尺，终年无雨的大地草木稀疏，满目枯黄。间或也有从安第斯山渗出的泉眼和淙淙的溪流，有水就有生命，顿时冒出密丛丛的林带，人烟稠密的集镇，以及绿油油的田块。妇女们挽起长裙，赤脚在溪边泉畔洗衣服，天真活泼的孩子们快活地在河里追逐嬉戏，可是一离开有水源的地方，充满生机的绿色世界顷刻就在视线中消失了。

汽车的记程表标明走了70千米，大道向西爬进乱石纵横的山谷，急流在山谷中奔腾，两旁的山坡异常陡峭，坡底堆满崩落的巨石，据说这是一次泥石流留下的痕迹。汽车在山谷中的公路行走了十几分钟，地势渐渐升高，这时就在进入大山的入口处，我们受到秘鲁军队的盘查。

这是一处稍缓的山坡，灌木丛铁丝网圈起几间低矮的营房，路口的树下设有检查哨。汽车停下，几名身穿深棕色军服、挎自动步枪的秘鲁士兵迎上前来。亚诺斯教授立即从窗口探出头来，和他们交谈了几句，也许他们是老熟人，士兵们朝汽车里看了几眼，没有纠缠，便挥手放行了。后来我才知道，安第斯山这一带有游击队活动，秘鲁政府军经常和小股的游击队发生遭遇，因此但凡进山的交通要道，对过往行人都盘查甚严。

过了检查哨，这才算真正进了地势险恶的安第斯山，汽车的发动机开始吼叫起来，路旁的陡壁直上直下，我们进山的公路就贴着陡壁在山岭盘旋，公路的一边是陡立的危崖，而在另一边，则是万丈深渊，深不见底。这时，

安第斯山的谷地

谈笑声戛然中止了，大家都默默地注视着前方的悬崖绝壁，特别留心公路的急拐弯处，因为只要稍有不慎，我们就会粉身碎骨。

这一带的安第斯山异常干燥，山坡上看不见茂密的森林，也极少见悦目的绿色，只有深深的峡谷底部，有一线细如白练的急流。在稍稍平坦的山坡的峡谷里，偶尔出现面积小得可怜的梯田。在这一带，随着海拔高度的不同，山麓主要种植菠萝、香蕉等亚热带水果，半山腰种马铃薯，山顶的高山牧场则以发展牧业为主。

在半山腰，汽车经过一道横跨峡谷的渡桥，终于把深深的峡谷甩在后面，渐渐钻进了白云深处。这时，汽车只能走走停停，因为公路上渐渐出现了赶着牛群的印第安人，也有一些是到地里干活的。亚诺斯教授是他们的老相识，一见面总得要寒暄几句，这倒使我们有机会打量这些"太阳的子孙"。

古代的印第安人崇敬太阳神，自称"太阳的子孙"。但是这里的印第安人完全不像他们戴着羽毛头饰、手持弓箭的先辈了。他们的衣着已经"现代化"，男人除了喜欢戴一顶礼帽，穿着打扮几乎和一般人没有多大区别。妇女的服饰似乎还多少有点民族风格，穿连衣裙，底下着长裤。亚诺斯大概察

觉出我的惊讶，以学者的坦率提醒道，这才是今日印第安人真正的服饰，至于某些场合出现的身穿古老民族服饰的印第安人，那不过是招揽旅游者特意安排的节目罢了。

3个多小时驰行，我们终于登上海拔3700米的山巅，来到我们向往已久的印第安人村社，它的名字叫圣彼得罗卡斯塔。山上山下完全是两个世界，山下正是盛夏季节，人们纷纷到海边去游泳；可是在安第斯山之巅，我们穿了夹衣仍觉得寒气袭人，大有晚秋的劲头。汽车停在村社中心的小广场上，当我们兴冲冲地钻出车子，眼前白茫茫的大雾像潮水一样涌了过来，转瞬之间，山岭，房舍，连对面的人都看不见踪影了。

圣彼得罗斯卡塔是个典型的印第安人村社，但是在历史的长河中，不可避免地渗入了西班牙殖民时期的痕迹。村社的中心区域，山坡上有个面积不大的西班牙式广场，相邻不远是印第安人集会议事的传统广场。这里的政权机构是多元化的，名义上的地方行政长官是根据法律选举出村长，由省长任命；但同时并存着村民委员会和印第安人传统的部族的首脑机构，后者的权威性更胜过前者。据亚诺斯教授说，印第安人至今保留着民主的"遗风"，村社的领导人是民主选举产生的，每年更换，不得连任。每年12月31日进行选举，全体村民在传统广场集会，提出候选人。选举权只限于每户的家长。他们选举的方式也很别致，候选人站在广场中央，村民愿意选谁就站在谁的身后，以候选人背后的人数多寡决定是否当选。此外，每个成年的印第安人都需担任村社的社会工作，承担社会义务。起初，担任管理委员会成员的助手，负责巡逻，管好水源和牧场，以后再担任其他义务性工作，当一个人把所有的职务轮

安第斯山区当代印第安人

一遍，也就老了，于是就进入"长老院"。这村里没有警察、没有独裁者，一切重大的事务都由村民大会民主裁决。

在西班牙广场一侧，一座至少有50年历史的村社办公室里，热情的主人按照印第安人的习俗，接过酒瓶，我们把酒倾入酒杯，然后一饮而尽，说一声"萨鲁"（"干杯"之意），再将酒杯倒过来朝下一摔，表示已经一点不剩。这样依次往下传，我们和主人共饮一瓶酒，他们就不把我们当外人了。

村社的新领导是不久前刚选出来的，他们在介绍情况时说，这个村社有170户人家，3000余人，主要经营农业和畜牧业，有可耕地5000公顷，但是因为干旱缺水，目前能够灌溉的土地只有130公顷。此外全村有20公顷的牧场，饲养了1000头牛，还有几家私人开办的奶酪厂。

聚居在高山上的印第安人，水是他们赖以生存的生命之源。亚诺斯教授说，正是因为这个缘故，当地的印第安人中间流传着许多关于水的神话，对水有种神秘观念。每年10月的头一个星期，是传统的水节，届时举行为期8天的祭祀仪式，祈求水并预测当年收成的好坏。年轻人在地形险峻的地方举行赛马活动，他们以羊为诱饵，擒获凶猛的鹰，然后举行别开生面的鹰牛之斗，倘若鹰胜牛败，那就预示着来年是一个丰收年。与此同时，全村老少一起出动，清理渠道，为即将开始的农耕做好准备，因为10月是南半球雨季到来的时候。

不过，明智的印第安人并不把农业收成的好坏寄托在宗教仪式上。村社领导人告诉我们，为了使所有的土地都能得到灌溉，他们翻山越岭，寻找水源。不久前，人们在山顶找到3个蓄水池，是印加时期他们的祖先开凿出来的，已经有400多年没有用过了。据农业大学的专家估算，这3个蓄水池全部修复，可以蓄水60万立方米，高山梯田的灌溉问题就可望解决了。目前，村民们正在海拔5000米的地方修复一个蓄水池，连晚上都不回家。

天不作美，大雾越来越浓。圣彼得罗卡斯塔的广场，依山而建的民宅，都隐没在云雾之中。尽管亚诺斯教授告诉我们，印第安人在生产方式、风俗习惯方面还保留不少古老的传统，但我们的所见所闻都是相反的回答：那广场上的教堂，分明是西班牙人带来的宗教，它已取代了印第安人信奉的太阳神；我们遇到所有的印第安人，不论是八十老翁还是黄发垂髫的孩童都讲西班牙语。当然，给人印象最深的，还是现代文明给这个偏远山区带来的变化：25年前这里用上了电，再也不用蜡烛照明了；自来水是7年前安装上的；通往首都利马的公路，每天有班车往来，使自给自足的山区密切了与外界的联系；村里有1所小学，有200名学生；在这个不到200户人家的印第安人村社，富裕的农户开办了奶酪厂，自己有了汽车，也有少数青年上了大学。我们参观了一间百货店，商品一应齐全，为村民们提供了很多方便……

短暂的访问结束了，热情的主人当场把我们的访问写入一本厚厚的村社大事记里，并向我们宣读了全文。我们是怀着难忘的印象和他们告别的，我们相信，曾经创造了光辉灿烂的美洲文明的印第安人，他们的子孙一定会开拓自己的新生活，在新的时代步入世界先进民族之林。

无顶之屋与厄尔尼诺

骄阳似火，我们两辆吉普车在荒无人烟的沙漠中奔走了一个上午，到了太阳当顶时分，一个个人困马乏，需要找个地方打尖了。

这里是秘鲁北部沿着太平洋岸边伸展的大沙漠。有时想想也觉得好生奇怪，吉普车在蜿蜒的公路上奔驰，时而可以看见一望无际的蔚蓝色的太平洋的滚滚波浪，甚至可以听见惊涛拍岸的喧嚣，但是那近在咫尺的太平洋却不肯将一点水赐给脚下干渴的大地。眼前是茫茫无涯的流沙，起伏的沙丘寸草不生，向远方伸展直到天尽头，被旋风卷起的沙尘不时在挡风玻璃前面飞扬，在公路上追逐。视线之内，看不到绿色的生命和溪流的痕迹。

不多久，熟悉当地情况的秘鲁司机一踩油门，吉普车冲进了一座荒僻的小镇，在一家小酒店门前停住了。

就像美国西部电影一样，我们这些又饥又渴的不速之客，一进酒店就让店主把好吃的送来。可是长得干瘦黝黑的秘鲁店主只是殷勤地笑着，双手一摊，耸耸肩膀，原来店里只供应一种简单的份饭，别的什么也没有，至于饮料，只有当地出产的紫玉米汁和一种称作"印加可乐"的饮料。

有什么办法，我们只好委屈自己，先填饱肚皮再说。端上来的份饭是咸鱼和烤熟的老玉米粒，这就是主食，如此而已。

我嚼着难以下咽的玉米粒，大口大口地灌了几杯甜津津的紫玉米汁，不由得观察起这家小镇的酒店。当我抬头望着头顶的天花板时，不禁惊愕地张大了嘴。

"嘿，你瞧——"我向同伴喊道。他们的目光也充满惊讶。

你能猜得出我们为何惊讶吗？原来，酒店是只有四壁而没有房顶的，上面为了遮挡阳光，挂了一块偌大的蓝颜色的塑料布，有的地方是用芦苇编的帘子遮挡起来的。

利马唐人街

不料，当我们窃窃私语时，陪同的秘鲁朋友笑了起来，他说这一带的房屋，除了有钱人家之外，多是没有屋顶的。因为没有这个必要，"这一带气候干燥，终年无雨，天气又很暖和，所以只要挡住阳光，就完全可以了。"他解释道。

果然，后来在镇上走了走，情况确是如此。街道两旁的房屋，一层的，一般都是"家徒四壁"；两三层的，顶上面的一层也不盖房顶，真所谓因地制宜，省工省料了。

小镇的酒店给我留下的印象，竟和影响全球的一种气候变异的现象联系起来。这真是意想不到的。

我在秘鲁西海岸走过不少城镇，从首都利马到著名的海港卡亚俄，一直到北方沙漠中的绿洲城市特鲁希略，这一带共同的气候特征是干旱少雨，到处是荒原和沙漠，然而秘鲁沿着辽阔的太平洋的西海岸地带，又是该国经济最为发达、人烟稠密、城镇最密集的地区，这一切都是有赖安第斯山的恩赐。原来屹立在秘鲁东部纵贯全境的安第斯山白雪皑皑，是个天然的冰库，每当夏季冰雪融化，从山谷中奔腾而下的急流进入沙漠，便在沙漠中形成一块块面积大小不等的绿洲。而每块绿洲往往就是一座城镇的诞生地，周围是绿油油的农田，地下水资源很丰富。就以首都利马来说，这个建在沙漠中的都城，一年四季也休想见到一滴雨。即使是雨季，也仅仅是空气湿润些，水气在空中凝成雾而已。城市用水主要靠地下水。

秘鲁西海岸靠近太平洋却形成干旱的沙漠，原因是洋流在作祟，有一股强大的冷流沿着南美洲西海岸自南而北流动，使得洋面水温很低，因而影响附近地区的大气难于形成降水条件。这股冷流又称洪堡洋流，是为纪念德国著名气候学家、地理学家洪堡而命名的。

洪堡洋流年复一年有规律地运动，因而在秘鲁西海岸的沙漠中，可以看到古代印第安人建造的金字塔，这是用泥坯建筑的巨大阶梯状土台；也可以看到风沙中屹立的古城遗址，这是比印第安人历史更早的奇穆人用泥坯建成的城市废墟，千百年来因为气候干燥而得以完好保存。当然，当地城镇的简陋房舍，也可以不盖房顶而使人们生活在星月之下，不患雨水的侵扰。

任何事情都有弊有利。秘鲁西海岸虽然缺雨，倒也使人们今天可以看到古代奇穆人留下的据称是世界上最大的土城——昌昌遗址。另外，洪堡洋流水温低，适合鱼类生存繁衍，所以秘鲁沿太平洋一带海域是有名的渔场。加工鱼粉以供出口，是卡亚俄等

在秘鲁昌昌古城

城市的主要经济支柱。我去卡亚俄，远远地就可闻到扑鼻的腥臭，那一带加工鱼粉的工厂很多。

然而有一天，千百年来大自然的秩序突然被打乱了。

我第一次听到打乱大自然秩序的"厄尔尼诺"这个词儿，就是访问秘鲁的收获。

厄尔尼诺是西班牙语"圣婴"的意思，这是因为厄尔尼诺现象多发生在圣诞节前后而得名。

厄尔尼诺现象是指热带太平洋表层海水温度异常升高的现象。它大约每隔3~7年重现一次。最明显的征兆，就是秘鲁和厄瓜多尔的沿海一带表层海水温度骤然升高，而前面所讲的影响秘鲁西海岸的洪堡寒流和海水涌升流大大减弱甚至消失，这样一来，由于全球大气和海洋是一个互相影响的系统，牵一发而动全身，在低纬度太平洋中西部和印度洋地区也随之发生海水温度的强烈变化，结果导致热带地区与全球气候异常，伴随灾害性天气的发生。

厄尔尼诺现象打乱了全球天气系统固有的秩序，给人类一个措手不及。

20世纪80年代最严重的一次厄尔尼诺现象，发生在1982—1983年，赤道

东太平洋部分海域海水温度超过正常值3.6摄氏度，据统计，100米厚的暖水层降低0.1摄氏度所释放出来的热量足以使海洋上空的大气温度升高6摄氏度之多，这是何等可怕的气候异常。结果，1982—1983年，秘鲁北部发生了史无前例的特大洪水，河水骤涨，农田被毁，房倒屋塌，泥石流吞没了农田和村庄，使600多人丧生，直接经济损失达9亿美元。尤其是秘鲁经济的主要支柱之一的海洋捕捞，更是遭到沉重打击。由于水温升高，涌升流停止，秘鲁西海岸的太平洋盛产的鳀鱼大批死亡，鱼粉加工业濒临破产。我是在此之后访问秘鲁的，谈起1982—1983年厄尔尼诺现象给秘鲁造成的灾难，人们仍然心有余悸。在北部城市特鲁希略参观著名的奇穆人的都城遗址，还能看到洪水冲刷这座土城留下的累累伤痕，修复工程仍在进行。我猜想，那些秘鲁城镇中没有房顶的陋屋，当时定是蒙受了可怕的灾难了。

1982—1983年发生的厄尔尼诺现象，波及的范围很广。厄瓜多尔与秘鲁一样连降暴雨，洪水为患。阿根廷、巴西、巴拉圭等国也发生了20世纪罕见的洪水。而在热带西太平洋的澳大利亚东部，情况恰恰相反，持续干旱，农牧业损失高达11亿美元。与此同时，非洲发生罕见的旱灾，人畜大批死亡；美国东部奇寒，出现强风暴、严寒和大雪，夏天又酷热难当，严重干旱。我国在1983年冬春季华南发生罕见的暴雨和洪水，夏季华北高温干旱……全球因此而造成的经济损失至少在130亿美元以上。

厄尔尼诺现象是一个复杂的涉及海洋、大气的能量交换的大气过程，它产生的深层次原因及其规律性尚有待于进一步研究。尤其是厄尔尼诺现象对我国气候的影响究竟有多大，目前气象学界、海洋学界尚有不同的看法。就以1997年来看，我国北方地区夏季的持续高温天气和持续干旱，以及在我国登陆的热带气旋和台风数远远少于往年，这是否与厄尔尼诺现象有关，尚是有争议的问题。但是无论如何，21世纪的人类将面对厄尔尼诺现象，找出它的规律，并及早采取预防性措施，这是至关重要的。

我怀念那遥远的小城

又到了"西风落叶下长安"的时节，我突然怀念起那遥远的小城。那阒无人迹的海岸，那浴着寒冷的海风傲然挺立的叶茂枝繁的冷杉林，我曾多少次在温暖的阳光下徘徊的街头广场，那在寂静的深夜中透出明亮灯光的店铺的橱窗……无不从我的记忆深处浮现出来，像是定影液中浸泡的照片，渐渐地从模糊变得异常清晰。

一架巴西的C-130大力神运输机从冰雪笼罩的南极洲凌空而起，在团团浮冰漂泊的海洋上空展翅飞翔。机上的乘客多是巴西费拉兹科学站的科学家和一些职业军人，他们在寒冷寂寞的南极度过了整整一年的时光，现在换班的人员已经到达，他们收拾行装，开始返回里约热内卢，回到朝思暮想的亲人身边。我是其中仅有的几个中国人之一，搭乘他们的专机返回我的祖国，当然我的行程要远得多，在他们停留的第一站我将和他们道别。

机舱里洋溢着欢快的气氛，虽然C-130大力神运输机即使在极地飞行也没有暖气，机舱内异常寒冷，依然无法抑制人们兴奋喜悦的心情。我看见许多人站立着，大声地交谈，因为飞机没有隔音设备，马达的轰鸣声震耳欲聋，非大声说话不能听见。机舱内没有如客机那样舒适的座位，可以折叠的钢架和帆布袋便是临时充当歇足的座椅。然而，人们全然不计较条件的简陋，在飞机的前方是绿色和鲜花装饰的大地，他们很久很久没有见到生命的绿色和美丽的鲜花了，他们与充满生机的文明世界隔绝已经很久，此刻他们的心情和从太空归来的宇航员没有两样，他们实在无法掩饰自己的喜悦之情。

3个多小时的飞行，银色的冰雪世界渐渐远去，机翼下面出现蔚蓝的大海和翠绿的群山，一些高耸的山峰像银冠闪闪发光。身穿军服的巴西驾驶

远眺彭塔阿雷纳斯

员命令大家回到座位上、系好安全带。顿时，机舱内异常安静，旅客们回到各自的座位，只有发动机的吼叫声和机体的颤动声掩盖了一切。我们都提心吊胆地等待那落地的一瞬。

总算谢天谢地，不多一会儿，我终于踏上一个阳光明媚、满目绿色的土地，这里就是智利最南端离南极大陆最近的城市——彭塔阿雷纳斯。

城很小，偏居地角天涯，但是在百科全书中不难翻到它的大名。《简明不列颠百科全书》说："Punta Arenas 智利南部麦哲伦地区麦哲伦省省会，濒临麦哲伦海峡，为世界最南的大城市。1849年始建。巴拿马运河通航（1914）为船只停靠港和加煤站。现为养羊区的服务中心，加工并输出生皮、羊毛和冻羊肉，也出口当地木材和石油产品，建有国际机场。附近有火地岛油田。人口98785（1982）。"《中国大百科全书》记载更详细些："彭塔阿雷纳斯（Punta Arenas），智利南部港口，麦哲伦省首府，位于南纬53°10′，为世界最南的城市之一，处麦哲伦海峡中段、不伦瑞克半岛东岸，人口8万（1982），约占全省人口的60%。气候寒冷，年平均气温6.5℃，多强风。 1849年初建，时为军事前哨和罪犯流放地。1868年起成为自由港。巴拿马运河开凿前，一直是大西洋与太平洋间过往船只的加煤站和食品供应站。其后随周围地区养羊业的兴起和煤炭、石油的开采而发展，工业以羊毛和羊肉加工、制革为主。输出羊毛、皮毛、冻羊肉、木材、石油和天然气等。建有国际机场。公路西北通纳塔莱斯港，东北通阿根廷的里奥加耶戈斯。"

不过，在我的记忆中，彭塔阿雷纳斯却是鲜活的、具体的、一幅幅生动的画面。在我浪迹萍踪的生涯中，曾经有幸3次与她相聚，一睹她的风采，这在我的旅行经历中也是不多见的。

彭塔阿雷纳斯，西班牙语的原意是"砂石角"或"砂角"，大概早期的移民初来此地对布满砂石的蛮荒留下了太深刻的印象吧。她坐落在麦哲伦海峡北岸不伦瑞克半岛东北部平缓的山坡上，向东西延伸，融汇了大西洋和太平洋的波浪终日与她为伴。虽然葡萄牙航海家麦哲伦指挥的船队早在1520年就驶入后来以他的名字命名的海峡，而且彭塔阿雷纳斯也以麦哲伦为城市的象征，可是城市的诞生还是晚近的事。19世纪以前这里仍然是印第安人的家园。

据有关资料记载，西班牙人曾在海峡东口建立过军事据点，法国探险队也到过这一带，并和当地的印第安人有所接触，和他们进行物品交易。但是决定在这里建立城市还是智利在1818年取得独立后才提到政府的议事日程。1843年9月21日，以胡安·威廉姆斯为船长的"安古德"号三桅船，停泊在麦哲伦海峡北岸的饥饿岛。威廉姆斯在此安营扎寨，把营地命名为布尔内斯堡。不料，营地建成之后，由于环境恶劣，难以生存，他们决定迁移到彭塔阿雷纳斯现址，重建居民点。这一天是1848年12月18日，这个日期亦是彭塔阿雷纳斯建城纪念日，因此，考证下来，彭塔阿雷纳斯的历史不过150年。

我几次在彭塔阿雷纳斯逗留，下榻之地都是位于市中心的一家二星级旅馆——合恩角旅馆。从旅馆的客房中，抬头即见浓荫匝地的武器广场。树冠之上挺立着一尊青铜铸就的雕像，十分醒目。

西班牙人统治下的南美城市，如今依然多少保持着西班牙文化的深刻影响，即如城镇格局，通常市中心辟为方方正正的广场，连广场名称也是一样的，统统叫做武器广场。广场四周，照例是市政厅、议会、教堂等象征政权与神权的统治机构，构成城镇的中心区。围绕这个核心，纵横交错如棋盘状的街道才是商业区、娱乐场所、住宅区，等等。

武器广场屹立的铜像是为纪念麦哲伦而树立的，当初这里是位置显赫的市中心，广场四周，至今屹立着西班牙式的古老建筑，如飘扬着智利国旗的市政府，高耸着十字

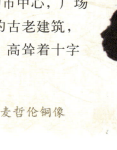

麦哲伦铜像

架尖塔和圣母像的教堂，以及环境幽静的博物馆。但是时光的流逝，城市的变迁，冲淡了广场固有的庄严和神圣。广场遍植合抱粗的大树，辐射状的小径，几何图形的花坛，浓荫下的长椅和一群群安详的鸽子，在我的心目中，它更像供行人小憩的街心花园。

彭塔阿雷纳斯明显地划分为老城区和新城区。走出海峡旁边繁忙的港口码头，一条很宽的绿带，从城区背后突兀的山冈飘拂而下，一直铺到海边。这里是近些年重新规划的中心区，极富现代化城市的格局，大道中央是草坪、绿树和雕塑组成的绿地，两侧是宽阔的汽车单行道。

沿着这条中心大道，两侧伸出数条平行的大街。其中经过老城区武器广场向东延伸的布尔纳斯大街，横贯全城，构成一条东西向的、富有现代色彩的新干线。它从老城的商业街开始，一直延伸到新开辟的自由贸易区。在这条大街上，一组青铜铸造的牧羊人群雕是特别引人注目的。牧羊人头戴毡帽，背着沉重的皮囊，低头弓背地艰难而行，似乎正在与迎面的强风搏击，在他的面前，有8只绵羊，也是青铜铸就。还有一前一后两条牧羊犬，正在把惊散的羊群赶拢。牧羊人的右手紧攥缰绳，后面是一匹老马，艰难地跋涉在泥泞的原野上。这组青铜雕塑放置在大街中心人工堆起的岗阜上，俯瞰着川流不息的车流，似乎是提醒市民，他们的祖辈正是这样艰辛地开拓这块土地的。

商业街上的牧羊人雕像

彭塔阿雷纳斯早期曾是罪犯的流放地，只有几百人。1867年宣布为自由港，于是大批欧洲、北美、南美和澳洲的移民纷纷涌入，他们经营畜牧业（牧羊）、开垦荒地，砍伐森林，开采黄金和铜矿，在这块蛮荒之地建起一座空前繁荣的城市。这组牧羊人雕塑正是当年移民劳作的真实写照。由于来自世界各地的移民带来多姿多彩的文化，彭塔阿雷纳斯虽然地处天之涯，海之角，却依然弥漫着多元化色彩的异国情调。这里的房屋几乎很少有一模

（左侧竖排标题）
南极夏至饮茶记——金涛散文

170

一样的，住宅造型的多种风格，房前屋后的花坛草坪，匠心独运各有千秋的装饰，加上屋顶漆成不同颜色，组成一幅色彩斑斓的图画。此外，代表不同民族文化背景的城市雕塑，专营某国商品的店铺，也显示出共性中不同的个性，给人以强烈的印象。当然，与拉美许多国家一样，这里也是贫富悬殊，两极分化十分明显的。我在城西的贫民区漫步时，难遮风雨的棚户，拥挤不堪，市政设施极为简陋，也是触目惊心的。

彭塔阿雷纳斯的兴衰也是一波三折，与世界形势息息相关。她的黄金时代是20世纪20年代以前，当时麦哲伦海峡是沟通大西洋与太平洋的重要航线，繁忙的海运和贸易使它成为南美的重要海港和牧区的商业中心。可是1920年巴拿马运河通航后，彭塔阿雷纳斯一落千丈。因为大部分船只改道巴拿马运河，很少有船只光顾麦哲伦海峡了。

然而，这座一度萧条的海港在20世纪后半期又开始复苏。这首先是由于南极探险和科学考察的船队以及捕捞南极磷虾的船只不断增加，彭塔阿雷纳斯是挺进南极半岛的前哨，各国船队都要在这里补充燃油、淡水和食品。随着南极考察事业的发展，不仅考察船在彭塔阿雷纳斯进出，这里的机场已成

彭塔阿雷纳斯的街区

为飞向南极洲唯一的航空港。我在这里参观了美国南极考察物资的仓库，美国设在南极半岛的帕尔默站及南极大陆的众多科学站，许多科研设备和建站物品都在这里储放，随时用船只或飞机运输。

刺激彭塔阿雷纳斯经济复苏的另一个重要因素是麦哲伦海峡东部两岸石油工业的兴起，那一带发现了可观的油气资源，已经大规模开采。再加上巴拿马运河无法通行体积过大的现代化油轮，于是油轮的增加又使这条黄金水道繁忙起来。坐落在市区东部的自由贸易区正是适应这种形势而开辟的经济特区，由于实行一系列的优惠政策，这里正在成为城市经济新的增长点。

我最后一次在彭塔阿雷纳斯逗留，已是很久以前的事了。1999年4月，我的儿子从南极归来，他也是从彭塔阿雷纳斯转机前往南极洲的。但他行色匆匆，只在那里停留了不长时间，并没有带回有关小城更多的信息。倒是1999年10月初美联社一篇不太长的消息，勾起了我对遥远小城的牵挂与思念。

据美联社新西兰惠灵顿10月5日电：新西兰科学家说，南极洲上空的臭氧层空洞扩大到前所未有的程度，并首次延伸到一座有人居住的城市。

此前，这个空洞只存在于南极洲和周围海域上空。

从事大气研究的科学家斯蒂芬·伍德援引美国航天局的资料说，这个空洞的面积达到1140万平方英里（2930万平方千米），是美国的3倍还多。

在两天中（9月9日、10日），这个空洞蔓延到智利南部城市彭塔阿雷纳斯，使当地居民处于很高的紫外线辐射之下。

过多的紫外线会导致皮肤癌，并杀死食物链起始环节的微小植物。

新西兰南极洲研究小组的迪安·彼得森博士说，伍德的研究首次表明一座城市处于臭氧空洞之下。之前一个月，美国航天局的数据曾在科学界引起震惊：该机构9月3日的数据表明，这个空洞的面积已接近1100万平方英里（2850万平方千米），达到有史以来的最大面积。据认为，平流层的空前低温促使臭氧空洞在南半球的春季逐渐扩大。

7月份，当日照使冬季在南极上空滞留的冷空气发生化学反时，南极洲的臭氧开始减损。这种情况在8—9月份进一步加剧，到11月底至12月初气温上升后才逐渐减轻。

新华社也在稍后报道了这一令人瞩目的消息：最近，南极上空的臭氧层空洞扩大到智利南部城市彭塔阿雷纳斯上空，使当地居民处于强度极高的紫外线辐射下。为确保当地12万居民的健康，彭塔阿雷纳斯市卫生部门启动了二级警报。这是迄今为止观测到的最大臭氧层空洞，也是科学家首次观测到一个城市遭受臭氧层空洞的影响。

众所周知，大气中的臭氧层是地球生命的保护伞，它能将太阳紫外线中的短波紫外线吸收掉，而这种短波紫外线是能够杀灭地球上包括人类在内的所有生命的。自从1985年科学家发现南极上空出现臭氧洞以来，科学研究的结论有两点是令人不安的：一是大气中臭氧层的减薄及南极上空臭氧洞的不断扩大是由于人类大量排放氯氟碳类物质造成的，这不是天灾而是人祸；其二是臭氧洞的出现将导致人体免疫机能减退，诱发皮肤癌，易患白内障甚至失明。不仅如此，过量的短波紫外线将导致农作物减产和质量下降，海洋浮游生物、动物幼体和藻类大量死亡。有报道说，在南美的巴塔哥尼亚，已发现失明的兔子和大马哈鱼。科学家甚至惊呼，如果臭氧层中的臭氧减少20%，将危及人类的生存。

在新世纪的钟声即将响彻全球之际，我本该说一些吉利的话，然而我的眼前不时出现彭塔阿雷纳斯，我曾经相识的或不相识的一个个善良的面孔也从记忆深处浮现：陪伴我到布尔内斯堡参观的智利老司机，接待我访问的麦哲伦大学的维克多·法哈尔博士，那为我提供可口的中式饭菜的"金龙菜馆"的服务小姐，还有合恩角旅馆的服务员……我不知道在城市上空出现臭氧洞时人们的心情，我也无法了解孩子们被剥夺了在阳光下的草地上玩耍的权利是何等的悲哀，我只能揣测人们在生活中突然对阳光产生恐惧是怎样一种复杂的心态。

彭塔阿雷纳斯，你是地球上第一个暴露在臭氧洞之下的城市，我怎能不对你深深地怀念啊……

登上南极半岛

南极半岛

比起我们一个星期前在别林斯高晋海遇到狂风恶浪，眼前的格洛克海峡简直就像一个静谧的、充满神秘气氛的山间湖泊。船只在渐趋狭窄的水道里穿行，有时使人恍若置身于两岸猿声啼不住的长江三峡，有时又仿佛泛舟于雪峰环抱的天山天池，这里是通向冰雪世界的一条宁静的海峡……

这是南极半岛和帕尔默群岛之间一条狭窄的通道。

天色晦暗，天空布满厚厚的阴霾，似乎又在酝酿一场暴风雪。没有咆哮的狂风，海峡中的海水也没有兴起波浪，连空气似乎也静止不动。静穆笼罩着一切，船舷两侧缓缓移动的南极半岛和星罗棋布的岛屿，像一幅宋人寒山瘦水的长卷，在我们眼前徐徐舒展。这里是冰的世界，雪的王国，举目眺望，除了冷漠的天空和波浪不兴的海水，到处是白茫茫一片。那突兀在海湾中的岛屿，白雪皑皑的冰峰和尖利的陡崖，使人想起瑞士阿尔卑斯山勃朗峰的雄姿。更多的却是起伏的绵绵雪岭，高低错落，静静地卧在海峡两岸。一切都凝固了，一切都在寒冷中安息了，听不见鸟儿的啁啾，看不见生命的绿色，眼前是一个白色的冰雪世界。

　　船只向南驶去，冰山也渐渐多了起来。大的冰山宛如水晶雕琢的琼楼玉宇，巍峨壮观极了，也有许多小的浮冰，如同海水中长出的冰花玉树，或者是在波浪中嬉戏的飞禽走兽，千姿百态，难以描绘。我们就像置身于白雪公主的王国，向那梦一样美丽无比的童话世界驶去……

　　经历了别林斯高晋海的险恶风浪之后，我们科学考察船在麦克斯韦尔湾养精蓄锐，略加检修，日历已经翻到1985年2月，企鹅们都在纷纷脱毛，浑身茸毛的小企鹅已经破壳而出，时间却在暗暗提醒我们，南极之夏已经为时不久，极地冬天就要降临了。

　　南大洋考察队抓紧有限的时间又开始第二次远征，这一次的航线是由布兰斯费尔德海峡向西，在欺骗岛、利文斯敦岛、雪岛一带周旋。当我们驶向布兰斯费尔德海峡设下的23号站位那天，南方的海平线上涌现出一条细长的陆地轮廓，在夕阳余晖的映照下，冰雪皑皑的陆地笼罩着烟雾似的云霭，这就是——南极大陆！

　　在这一瞬间，我在甲板的铁栏杆前，目不转睛地凝视着那遥远的天际，似乎要把那白色的陆地深深地留在我的记忆里。我不禁想起，一个多世纪以来，有多少探险家、猎捕海豹船的船长以及负有秘密使命的海军舰队的军官们，正是从我此刻所在的位置，或是在这附近，窥见了人类寻找了很久的神秘的南方大陆。

　　当然，我无法想象他们当时看到的南极大陆是否与我所见到的完全一样，但是我可以想象他们的心情该是和我一样的激动万分。

　　布兰斯费尔德是在1820年1月30日隐约看到这个以他名字命名的海峡以南的这片陆地，但是对于他本人来说，他还不清楚眼前的陆地是一个不知名的小岛，抑或是别的什么地方。

　　就在同一年的11月6日，内森涅尔·布朗·帕尔默指挥一支捕猎海豹的小船，同样发现了布兰斯费尔德海峡以南的陆地。

　　英国人和美国人为此开始争论不休，美国人认为南极半岛是帕尔默先发现的，所以称它为帕尔默半岛；英国人则坚持布兰斯费尔德发现在先，把它命名为格雷厄姆地——以当时英国海军大臣詹姆士·格雷厄姆的名字命名。

但是俄国人也有充足的理由证明，别林斯高晋海军上将率领的探险船也发现了彼得一世岛和亚历山大一世岛，后者是南极地区最大的岛屿，冰雪使它和南极连在一起。有理由相信，别林斯高晋也是在此同时发现了南方的陆地。

不过，我此刻的心情也和历史上的这些探险家一样，欣喜之余却又不免有所遗憾，因为我只能远远窥望那南方的冰雪大地，却不能亲自把脚印留在它的积雪的冰原上。在我们的计划里，并没有登上南极半岛的安排。

南极半岛在我们的眼前一晃即逝，我们只好带着无比的惆怅继续向西南航行。说来也是天赐良缘，我们先在利文斯敦湾完成了25号站位的海洋调查。生物学家们从200多米深的海底捕捞了大量种类繁多的底栖生物，据他们说，这里的海底是个富饶的牧场。以水螅虫和苔藓虫组成的群落，粗粗看来如同灰绿色的植物，实际上却是稠密的海底动物。在"牧草"中间还繁殖着大量橘红色的海星，肉红色的大海参，以及海蜘蛛、海蛇尾和南极鱼，它们与灰黑色的软泥混杂在一起。接着，考察船一鼓作气，驶向南设得兰群岛迤西的外海，打算完成从大陆架、陆坡一直到深海洋盆的一个完整剖面，这条剖面有8、9、10、11四个站位。但是正当我们打算驶向水深4100米的11号站位时，天气突然变了。气象预报员王景义拿着刚刚接收到的卫星云图和天气传真图，用不容置疑的口气宣布："不能去11号站位，现在有一个很强的气旋很快进入我们作业的海区，风浪将会很大，从观测的资料来看，气压正在急剧下降……"

是的，气压急剧下降是极地风暴来临的先兆，我们在别林斯高晋海已经吃够了低气压的苦头。在前舱会议室旁边的一个房间里，陈德鸿总指挥和金庆明队长正在进行紧张的磋商，他们的计划已经被突然袭来的气旋打乱，如果继续向11号站位航行，势必要冒着极地风暴的危险，而我们的考察船已经经历了那次可怕的风浪的袭击，主机的性能，船体的结构，铁甲的抗风力……这一切都不能不令人担心。

有什么办法呢？人类直到今天还不能驾驭天气，在天气陛下的淫威下，谁愿意白白去冒险。经过一番紧张的磋商，总指挥当即决定，船只掉头南行，一面避风，一面顺路完成9、10两个站位的调查，同时伺机向南极半岛挺进。这后面的决定包含着深远的考虑：也许，有朝一日，我们中国人将要登上南极半岛，在那里的冰原上建立科学站。因此，熟悉这一带的航道，掌握夏季威胁航行的冰情，实地勘察南极半岛的地形，绝不会是多余的。

　　船只在宁静的格洛克海峡航行，海水泛出浓绿色，像是长满青苔的池塘，我不禁好生纳闷。后来问了生物学家，才知道这是由于海水中含有大量的浮游植物——硅藻，这时正值硅藻"开花"的时期。偶尔还能看到白色的信天翁在船尾翻涌的航迹上振翅飞翔，它们经常一动不动地滑翔、盘旋，飞行的技巧高超极了。

　　当天下午，"向阳红10号"考察船停泊在布腊班特岛东部一个水深开阔的海湾，风浪渐渐大了起来，乌黑的海浪骚动不宁，天色越来越阴晦了。灰蒙蒙的似雾非雾，似云非云的烟霭，像草原卷起的沙暴从海面升起，迅速遮盖了船舷左侧的半边天空，而且还在迅速扩展。但是，近在咫尺的南极半岛像磁石一样吸引着我们，谁也不愿失去这千载难逢的机会，我和其他35名考察队员和船员，已经获准到南极半岛登陆。

　　一艘红色救生艇从母船用粗大的钢索徐徐放下，我们36名幸运儿登上小艇。每个人都穿上橘红色的救生衣，船上的队员们都拥挤在船舷旁目送着我们。不过，当小艇开动时，留在船上的副船长沈阿琨突然不放心地大叫起来："快点回来！天气要变了……"坐在小艇上的船长张志挺朝他笑笑，挥了挥手，"知道了，你就放心吧……"

　　阿琨的话果然灵验得很。当小艇开足马力，行驶在乌黑色的海面时，突然狂风大作，雨雪交加。那酝酿了很久的风雪迟不来早不来，这时突然跑来欢迎我们这些不速之客。这时的雪不是那种柔软的六角形的雪花，而是密集的雪霰，像飞沙走石打得人睁不开眼。冰冷的雨水浇满一脸，蒙住了镜片，顺着脸颊往脖子里灌。身上的羽绒服和救生衣很快湿透，几位摄影师慌忙用塑料布把它们心爱的相机和摄像机包了起来。顿时，小艇上的人都沉默了，像一群在风雪中缩作一团的企鹅，只听见马达的轰响和海浪拍打船帮的喧哗，在宁静的海湾里激起异常宏亮的回音。

　　我们登陆的地点是南极半岛的雷克鲁斯角，小艇在奔涌的浪涛中疾驰，四旁出现一座座瑰丽非凡的冰山。以前我们也不止一次见过冰山，但是离大

南极半岛的冰盖

船很远，这时冰山近在咫尺，似乎伸手就可摸到它那冰冷的躯体。这些大自然的冰雕艺术品，造型优美豪放，形态千奇百怪，你从不同的角度可以欣赏到它们不同的风姿。小艇开始减速，小心翼翼地擦着冰山的边缘而行。风雪来得快收得也快，这时骤然停了。摄影师们自然不会放过这难得的机会，纷纷从摇晃的小艇里探出身子，有的干脆扶着同伴的肩膀站起，迅速捕捉冰山雄姿的镜头。

小艇摇晃得更加厉害。"坐下来！坐下来！"在后操舵的航海长陈日龙厉声吆喝起来，一直不动声色的船长也制止大家不要乱动。

离岸越来越近，前面的海滩、陡崖和冰原扑入眼帘。船首站立的水手神情紧张地观察艇下的浅滩。这里海水很浅，可以清晰地辨识水底的块块砾石。航海长陈日龙一面大声关照船头的水手，一面四下张望，寻找可以泊岸的地点，但是随着艇底沉重的摩擦声，小艇的惯性使它在浅滩上搁浅了。

真是糟糕透了。开动马达退出去，办不到，小艇像是被钳住似的无法动弹。前进，更不可能，海水已经很浅。时间不允许我们有其余的选择，好在这里离岸不算远，放下跳板只有十来米，于是所有的人都毫不犹豫地涉水登岸。

我没有穿水靴，脚下是一双沉重的胶底帆布的南极靴。我只好脱了靴子，用鞋带将两只靴子拴在一起挂在脖子上，然后赤脚蹚进冰冷彻骨的海水，顿时一股寒流袭遍全身，仿佛突然掉进冰窟里一样。我们踩着高低不平的砾石登上海滩，双脚几乎完全失去了知觉。

这里是南纬64度30分，西经61度47分，南极半岛上一个尖尖的海岬。我们登陆之处是一条狭窄的不足百米的海滩，潮水退出不久，布满大大小小长满青苔的砾石，踩在上面很容易滑倒。迎面屹立着断面陡峭的冰盖，顶部是浑圆的穹状，从壁立的断面可以看出一层层扭曲的纹理，发出蓝幽幽的光泽。冰坡下方，离海滩不远，出人意料地立着一幢孤零零的小屋，颜色发黑，好像很破旧。我们在海上一眼就发现了它，很像一座警察的岗楼。这个小屋却有个大得吓人的名称——布朗上将站，这是阿根廷的一个无人观测站，也是我们在雷克斯角见到的唯一的人类活动的痕迹。

上岸之后，人们散开了，各自去寻找自己感兴趣的地方。考察队员有的采集岩石标本，有的爬上陡峭的冰坡，敲了一块块万年冰，准备带回去分析，那里面也许包含了几万年地球气候变化的信息。生物学家在海滩的潮间带寻找生命踪迹。在砾石之间的水洼里，有一些像木耳一样的绿色苔藓，还有肉眼不易辨别的小生命。船员们在海滩上插上了一面五星红旗，还将"向阳红10号"船的标记埋在石头堆里。他们像登上珠穆朗玛峰的登山队员，拍下了一个个很有纪念意义的镜头。

我离开海滩，径直朝西走去。翻过岩石裸露的陡坎，前面伸展着一片面积很大的岩石平台，在它的后面，陡立着一个馒头状的山冈，堆满厚厚的积雪，朝海的一面山坡很陡。岩石平台坎坎洼洼，高低不平，濒临冰山泊岸的海湾。这是一片火成岩风化破碎的地面，遍地是锋利的岩屑，有的岩石像是受到猛击的玻璃，碎成不规则的岩块，但裂口纹理依然保持原状。由此也可知道，这里的冬季一定相当寒冷，这些坚硬的石头是因冰冻而风化破裂的。

在积雪融化的山坡下面，清澈的雪水汇为一道涓涓细流，像一条小瀑布飞落山麓的洼地。这个形状不规则、面积也不太大的洼地很像一个池塘，清澈见底，由于贮存了海边难得的淡水，吸引了许多禽鸟和海豹。高高的雪坡上岩石的顶巅，体态矫健的巨海燕和一些不知名的鸟儿，成双结伴地不时在我的头顶盘旋。岩石裸露的山坡和洼地里，懒洋洋的海豹一声不响地在那里酣睡。当我走到它的身旁大声吆喝，它也仅仅睁开血红的眼睛，轻蔑地瞅上一眼，或者不耐烦地抬起那小小的脑袋，似乎抱怨道："干嘛那么讨厌，你嚷嚷什么？！"

再往前走，岩石平台的尽头依然是海，海边堆满座座冰山。我很想走到海边去，拍下一些难以重睹的镜头，更希望从容地攀缘那陡立的雪坡，登上它的顶巅，可是这时，母船在远处拉响了不安的汽笛，原来天气又变坏了。

南极的暴风雪又包围了雷克鲁斯角，狂风在海滩上呼啸，散乱的雪花使我们的视线变得模糊起来。风雪中只能听见母船拉长的汽笛声和小艇那边急促的口哨声，不能再耽搁下去了。

我跌跌撞撞地跑着，朝风雪狂舞的海滩飞奔。我的身后已经不见人影。在搁浅的小艇上挤满了人，还有一些人站在没膝的海水里，奋力将小艇推出海滩。我跑得很急，脚下又滑，一不小心被石头绊了一跤，但也顾不上疼了，爬起来继续跑。到了海滩，我只好重新脱下靴子，挽起裤脚，蹚进冰冷的水里。这一次，水更深了，裤脚挽起也无济于事，连内裤也湿了……

小艇突然启动了，我回眸那漫天飞雪的雷克鲁斯角，雪岭、冰川和岸边的海滩都已渐渐模糊，突然一杆红旗倔强地挺立在海滩上，那样醒目，那样耀眼，像雪地上点起的一团火焰……

我心里猛地一热，"南极半岛，我们还会再来的……"我心想。

南极夏至饮茶记

虽然大伙儿都这么说，现在是夏天，我却半信半疑。眼前这冰封、寒冷、毫无生气的世界，很难很难和"夏天"这个词连在一起。

见不到争妍斗奇的花儿，也没有青翠的绿色。天公摆出一副满腹怨气的怒容，阴沉沉的，动不动给你一个下马威。狂暴的飓风搅起漫天的雪花，在广阔的冰原上奔腾，在冰山林立的海上掀起骇人的浪涛。这就是南极的夏天吗？我待在墙板"咯吱"作响的长城站里，眼望结着冰花的玻璃窗，心里直犯嘀咕。视线所及，风雪弥漫的雪野冰原，见不到生命的足印，而我们考察站主楼的大门已被几米深的大雪封住了。

不过，度过了一个漫长的极地冬天的越冬队员，似乎从呼吸的凛冽的空气中，从堆在窗前的积雪厚度的变化中，或者从大自然难以捉摸的信念中，感受到了季节变换的脉搏。不管问谁都异口同声地回答——南极的夏天确实来了！

暴风雪过去之后，推开积雪掩埋的密封门，走向站区几千米以外的冰雪世界，我想去寻觅南极夏天的踪迹。

果然，仅仅几天工夫，南极的夏天就迈着轻盈却坚定的步伐悄然而至，从遥远的天际朝着冰封雪锁的南极走来。它的脚步所经之处，冬天的壁垒随之崩溃。冻得如钢板般坚固的白茫茫的海冰，在它的脚下有了龟背似的裂隙。碧波的涟漪欢笑、腾跳，万千的碎银玉片熠熠闪光。停驶海湾入口的那几座蓝幽幽的冰山，曾经威严地傲视一切船只，这时也日渐消瘦，仿佛患了重病似的不堪一击了。在长城站隔海相望的一个小岛上，一只只钻出蛋壳的毛茸茸的企鹅幼雏，用它们沙哑的叫声，迎接南极夏天的到来。不仅如此，我在积雪盈尺的山谷，居然也找到了南极夏天的踪迹。那里有个小小的淡

企鹅访问考察站

南极夏至饮茶记
——金涛散文

182

水湖，整个冬天，小湖冻僵了，大雪毫不留情地将它埋了起来。此时，这个被囚禁多时的小湖，也挣脱了冰雪的桎梏，像一块晶莹的翡翠安详地躺在阳光的怀抱里。

最值得称道的，恐怕要数极地的太阳了。在驱散了孕育风暴的阴云和寒凝大地的长夜之后，南极的太阳以异乎寻常的慈爱拥抱了这片冻僵的冰原。她使我想起伟大的母爱，世间恐怕也只有母爱才有这样博大、无私的胸怀。在整个夏天，南极的太阳打破了日出日落的常规，日日夜夜厮守在冰原上空，似乎要用她的全部热力、全部生命，来温暖这片冻僵的冰原。

12月22日——北半球的冬至，一年里白天最短黑夜最长的日子，在季节颠倒的南极却是白昼连着白昼的夏至。

吃过晚餐，我在长城站主楼的过厅，一边换上深筒水靴，一边朝门外张望。耀眼的阳光映照雪地，如同千万面小镜子反射出炫目的光芒。天气异常晴朗，没有一丝儿风，十几只棕褐色的贼鸥和一群洁白的南极鸽，悠闲地在雪地上小憩。我忽然萌生出一个念头，值此良辰美景，何不登高远眺，一来欣赏极地夏至的夜色；二来——这倒是我最感兴趣的——我想亲身体验南极的夏至日出日落的奇观。到过南极点的朋友说，那里，有整整半年时间没有黑夜。地处乔治王岛的长城站，虽然离南极点还很远，但它的白夜也该非同一般的吧。

岂料，"好事之徒"并非仅我一个，气象班的小郝也有此雅兴，愿与我结伴同行，这自然更加鼓起我的勇气。我们的目光不约而同瞄准了站区背后

南极海岸

一座高峻的峰峦。那披着皑皑白雪的孤峰耸峙于群山之上，视线可以一览无余，再也没有比它更合适的观赏日出日落的处所了。

我们得到了站长的批准——在南极，队员出野外必须请假，还要结伴而行，这是纪律——从长城站出发，已是深夜10点了。天色依然明亮，四周的山岭雪光璀璨，红霞流辉，如同童话里的仙山琼阁。我和小郝一前一后向山麓走去，两人都是全副武装——厚厚的羽绒服，手套、雪靴、雪帽，全套的雪地远征装束。我没有忘记带上相机。而前面开道的小郝更是叫人吃惊，他手里拎了一只压力暖瓶，晃晃荡荡，不知道闷葫芦里装的是什么药。

顾不上问他，我的两只眼睛一刻不敢离开脚下。路很难走，其实也没有路。我亦步亦趋地跟在后面，小郝起初顺着雪地上的小溪而行。过了长城站后面的发电站，小溪匿而不见，不知深浅的雪坡从山麓延伸开来。小郝停住了，四下打量。松软的雪坡看起来很平缓，但底下埋伏了深沟陡坎，稍不小心就会陷下去。他观察着四周的地形，又继续上路了。

"注意，踩着我的脚印！"小郝回头喊道。

冬天的积雪表面凝成了薄薄的一层冰壳，小郝个子瘦小，薄薄的冰壳完全可以承受他的重量。我却不行，虽然屏住呼吸，轻轻移动脚步，但还是没有轻功，依然压碎冰壳，深深地陷入雪里。这可把我累苦了。每挪动一步，几乎是使出了全身的力气，才把腿从一尺多深的雪地里拔出。有时更糟糕，靴子陷在雪里，只好一屁股坐下，先救出自己的腿，再从深陷的雪窝里找出靴子，倒掉里面的雪，再穿好——这样轮番折腾，不禁气喘如牛，贴身的内衣都已是汗津津的了。

爬上雪坡费了近一个小时，弄得上气不接下气。这儿的山谷像马鞍、宽宽浅浅的，铺着晶莹洁白很厚实的雪，很像医院病房漂白的床单，一尘不染不说，还没有鸟兽践踏的足印。近在咫尺的山峰拔地而起，白的雪，黑的山岩，勾勒出陡峭险峻的气势。峰顶罩着红云，既威严又诱人。不过，山谷背阴的坡面，雪依然很厚，寒气袭人，冬天似乎还藏在那里。四周静极了。听不见风声，也听不见山脚下的海的喧嚣，似乎一切都在用一种异样的沉默注视着我和小郝，这山峰，这雪谷，这黑色的岩石，以及这触目皆是的白雪。

我索性仰面朝天躺在白"床单"上，大口大口吸吮冰冷的带有一丝甜味的空气，尽情舒展四肢。小郝倚着山岩，笑对着我，很体谅我的狼狈相。山下的橘红色的建筑群，像积木点缀在雪地上——那是长城站的房屋，此时山峰的阴影盖住了它们，轮廓渐渐模糊。不过，海湾对岸却是鲜亮透明、光灿无比的世界。银盾似的大冰盖，海里漂着的几座冰山，甚至连纹丝不动的海水，这时也全被晚霞点燃起来，金黄的、橘红的、绛紫的、银灰的光芒四处迸射，不断变幻着迷离的光华。从冰盖穹隆状的表面升起缕缕云朵，镶了金边，透着绯红，如同腾跳兴奋的火舌。在只有黑白两种色调的南极，唯有日出日落时的霞光才能描绘出如此色彩纷呈的图画。

我着急了，不敢再不动弹。凭经验，璀璨的晚霞是夜幕降临的前奏，再不抓紧，怕是不等我们登上面前这座山峰，太阳就已经沉入海的深渊了。

小郝的行动快，三步并作两步，迈过山谷的雪地，在那里寻找登山的路径。我踩着他的足印，一步步朝山麓挪动，越接近山麓雪越深，步履更难了。

山峰不算高，仰面望去，坡度好陡。黝黑的山岩不堪南极的酷寒，表面冻酥了，像干泥巴似的裂成不规则的碎块。新露出的山脊又如刀刃一样锋利，几乎无法落脚。偏偏这时又起风了，来势很猛，夹着雪雾从斜刺里横扫而来，我不得不转过身，把背朝着大风吹来的方向。

小郝决定放弃从山脊爬上去的计划，选择了两道山脊之间的一道沟壑，看来也只好如此。沟底堆满风化的碎石，融雪渗于其间，很容易滑倒。好处是风小，又安全。不过攀爬起来也相当费劲，抬腿投足都要小心，脚下的碎石像雪崩一样"哗哗"坠落，稍不留神就会连人带石都滚下山去。

我弯腰弓背，一步步挪动沉重的双腿，向峰顶作最后的冲刺。当峰顶仅剩下几步，眼看触手可及时，每迈一步都格外吃力，我的心脏似乎要跳出胸膛，太阳穴"突突"轰响，汗水不仅湿透了衬衣，连头上的绒帽也可以绞出水来。这时，率先登顶的小郝一手紧紧抱着一块巨石，探身伸出手臂抓住了我的手——没有他的帮助，恐怕我是难以登上峰顶的。

我累瘫了，无力地倚着一块巨石坐了下来，喘着粗气，好让狂跳的心脏稍稍平静。这时，一杯冒着热气、清香扑鼻的茉莉花茶端到了我的嘴边。还是小郝，他好不容易从山下带来的暖瓶派上了用场。

从来没有一杯清茶使我视为世间的珍宝，没有一杯清茶如此芳香，如此暖人心窝。一辈子品味过多少回茶，都没有在我的脑海里留下过这样的记忆。我忘不了，永生永世忘不了，在南极的山巅，在夏至的寒夜，我从小郝手里接过的这一杯喷香的茉莉花茶。

饮完茶，心神稍定，方才发觉观赏日落日出奇观的愿望落空了。天色骤变，浓黑如漆的乌云从西海岸贴着大地压了过来，像一支张开黑帆的无敌舰队，乘着夜色飞快地朝冰原扑过来，动作敏捷，没有声息，有一股令人恐怖的气势。再转过来朝四下望去，不知什么时候暮色四合，远处的冰原，近处的雪谷，如同墨镜中的景物失去了原有的色调，都变得暗淡下来。

我和小郝相对无言，最后还是他打破了沉默："走吧，看来今天看不见日出了……"他似乎有些抱歉地说。

其实，我很知足，虽然没有看到日出，但我们都忘不了冬至这一天，不，应该说是南极的夏至这一天的非凡经历，何况还有那杯令人回味无穷的茉莉花茶呢。

下山没用多少时间，有几段路是坐在雪坡上滑下来的，像儿时坐滑梯一样，回到灯火通明的长城站，已是深夜1点了，天际露出蛋青的颜色，天快亮了……

纳尔逊岛的小木屋

漫长的南极冬天，黑夜笼罩着冷寂的冰原雪野，暴风雪把小小的长城站掩埋在雪堆里。

一天傍晚，踏着半尺来深的雪，我攀上了长城站南头马鞍形的山峦，站在山头极目远眺。对岸是银光耀眼的冰雪世界，看不见人迹，唯有亘古不化的冰盖傲视苍穹，散射出凛凛寒光，仿佛那里的一切都凝固了，冻结了。那就是纳尔逊岛。

捷克站就在纳尔逊岛上，那儿只有两个人。在这个与世隔绝的冰雪小岛，两个捷克人是怎样生活的？他们怎样熬过寂寞孤独的极地严冬，又是怎样的一种信念支撑着他们去战胜大自然的严寒考验呢？

我做梦都想去纳尔逊岛。好不容易盼来了狂风飞雪过后一个难得的晴天，我终于获准去访问捷克站。

橡皮艇像铁犁似的翻开波浪，渐渐驶近小岛。眼前出现一片积雪的谷地，只有陡峭的山岭钻出冰层，露出座座尖峰，岸边是不宽的砾石滩，像一道镶在白色长裙上的花边。

几乎同时，好几个人都惊叫起来："瞧，有人跑过来了！"

我抬头望去，积雪的山坡果然有个黑不溜秋的小木屋。门推开了，里面奔出一个人来，接着又有人尾随而至。他们显然发现了我们，兴奋地挥动双臂，大步流星地朝岸边奔来，很远就听见了他们的欢叫声。

橡皮艇擦着水底的砾石靠了岸，两个捷克人也跟到海滩，他们大声地问好，忙不迭地拉住小艇的缆索，缠在大石头上将小艇牢牢拴住。

我们按照南极人的礼节热情拥抱，相互问候，然后踩着没膝深的积雪向上攀爬。捷克站建在半山腰，背后是高耸的陡壁，对面险峻的山峦是这一带

南极夏至饮茶记——金涛散文

186

纳尔逊岛

的制高点，奇怪的是，山顶上竟竖着一根高高的木头杆子。

　　蓄着金黄大胡子的雅罗斯洛夫·胡斯是捷克站站长，他说那是他们的信号杆，是向乔治王岛各国观察站发布信息的标记。如果杆子立着，表明他俩安全无恙。倘若杆子倒下，则意味着他们出了危险。当人们发现杆子倒下，便会立即赶往纳尔逊岛，营救孤岛上的捷克人。

　　一点不用夸张，就我到过的许多国家的南极科学站，捷克站是最简陋、最寒碜的了。它简直就是贫民窟的棚屋，材料拼拼凑凑，也不成个式样，仅仅聊避风雪罢了。它由两间各自开门的木屋连成一体，外面包上铁皮。其中一间进门是仅可容身的过道，里面是烟熏火燎的厨房兼餐厅。所谓厨房，不过是放在墙角的柴油炉，既烧水做饭，柴油炉的散热片还可驱散小屋的寒冷。玻璃窗前，摆了一张破旧的木桌，靠墙有张长椅，这就是餐厅了。里面的墙底下遮了一块布帘，掀开一角，竟是黑洞洞的地铺。捷克站唯一的队员，身高1.80米的雅罗斯洛夫·罗萨克有些不好意思地说，这是他的卧室。

隔壁一间木屋相比之下干净整洁多了。进门的小过厅堆放着滑雪板、雪靴。里间横放着一张床，床头有一个带烟囱的铁炉，不过没有生火。窗前的木桌上放着一台打字机和一盏煤油灯。四壁的空间，钉了许多木架，堆放了书籍、玻璃器皿和各国考察队赠送的小纪念品。身材魁伟的胡斯说，这间木屋是工作室，他每天都在这里工作到深夜。

"你住在这儿？"望着被褥单薄的床，我问。

胡斯摇摇头说："不，我住在下面——"他指的下面是海边不远的一座三角形小木屋，半埋在雪堆中，仅可钻进一人。胡斯一个冬天都睡在那里。那座薄木板小屋，既没有取暖设备，也不能防寒。在寒冷的极地冬天，可想而知，恐怕和冰窖差不多。

捷克站的正式名称是瓦斯洛夫·伏尔切克站，这是捷克一位南极探险家的名字。1928年，他随美国考察队前往南极，是第一个到达南极的捷克人。1988年，捷克组织第二支考察队前往纳尔逊岛，在这儿修了两个非常小的窝棚作为考察站。"的确，这几个小屋只能算作窝棚，这儿没有电，没有能源。这样也好，我们尽量让这儿的建筑不影响周围的环境，让它成为自然的一部分，这是我们的主要目的。"胡斯说。

1989年1月，45岁的胡斯、20岁的罗萨克和另一个同伴离开了捷克，开始为期一年的第三次南极考察，这次的主要任务是越冬。捷克南极机构在物色人选时，选中了胡斯担任考察队队长，不是没有理由的。

体魄健壮的胡斯是个勇敢的职业探险家，对滑雪和航海十分在行。他说："我们到南极来探险是没有任何报酬的。虽然政府很支持这项活动，但经费却需要自己想办法。幸运的是，我们得到了社会各界的支持，一些基金会和银行提供了为数不多的资金。我们特别感谢女医生珍妮，她为我们提供了很多药品。"胡斯还说，对他们这次越冬进行心理调查，便是珍妮医生的一个研究项目，她是研究心理学的。胡斯的同伴罗萨克，是个充满活力的毛头小伙子，在捷克军队任报务员兼机械师。据说，他来南极还是经捷克国防部长批准的。由于没有电台，这位报务员英雄无用武之地。罗萨克说，和他们一起来的还有一个捷克人，纳尔逊岛与世隔绝的艰苦环境使他无法忍受，来了不多久，他终因神经不正常被送回国了。从这件事可以看出，南极并不是人们想象的那样充满诗情画意。这里气候恶劣，条件艰苦，没有坚韧的毅力，乐观的性格和克服孤独、寂寞的心理承受能力，是待不下去的。而捷克站这样简陋的物质条件，更是一般人难以忍受的。

两个捷克人在纳尔逊岛度过寒冷的极地冬天的经历，令人敬佩不已。从他们的言谈话语看得出，他们的生活过得十分愉快且相当充实。没有电，他们点煤油灯，胡斯把两盏马灯吊在屋梁上，借着灯光在打字机上忙个不停。他每天记笔记，把越冬生活的经历见闻详尽地记录下来。"首批越冬队员应该记下自己的经验，供后来的人参考。"胡斯不无自豪地告诉我们，他写了一些越冬的文章，捷克报刊已陆续发表，读者反映十分强烈。另一件开心的事是阅读大量的远方来信。捷克人非常关心生活在冰天雪地中的两名考察队员，不仅他们的亲人和朋友经常来信，许多素不相识的捷克人也来信问候他们，胡斯从厚厚的一摞信中找出一封，兴奋地说："这是我们总统写给我们的，他为我们在南极度过一个冬天表示祝贺，并祝我们一切安好。"当然，给所有的来信写回信也是一种乐趣。在黑夜茫茫的冬天，木屋里滴滴答答的打字声排遣了孤岛生活的多少孤独和寂寞。

天气晴好、风浪不大的日子，在南极是不多见的。碰上这样的好天气，他俩就划着小艇——他们和外界联系的唯一交通工具，不到两个小时就可到达智利马尔什基地的小邮局。他们个把月总要光顾一次，每次都满载而归，时不时还能收到一大包捷克驻智利使馆寄来的报刊。每逢这天，他们就像过节一样高兴。

当然，纳尔逊岛的冬天，严酷而残忍，生活是艰辛的，时刻都要为生存而搏斗。整个冬天，不论是狂风咆哮，还是大雪纷飞，胡斯和罗萨克都抡起斧子、锤子，每天不停地建房，那间工作室就是他们在冬天劳作的成绩，这间小屋被计划作为将来的科研室。他们劳动条件很差，建筑材料短缺，施工遇到的困难很大。有一次拾掇刨子，胡斯的手被割开了一个很深的伤口，血流不止，止血药都无济于事。胡斯忍着疼找了一根缝衣针，让罗萨克硬是咬着牙，粗针大线给缝合了伤口。

生活的艰辛咬咬牙也就对付过去了，他们认为，冬天最难熬的还不是砭骨的严寒，也不是令人毛骨悚然、几天几夜狂吼不止的暴风雪，而是无边的孤独感。有时，十来天半个月风急浪高，大雾弥漫，坏天气接踵而来，他们只能困守孤岛，看不见一个人，与外界的联络完全中断。面对着静穆的冰原，喧嚣的大海，呼啸的狂风，他们相对无言，寂寞难耐，这时他们越发怀念亲人，怀念祖国……

可以想象，对我们的来访，两个捷克人是何等高兴，又是何等亲切。这是南极人与人之间特有的感情，他们拿出最好的食品招待客人，并且不厌其烦地领着我们到处参观。

海上又起风了，太阳悄悄钻进浓厚的云层，橡皮艇的驾驶员通知我们：天要变了。怀着依依惜别的心情，我们和胡斯、罗萨克一一拥抱告别。船离岸后，他们也将自己的独木舟推下了海，执意要送我们一程。

走出纳尔逊岛不多远，鹅毛大雪就迎面扑过来。我们不敢久留，橡皮艇立即加大了马力。渐渐地，胡斯和罗萨克驾驶的独木舟越来越小，最后消失在纷飞的雪花之中。但那雪地中的小木屋深深地印在了我的记忆之中。它代表了人类的坚强意志，象征着人类探索南极冰雪世界的不屈不挠的决心！

# 塔斯马尼亚的怀念

我去塔斯马尼亚岛也纯属偶然。

一个多雪的夏天，我在南极的乔治王岛，随《南极与人类》摄制组在冰原海岸跋涉了些日子。天气晴好的当儿，从长城站踏着深深的积雪去访问不算太远的智利马尔什基地，或者去刚刚换上俄罗斯国旗的前苏联别林斯高晋站。沿途积雪消融，露出卵石岩块的海滩，不时还遇到懒洋洋地躺着晒太阳的海豹。成群的帽带企鹅在我们身旁不远的海边不慌不忙地散步，而在堆着白雪的洼地和山坡，你从那融化的雪洞中窥望玻璃般的冰层底下，一簇簇深绿和鹅黄的苔藓、地衣正在从寒冷的冬天苏醒，如果好天气再持续几天，它们就会从冰雪中探出头来。

不过，这里的天气连极地气象学家也说不太准。我们乘着难得的好天气，坐智利空军的小型直升机，越过亘古不化的柯林斯冰原，走访了被风雪围困了几个月的波兰阿克托茨基站，给他们捎去从智利站收到多时的一大捆邮件，那里有波兰科学家们期盼已久的家信，然后在返回时访问了巴西站和阿根廷站，回到我们的考察基地，突如其来的暴风雪又将尚未站稳脚跟的南极的夏天赶跑了，大雪纷飞，狂风怒号，我们被困在长城站无法动弹。这时候，你就知道大自然的威力是多么巨大而无法抗拒，这暴风雪的夏天！

真是忧心如焚啊！眼看时间一天天过去，而窗外呼啸的暴风雪丝毫没有停下的势头，我们一筹莫展。按计划，我们必须到澳大利亚去补些珍贵的镜头，有可能的话，我们将随澳大利亚的考察船前往麦阔里岛，走访澳大利亚的南极考察站，然而，此刻我们却只能呆在密封的考察站里，任宝贵的时间悄然流逝，什么事也干不了。

也许是天无绝人之路吧，或者是我们的运气，就在这时，经多方联系，

巴西费拉兹站为接送轮换的南极考察队员，派来一架大型运输机，即日将要从乔治王岛飞往南美，一旦天气稍有好转，飞机立即起飞。于是，征得巴西站的同意，我们终于可以离开乔治王岛了。

长话短说，当我乘巴西大力神运输机从南极的冰雪小岛驶抵南美洲后，又像接力赛一样，从南太平洋的几个小岛一站接一站地飞向澳大利亚。原先以为我们要去联系的澳大利亚南极局应该在首都堪培拉，不料完全不是那么回事。为了便于开展工作，澳大利亚南极局竟然设在离南极最近、地僻天荒的塔斯马尼亚岛。这不禁使我想起，当年在波兰访问时，他们政府的煤炭工业部并不在首都华沙，而是在产煤区的卡托维茨办公。这大约也是东西方文化与观念的区别吧。

这样一来，我在悉尼短暂停留后，立即飞往澳大利亚南端的塔斯马尼亚岛，于是便有了这次难忘的塔斯马尼亚之行。

塔斯马尼亚岛位于南半球著名的"咆哮四十度"的西风带上，它与澳大利亚大陆仅隔着一道巴斯海峡，很像中国大陆南端的海南岛。小岛的形状，如同古代武士所持的盾牌。面积（包括少数岛屿）6.8万多平方千米，占整个澳大利亚面积的1%，几乎是海南岛（3.4万多平方千米）的1倍，而塔斯马尼亚的人口只有45万人。

在欧洲殖民者到来以前，塔斯马尼亚是土著人的乐土。皮肤黝黑，头发卷曲、以狩猎为生的土著，在这里至少存在了20000年。但是，随着白人移民的到来，这里的土著被斩尽杀绝，据约翰·根室在《澳新内幕》一书中披露，"世界上唯一的一次把整个人种彻底灭绝的事就发生在塔斯马尼亚，在那里，两三千名土著被四处追杀，最后只剩下200人左右，又被押到邻近的佛林德斯岛去。到1874年，只有40人残存，最后的16个人被送回塔斯马尼亚，其中死得最晚的一个名叫特罗卡尼尼，死于1876年。"也就是说，自1803年9月，最早的欧洲移民在德文特河东岸建立第一个定居点，70年内，塔斯马尼亚岛上原有的土著居民便全部灭绝了。这是塔斯马尼亚岛历史上最黑暗的一页。因此，我在这个岛上根本见不到一个土著居民，也就没有什么奇怪了。

塔斯马尼亚岛和澳大利亚大陆一样，最初的移民都是英国的流放犯人。

自从1788年1月26日由旗舰"天狼星号"和11艘帆船组成的"第一船队"从英国朴次茅斯驶抵澳大利亚的悉尼湾，开始了英国将澳大利亚作为罪犯流放地以来，先是安置在新南威尔士，以后随着每年有大约3000名犯人运来，其中有男人、女人，还有儿童，流放地不断扩大，于是1803年塔斯马尼亚岛的里斯顿湾也成了流放地。从1788年起，在将近80年间，从英国运往澳大利亚的流放犯约16万人，他们之中有相当一部分是所谓的"重犯"，即罪行最重、最危险的犯人都被发配到塔斯马尼亚岛，因为这里是澳大利亚的天涯海角，难以逃跑。于是他们成为该岛最早的移民和开拓者。到了1810年，自由移民才开始增加起来。1853年5月26日当最后一艘载有罪犯的船只停靠在霍巴特（Hobart Town），塔斯马尼亚岛殖民历史的时代终于降下帷幕。不久，其早期的名字范迪门（Van Diemen's land，1642年荷兰探险家阿贝尔·塔斯曼命名）改成了现在的名称。

许多来自澳大利亚大陆和世界各地的游客，对塔斯马尼亚岛最为怀念的，除了她美丽的自然景色，还有她那浓烈的历史文化气息和恬静安详的生活节奏。尽管现代化的浪潮也改变了人们的生活，然而，在塔斯马尼亚岛，依然可以发现这里保留着早期移民无拘无束的传统。乡村农舍的客厅里，会响起狂放的舞曲和旧日舞曲欢快的调子。当宣布晚餐的时间，健壮的男子，健美活泼的主妇和大群儿童们将享受各种农家的传统食物，狂放的舞蹈令人想起古老的岁月。

塔斯马尼亚岛给人印象最深的是这里的人们对历史的尊重。他们并不回避他们的家园曾经是流放罪犯的囚禁地，甚至许多人也并不以他们的祖辈就是在这里服刑的犯人是什么丢脸的事。在塔斯马尼亚岛旅行时，你所见到的许多精心保护的历史古迹，无不和流放罪犯的那一段在我们看来极不光彩的囚犯时代的历史息息相关。那些当年关押苦役犯、也是那些囚犯们在"劳改"时用双手建成的红砖砌筑的监狱，看守他们的士兵的兵营以及教堂、货栈和仓库，还有一些供官员享受的豪华住宅，依然作为珍贵的历史遗迹保存下来。建于囚犯时代的石头建筑，至今屹立在曾是流放地的小镇。当初兴建的窄轨火车的废弃车站和老式的蒸汽火车头，静静地躺在荒郊野地，供人们凭吊昔日筚路蓝缕的艰辛。当年开采锡、黄金等矿的废弃的矿井，因陋就简

南极夏至饮茶记

——金涛散文

阿瑟港旧劳改营遗迹

194

建成的博物馆，陈列着当初采矿的设施、工具和矿石标本，展示了令人难忘的苦难岁月。尽管时间过去了一百多年，但是无论是囚犯时代的砖石建筑，还是后来的移民时代仿造英国乔治时代和维多利亚时代风格的建筑，都完好无损地保留至今。在中部高地和西部山脉的部分地区，木栅栏围绕着的丛林居民建造的小屋，依然点缀其间，使人仿佛回到过去。

塔斯曼半岛的东南，建于1830年的一个阿瑟港旧劳改营，是岛上也是澳大利亚最有名的历史遗迹。当年这里是关押重犯的人间地狱。那些苦役犯人建筑和使用的房屋废墟、哥特式罪犯教堂、岗楼、医院废墟以及监狱附近发展起来的村庄，作为殖民时代早期最完善的建筑遗迹，坐落在尤加利树林与绿色的农田、蓝色的大海之间。如今这里还有一座劳改营的博物馆，陈列着许多诸如锁链、鞭子等刑具和囚衣，记载着那个黑暗的岁月。多年以来这里就是吸引观光者的旅游胜地。

正是由于对历史的尊重，塔斯马尼亚岛虽然开发的历史并不长，却是世界上保存建筑遗址最多的地方，它浓郁的殖民地色彩和现代文明，它本身走过的一段曲折而极富特色的历史进程，并没有随着现代化的步伐而消失，而是在一座座废墟和建筑遗址保存下来，构成了它的鲜明特色。正是如此，这个位置偏僻的小岛的人文景观使她成为吸引世界游客的旅游热点，在美国*Traver & Leisure*杂志主办的十大世界度假小岛的评选中，它居然排名第二。

这不禁使我想到在现代化浪潮中，如何看待旧城和古代建筑的问题，其实，稍有点历史常识的人都知道，城市的历史并不是仅仅存在于文献和人们的记忆中，这是远远不够的。城市的历史是具体的，物化的，它集中地体现在不同时代、不同风格、承载着历史的各式各样建筑物中。如果在建设现代化城市的名义下，不分青红皂白地将城市的老房子统统拆掉，抹掉历史的痕迹（如城市的布局和建筑风格），那么也就等于毁掉了城市的历史。这样的新城市漂亮固然漂亮，但是它只是毫无历史文化价值的建筑产品（因为这种廉价的钢筋水泥的城市，是世界上任何地方的建筑商都可以提供的商品），当然也是毫无旅游价值的。

塔斯马尼亚岛除了拥有众多的人文景观，最引以为豪的，还是一直受到赞美的自然美，她真是上帝赐给澳大利亚的一个妖媚多姿的宝岛。这个多山的岛屿在有限的空间范围内集中了变化多端的地理景观，它的地形大体上分为三部分：西部多山脉、峡谷，最高峰奥萨山海拔1617米。中部是中央高原，有4000多个湖泊，海拔1573米的Ben Lomond山，也是岛上最高的山峰，它离北部城市朗塞斯顿不远，隆冬是此地最好的季节。这里是塔斯马尼亚最主要的滑雪场所，但是温和的海洋气候，使这里可以滑雪的时间一年中只有3个月。东部是低高地。

受常年的西风带的影响，西部山地年降雨量超过2500毫米，水资源很丰富。降雨量自西向东逐渐减少，但在雨水充沛的地区有茂密的温带雨林，这在世界上是为数不多的。在年降雨量750—1500毫米的地带，有优良的桉树林；降雨量更少、比较干旱的地区，则是适合发展畜牧业的草原。

在岛上四通八达的公路驱车而行，陡峭的岩岸，迷人的海滩和蔚蓝的大海时时扑入你的视线。然而，如果你是个喜欢寻幽访胜的旅行者，你可以沿着河谷或乡间小路去攀登嵯峨的山峰，追溯长满蕨类植物的幽谷，那里有壮观的瀑布群和茂密的森林，不时还能遇到袋狸、针鼹、小袋鼠等野生动物。克雷德尔山与圣克莱尔湖国家公园的东部，包括耶路撒冷墙国家公园，是独具特色的高原荒地，在澳大利亚也是独一无二的。那儿景色秀美，有茂密的本土松树林，高原被数以千计的冰蚀湖所点缀，有"3000个湖泊之地"的美称，据说这些湖是冰河时代形成的，湖中有很多鳟鱼。当然是喜欢垂钓的人最想往的地方。荒原的空旷，山林的静寂，处处呈现出未经人工雕琢的野性美，是塔斯马尼亚岛最动人之处。不过，当峰回路转，在你领略了大自然的蛮荒需要恢复体力时，你的眼前又会出现麦浪起伏的农田，碧草如茵的牧场，以及美酒飘香的葡萄园，那里山峦起伏，田野碧绿，典雅的乡村旅舍或殖民时代的酒店掩映在绿荫丛中，会给你带来家庭的温馨。

塔斯马尼亚岛上大部分人都住在南部的首府霍巴特和北部的朗塞斯顿市（人口7万），其他的村镇和小城人口很少，因此大片的山脉、森林、荒原、湖泊、瀑布、岩岸、海滩都以国家公园的形式严加保护，以致岛上到处都可见到国家公园的醒目标记，除了克雷德尔山与圣克莱尔湖国家公园、耶路撒冷墙国家公园之外，还有弗雷西内国家公园、菲尔德山国家公园、富兰克林下戈登荒野河流国家公园及西南国家公园，可见他们对保护原始生态环境的重视程度。当然，在这个岛上，生态环境遭到破坏的现象也是存在的，最突出的事例是袋狼的灭绝。袋狼又称塔斯马尼亚虎，由于人类的捕猎已于1936年消失。在西部的铜矿中心昆斯敦，由于冶炼铜排放的二氧化硫污染了空气，那里的大片森林全部死光。正是由于这一系列惨痛的教训，塔斯马尼亚的居民对生态环境的保护不仅是深入人心，而且是切切实实付诸行动的。据有关人士介绍，塔斯马尼亚州有一个很活跃的绿色和平组织，以保护生态反对破坏自然环境而著名。岛上一系列国家公园的建立，尤其是抵制筑坝蓄水，保护了富兰克林下戈登荒野河流国家公园，就是他们的业绩。

我是在澳大利亚人正在欢度国庆节的日子到达霍巴特的。

拱卫霍巴特（Hobart）的是海拔1270米的威灵顿（Wellington）山，它将塔斯马尼亚的地势自然地分开，向下往南延伸是德文特（Dervent）海

圣克莱尔湖国家公园

湾，那里是优良的深水港，也是许多前往南极的探险船的出发地。

今天的霍巴特是一个拥有18万人的现代城市，高楼大厦并不多，房屋低矮，完全不像悉尼、墨尔本那样繁华，倒是处处充斥着恬静的氛围。当你在宁静狭窄的街道漫步时，不知不觉便会遇上点缀在城区的尤加利树覆盖的小丘，或是步入城郊的玄武岩锥形体的高山，要不然高速公路便会把你带到潮湿的海风拂面而来的海边了。即使这样，霍巴特的居民仍喜欢住在郊外的居所。

当我们驱车前往郊外的澳大利亚南极局时，首先发现摆在街头一片尤加利树林中的一块巨石，上面镶嵌着16块长方形的铜牌，铜牌上刻着一个个人的名字，那是在南极探险牺牲的澳大利亚勇敢者的纪念牌。他们对于那些为国家的荣誉献出宝贵生命的人是极为尊重的，以至全世界只有澳大利亚在发行的纸币上印有澳大利亚第一位南极探险家莫森的头像。他们把莫森视为民族的骄傲，这不能不令人感动。

霍巴特老城

　　澳大利亚南极局设在一幢乳白色的维多利亚时代的建筑内，很令人惊讶的是，这栋政府办公大楼的底层大厅，竟是一个免费向公众开放的小型南极博物馆。我去的时候，恰好碰上许多孩子们在那里参观，那一个个栩栩如生的企鹅、海豹标本，那南极冰原和各国考察站的模型，南极考察队员的衣帽靴子，无不使孩子们兴奋不已。而这幢建筑物的主体部分，是一间间实验室，许多世界各地的极地科学家正在里面从事研究。在这里，科学研究和科学普及竟是如此有机地结合在一起，在底层大厅里担任讲解的人员就是那些科学家们。

　　说起澳大利亚南极局，我还不能不提到我的一点趣闻：澳大利亚是世界上南极考察事业起步较早的西方国家之一，在南极地区建有凯西站、莫森站、戴维斯站、麦阔里岛站等常年站，还有若干夏季站，每年派出的考察船有多艘，我国有许多科学家都在澳大利亚的考察站工作过。按我的合理想象，主管这样一大摊子事务的政府机构该是下属多少处、室的，公务员一定不会少。

不料我的想法完全错了。当接待我们的局长秘书，一位精明干练的中年妇女一边听我们提出的要求，一边手不停地在本子上记录，几分钟后她像变魔术一样，从复印机上取出一份拟好的我们在霍巴特活动的日程安排。她遗憾地告诉我们，你们来晚了，澳大利亚的南极考察船已经在半个月前起航，你们打算前往麦阔里岛的计划无法实现了。

　　我正为她的工作效率之高而惊叹时，她却笑着说："很抱歉，我不能亲自陪你们了，"她下意识地看了一眼腕上的表，又说："我在南极局工作的合同今天到期，还有几个小时我就离开这里……"她的回答令我大吃一惊，我不禁问她南极局有多少"干部"，她说真正的公务员只有一位，即局长，他是总理任命的政府官员。至于像她这样的秘书，还有一位我见到的打字兼管杂务的老太太，都是临时工。活儿忙的时候，临时聘用。没有活儿，全部走人。看来，澳大利亚南极局的经费几乎完全用于科学事业上，至于闲人，这里是一个也不养的。

塔
斯
马
尼
亚
的
怀
念

【下篇】

故乡的随想

　　像我这般经年累月漂泊异乡的游子，故乡一直是个遥远的梦。多少年来，故乡清澈的小河、苔痕斑斑的石桥、幽深的小巷被磨得光滑的青石板路以及那乌桕树霜染的红叶和早春迎风摇曳的茂竹，时不时在梦里出现，唤起我对往昔岁月的回忆。

　　故乡对任何人说来，都是生命的起点，成长的摇篮，多少忘不了的温馨、甜蜜而苦涩的回忆渗透在故乡的山水之间。

　　然而，暌别故乡的时日毕竟太久，我一直下不了决心回故乡一趟。固然那里已没有我的亲人，最担心莫过于时过境迁，我恐怕认不出家乡的容颜。读过许多"少小离家老大归"的游子返乡后写的文章，那里面无奈、抱憾之情跃然纸上，因为时光的淘洗冲走了旧日的痕迹，那梦里频频光顾的美好记忆早已荡然无存。这是许多地方已经发生和正在发生的事，我可不想重蹈如此令人沮丧的伤心之旅。

　　不过，故土的情愫总是难以割舍，这也是人的本性使然。于是，世纪末最后的夏天，北方暑热难耐，我终于扔下手边还不清的文债，一走了之，像逃债的人一样，匆匆搭上南下的列车，在长江边一个小城稍事停留，然后驱车而行，去寻找童年的梦了。

　　故乡古称徽州，当地流传甚广的民谣说："前世不修，生在徽州，十三四岁，往外一丢。"即是当年先辈离乡背井外出谋生的

故乡的老屋

南极夏至饮茶记——金涛散文

写照。徽州辖下的歙县、休宁、黟县、绩溪、祁门、婺源等地，地处皖南山区，山多地少，交通闭塞，当地除了产稻米、茶、笋、竹木之外，似乎缺乏其他自然资源。只是山岭重叠，林木荟郁，在几千年历史长河中，但凡战乱频仍动荡不宁的年月，徽州的深山僻地便是躲避兵燹之灾的避难所。我的先祖原是来自京兆郡的一支难民，千里迢迢，几经迁徙，最后在徽州辖下最偏远的黟县深山停下脚步，由此落叶生根，获得生息繁衍的空间，这是何年何月的事却无稽可考了。黟县俗称小桃源，据称是陶渊明笔下的《桃花源记》的所指。当年从新安江畔的屯溪前往黟县县城，尚需钻过一个隐秘的山洞，方能进入群山环抱的县城，当地交通闭塞由此可以想见。

　　徽州在中国的历史舞台上一直默默无闻。清贫、封闭、自给自足加上从中原带来的文化底蕴，使徽州人安贫乐道，追求渔樵耕读的田园诗般的自我陶醉。然而人口日繁，瘠薄有限的田地难以温饱，于是明清以来，徽州的男子不得不出外谋生，到长江沿岸商埠，到更远的京城谋求发展。几百年来，新安江的滔滔江水，载着轻舟竹筏漂向远方。一批又一批徽州人身背雨伞和蓝布包袱，跋涉于山间小路，晓行夜宿。他们以家族为纽带，同乡同族结帮搭伙，在当时视为下九流的商品流通领域苦心经营，用他们的聪明、坚韧和信誉，终于在中国封建社会的躯壳上营造了彪炳史册的徽商文化。那首充满凄苦无奈的民谣，便是当年祖辈艰苦备尝的真情流露吧。

　　我在蒙蒙细雨中到了屯溪，这里离家乡很近了。夜里，躺在宾馆的客房听

西递的刺史牌楼

檐下的滴雨，淅淅沥沥，难以入梦。这些年，默默无闻的故乡被传媒炒作得十分吃香；徽商文化更是声名远播，这或许是我的同乡胡雪岩的胡庆余堂上了荧屏的缘故，或许是市场经济的大潮搅动了淀积海底的淤泥泥沙，现实的功利需要祭起了历史的亡灵。其实，过去的徽州人，我的先祖，少小离家，抛妻别子，闯码头，走单帮，肩挑背扛，终生劳苦，过的是十分艰难的生活。这是多数人的命运；至于真正发迹的徽商"大腕"，或者学而优则仕，走上仕途光宗耀祖的大干部不过是凤毛麟角罢了。这是需要历史学家、人文学家清醒对待的。

次日清晨，我从屯溪启程，一条柏油马路在田畴山野之间蜿蜒，宛如进入时光隧道，故乡的青山绿水渐次进入我的眼帘。

这里，我无意喋喋不休谈故乡的风物，也不必过多描写我在故乡的所见所闻，只是我想告诉见多识广的朋友一个惊喜：由于交通的闭密，或者决策者的明智，故乡在惊人的历史巨变中依然顽强地保持着古文明的风采。山林依旧郁郁葱葱，山间溪流清澈甘美，连扑面而来的空气也是原始的清新。最令人惊奇的是，在青山绿水之间，黑瓦粉墙、古朴庄重的古代民居，屋宇相连，像村口的老树傲视着人间的风风雨雨，那飞檐斗拱凝集着历史苍凉的古牌楼傲然屹立，漠然眺望四面袭来的时代风云。我在村口一口古井旁徘徊甚

黟县乡村

久，石头井圈已被汲水的绳索磨出深深的印痕，然而汲出的井水依然像当年一样甘甜可口。这口古井可能也记不清，它用自己乳汁般的甘泉哺育了多少代人。但我记得，我是喝它的水长大的。

故乡远离了文明之风的浸润，福耶祸耶？我不得而知。

我钻进高墙夹峙的一条幽静的小巷，时空的阻隔在这里已经消失，从一扇半掩半遮的大门推门而入，仿佛进入逝去的年代。跨过高高的门槛，四面环抱的廊柱托起一方云絮飘飞的天空，这即是徽州民居特有的天井。精雕细镂的门窗油漆剥落，檐上的木雕砖刻有的在"文化大革命"中遭到愚昧的洗劫，所幸大体保持原貌，依稀可见旧日工匠的天才。徽州民居多为明清建筑，黑白分明的色调，高挑的风火墙和印章式的格局，代表着徽州人与世无争的抱残守拙的心理。外墙不设窗户，仅留很小的门扉与外沟通。室内采光全赖天井。难怪黟县人说吃早饭是"吃天光"，从天井漏下的一线光亮预示着黎明的来临。

徽州民居凝集了厚重的历史淀积，那堂屋的象征性的陈设，那寓意深邃的联楹和俯瞰天井的神秘闺房，那屋后方寸之地树木森森小巧玲珑的花园，无不汇集徽州人安居乐业自得其乐的情趣，虽然高墙林立，门户紧闭，然而蜿蜒于楼宇房舍之间的涓涓溪流又将家家户户连为一体。你走在一条弯弯曲曲的青石板小径，溪流欢快地在脚下伴你而行，有时它嫌小径太窄，悄声地潜入石板底下，有时它们调皮地钻入高墙，像一只机灵的小猫爬进人家的院落，忽而它又窜出院墙，那里是村中毗连的几口不大的方池，溪水依次从中穿过，这便是供乡民洗濯、汲水的天然蓄水池。

黟县的宏村和西递村等村落，房屋的整体布局与水的巧妙设计，营造了人与自然息息相通的深邃意境，有的村落，房舍井然，沟渠纵横，从空中俯瞰，犹如一艘扯满风帆的舟船在浪里穿行。从山间导引的清溪忽分忽合，环绕着黑瓦粉墙的楼宇，如川流不息的人生哲学。有的村落，高低错落，或拥塘而抱，或临清流而立，间以小桥堤岸，辅以绿树风荷，构成了有限空间的无限风光，犹如美不胜收的田园诗。不仅村落的整体布局因地制宜地利用天然地势巧为布置，每幢房舍的内部结构也处处匠心独运，避免千篇一律，体现了主人的高雅情趣。我随意走入一家农舍，这是普普通通的农家，房舍

黟县乡村的老屋

没有大户人家那样宽敞，院落进深不过半亩，然而院中大半是姹紫嫣红的花圃，另一角是一方池塘，石栏护岸，游鱼戏水，塘边筑有小巧玲珑的水榭，藤蔓纠缠，浓荫遮日。好一个幽静的农家院落！若不是同伴频频催促，我真忍不住醉卧花丛了。

故乡保存完好的明清建筑和古风盎然的民居村落，最值得称道的是对水的巧妙营运，这里渗透着先民对水的崇敬之情，因为流动的水，洁净的水，源源不断的水，是生命绵延不竭的象征。往深层里想，生活在万山丛中的农民，水即是绿色，水即是兴旺，水也是万物之源，这里面包含着人对自然的依赖，人与自然和谐共存的道理。若论徽州文化，话题固然很多，然而从徽州文化发祥地的遗存得到的启示，我以为渗透的徽州古民居的天人合一思想的诸多体现，似乎值得引起更多的关注，这当然是我的一孔之见。

在县城，我从故乡的父母官一席谈话中得知，故乡得以免遭现代工业文明的污染，固然也有被人遗忘的无奈，但却因此保住了森林覆盖率占全境面积的65%以上，目前仅有一座缫丝厂，没有像样的工业……"落后也是一种财富！"我闻后大喜。我知道，和许多经济发达而环境恶化的地区相比，故乡的贫穷只是暂时的，因为她的罕见的青山绿水，她的无污染的山林田野，尤其是独具特色的明清建筑群和深厚的文化底蕴，如今已是人类共同拥有的中华文明瑰宝，它正在托起最有前途的无烟工业——旅游业。只要保护好故乡的生态环境，维护好古建筑古民居，科学规划，精心开发，故乡肯定会走上健康的而不是畸形的富裕之路——我希望如此。

荷 之 思

　　圆圆的大荷叶，像一柄撑开的碧绿的小伞，清香
沁人。叶面上却一点儿不沾水，泼些水在上面，却变
成一串串珍珠滚落下来……

　　胞妹从千里之外发伊妹儿寄来一个偏方，其中有
一味药是新鲜的荷叶。不料在偌大的京城，商店里却难
觅荷叶的踪影。冒着酷暑转悠了几家商场，花费了半个
来月，功夫不负有心人，终于在一家超市的角落找到一个专
售新鲜荷叶的摊位，还有新摘的莲蓬和莲子、莲芯。问卖货的
笑眯眯的小姑娘，说是白洋淀的。价也不算贵，1元钱一张荷叶，我便高高
兴兴地把白洋淀水乡的新荷带回了家。

　　看见这来之不易的碧绿的荷叶，故乡的南门湖那连天的荷叶和粉红的荷
花又浮现于眼前，"接天莲叶无穷碧，映日荷花别样红"，这是儿时生活的
场景定格在记忆库里一张褪色的老照片：那湖水清澈而泛出蓝色，岸畔垂柳
的绿枝依恋地伸进湖水，盛夏时节，那湖边团团的荷叶撑起的绿伞与遮掩湖
面密丛丛的菱藤缠在一起，编织的绿之网已不容小木船自由地穿行了。

　　那时湖岸上的人家多在湖里洗衣淘米洗菜，有长长的石阶铺在岸边，沿
湖又堆放些青石板，像是给湖的项上挂上美丽的一串项链。小时候，我的母
亲几乎每天拎着一大竹篮衣服，在晨光熹微的黎明或暮霭沉沉的静夜，双膝
跪在青石板上洗涤一家人换下的衣服。酷热的三伏天，只有这时暑气渐散，
图个凉快。多少年来，李白笔下的"长安一片月，万户捣衣声"，是故乡一
道古老而温馨的风景。妇女们一边洗衣一边聊家常，当明月在湖中荡漾，清
风徐来，送来荷花的阵阵清香，那荷叶深处时不时蹦出一尾油苍鱼或小鲫

鱼，泼剌的水声将人们吓了一跳，继而是一阵欢快的笑声。

荷叶在江南水乡算不上稀罕之物，那时最受孩子们欢迎的还是荷叶中躲藏的一个个莲蓬，再就是长着尖尖角的菱角。荷叶似乎没有多少用处，在我们那里的集市，有时用荷叶作包装纸。你去肉铺买块肉，卖肉的伙计会撕一块荷叶把肉包起递给你。有时你去买萝卜粑，这是故乡独具风味的大众化美食：将白萝卜切成小方丁，加上红辣椒丁，拌以油、盐等佐料为馅，外面裹以米粉的外皮，上蒸笼蒸熟。物美价廉，趁热吃最佳，因之需用荷叶托住，以免烫手。小时候上学，如果母亲给几文钱，便可以美餐一顿香喷喷、带点荷叶清香的萝卜粑了。

南门湖面对"一山耸峙大江边"的庐山，汇集了千峰万壑的溪流，故而水质清冽甘美，又与一个面积大小相当的外湖相连，名曰甘棠湖，这姊妹湖当中是一道柳浪闻莺的长堤，俗称小坝，风光之美不逊于杭州西湖的苏堤。在甘棠湖东侧，过去是一片水网之地，有一条几里长的河道蜿蜒其间，这河名为龙开河，一直通往长江。"问渠那得清如许，为有源头活水来。"朱熹的这句诗道出了流水不腐的科学道理，南门湖与甘棠湖上有溪流注入，下有龙开河宣泄，年年岁岁循环不已，乃一潭活水，故而千百年间生机盎然、荷藕茂生、鱼虾嬉戏，秘密就在于此。

说起龙开河，观其名，似为一条人工开凿的运河，开凿于何年何月，何人所为，不得而知。相传三国时代，东吴大将周瑜在柴桑（即今之九江）操练水军，点将台即在甘棠湖中（现仍存）。由此可知，东吴的水军舰船必定由龙开河出入，出则入长江，入则退守甘棠、南门二湖，这龙开河乃水军进出之咽喉要道，而隐藏于市廛之中的姊妹湖便是水军的天然避风港。九江旧城有都府巷、小乔巷，都府巷相传为周瑜大都督府之所在，小乔巷乃周瑜的夫人小乔居所之地也。以此推测，龙开河在东汉三国时代即已存在，当不是无稽之谈。多年前在北京大学图书馆翻检明成化年间编纂的《九江府志》，九江府的木刻地图上即标有龙开河，可见这条运河由来已久。

听老辈人讲，民国年间，为争夺这姊妹湖的水产资源，控制鱼虾蟹鳖乃至莲藕菱荷的专利，沿湖的几个世代打鱼为生的家族发生过惨烈的你死我活的械斗。先是互相捣毁对方的渔网渔船，继而拳棒相加，大打出手，闹得不可开交。最后由江湖上的黑老大出面干预，听说解决纠纷的办法也是黑道上极残忍的手段：由几个争夺利益的家族派出头目，睡钉板，跪烧红的铁蒺藜，以及将手臂伸进沸滚的油锅……以这般野蛮的酷刑判定谁胜谁负。据说只有姓胡的家族力克群雄，独揽了这姊妹湖的权益，其他各姓只好认输，退出了湖上的营生。我小时候认识的几户渔家皆姓胡，都说这是他们的祖辈豁出命争得的权益。这不见于经卷的地方风俗史，至少也折射出这两个小湖的收益相当可观，否则也不值得为之拼出性命维护了。

时光荏苒，往事如梦，但梦中仍然不时跳动着儿时记忆的残痕：满湖的碧荷，含羞的荷花，和荷花一样清新可爱的女孩坐在摇晃的小木盆里，采撷湖中的莲蓬；有时又看见母亲的背影，拎着沉甸甸的竹篮，默默地走向湖边，仿佛听见母亲的叹息……据说梦是没有色彩的，渐入老境的长梦又平添了几许淡淡的苦涩。

孟春三月，乡音未改鬓毛衰的老朽回到故乡，虽然不见儿童相问客从何来，却也惊叹故园的人去物非，那爱我疼我的慈亲墓木已拱，故园的楼房老屋也无踪迹可寻。天翻地覆的巨变不仅是盖起许多高楼广厦，那宁静的梦之湖也非旧日容颜。尽管湖畔新添了亭台水榭，点缀了绿地花坛，但那空阔的湖面却不见鲜活的碧荷芙蓉，也不见菱藕竞生的绿意，轻风徐来，恶臭扑鼻，令人不堪忍受。那是变质的水体在烈日煎熬中散发的死之先兆，我梦中之湖正在一步步走向死亡……

胞妹一家仍住湖畔。沿湖散步，青山绿水之间不时飘来腥臭的异味，令人惋惜，也骤然失去故地重游的欣喜。问此湖因何而窒息，变成一潭臭水，方知这竟是当地父母官的一番政绩：几年前此地执掌大权的地方官为树城市形象工程，欲建国际化大都会，脑袋发昏，一声令下，耗数千万之巨资，将千年流淌的龙开河填土淤平，修建了一条柏油大道。岂料形象工程竣工之日，即是古城形象毁灭之时。南门湖与甘棠湖从此与大江隔绝，变成一潭死水。加上上游的工厂污水横流，倾泻湖中，城市生活污水从无数下水道排放入湖，姊妹湖从此蒙受苦难，日渐衰败，失去了往日的风采，变成了一大污水池，水质恶臭，鱼虾绝迹，更遑论荷花莲藕了。诗人们常把湖泊喻为大地的眼睛，故乡昔日一双水灵灵的大眼睛，似乎患了白内障，几近失明了。

湖中古刹

南极夏至饮茶记
——金涛散文

　　如今，唯有静夜的梦里，故乡的南门湖那连天的荷叶和粉红的荷花又浮现眼前：那湖水清澈而泛出蓝色，岸畔垂柳的绿枝依恋地伸进湖水，那湖边团团的荷叶撑起的绿伞与遮掩湖面密丛丛的菱藤缠在一起，编织的绿之网已不容小木船自由地穿行了。我又梦见母亲拎着一大竹篮衣服，在晨光熹微的黎明或暮霭沉沉的静夜，走向湖畔，在青石板上洗涤一家人换下的衣服……

石钟山访古

江南春早。当北方的大地还时时蒙上沙尘暴的烟霭，南国之春却已用她的彩笔涂抹苏醒的田野。绚丽的桃花在乡村的房前屋后悄然怒放，淡雅的李花羞涩地藏在溪流潺潺的山谷里孤芳自赏，一任花开花落。我第一次看见山野中最寻常的泡桐树，此刻也不耐寂寞地绽开淡淡的血红的满树花朵，给人以凄美的印象。

叫人难忘的还是丘陵梯田一片片金黄的油菜花，那才是令人赏心悦目的春色。也许，一棵油菜花并无特殊之处，有谁欣赏平凡的油菜的小花呢？然而，当几亩、几十亩，甚至眼前的平畴岗丘被油菜覆盖之后，那迎着春风春雨绽开的金黄的花的海洋却令人为之动容。那是造化的大手笔在大地上挥洒的靓丽的风景，比之凡·高笔下的向日葵更为洒脱，更加鲜活。这是春之女神的长裙，这是南国之春的流行色，不论你的心情被冬日的沉闷压抑得何等忧郁，你的视线只要被眼前醉人的满地金黄轻轻一撩，顿时便会精神振奋，热血沸腾。你会深深地呼吸，吸吮那淡淡的馨香，感到从未有过的舒畅。因为春天已经来了，大地已经复苏，正是这满目的金黄给人以生命的希望，收获的期盼。

这是21世纪的第一个春天，我跋涉千里来到故土为生我育我的慈亲和先祖祭扫，也顺便寻找魂牵梦萦的童年的旧梦。一个风和日丽的早晨，我与胞妹乘一辆中巴，循着长江南岸一条新开辟的高速公路，向并不太远的湖口县而行。那里，在鄱阳湖注入长江之处，有座遐迩闻名的石钟山。多少年来，我不知多少次乘江轮远远窥望过她的倩影，我也曾路过湖口县城，在那里等候摆渡的轮船，然而遗憾的是，我却未能稍作停留，专程去一睹它的芳容。这一次，我是诚心诚意来偿还我的欠债，也算了却一桩夙愿罢。何况是在这样满目春色的美好时节。

　　这次去石钟山，也是上了先入为主的大当。心目中的石钟山本以为是山势雄奇、林深树茂的大山，岂料到了湖口县城，弃车步行，眼前却是屋宇毗连的街道，背枕起伏不高的丘陵，走了三里光景仍然不见大山踪影，驻足四顾，店铺林立，行人匆匆，便向路旁店家询问石钟山在何处，不料那人手指身旁的横街："前面就是……"

　　原来，石钟山似山非山、非山亦山也。站在县城望去，它是蜿蜒起伏的丘陵的尽头。横街隆起之处，有石筑的牌楼，前有石阶。购票入内，只见围墙环绕的方寸之地依地势高低筑有亭台楼阁，俨然一座小巧玲珑的花园，又似身居闹市的佛门圣境。园虽不大，却也井然有序。循道前行，古木森森，有怀苏亭筑于院中，亭内置石碑一通，镌刻苏东坡画像及《石钟山记》全文。过洞门进入另一院落，崇楼高耸，回廊环抱，廊下乱石堆砌的曲池清流萦绕，数株桃花点缀山石之间，别有一番情趣。廊回路转之际，又进入另一开阔的院落，此处有数间依山而筑的寺院，为清代名臣曾国藩、彭玉麟所筑，相传为平定太平天国而战死的湘军将士的忠烈祠，此外，无足观也。

石钟山

岂料，正当踌躇之际，不知不觉信步来到一座船形殿堂前方，此时路绝途穷，眼前豁然开朗，原来石钟山濒临长江一方，危崖高耸，屹立江流。小心翼翼往前迈出几步，见一座石塔筑于石崖之巅，俯看足下，则是荒草荆棘蔓长的陡崖。小径蜿蜒缘石壁而下，方见临江的陡壁呈马鞍形，两端伸出，中间凹陷，如双臂拥抱江流。陡壁高出江面约七八十米，草木难生，裸岩峥嵘，均为千姿百态的石灰岩。仰望头顶，依山而筑的楼阁岌岌可危，已见乱石崩塌之险象。俯看脚下，扶栏护壁之磴道直抵崖下，那里停着一艘机动游艇，静候着游览的观光客。

　　石钟山的精华正在此处，然而欲观山之雄姿，必须乘船于大江之上，从远处方能领略壁立千仞之神奇。浩浩荡荡的大江自三峡一路而来，烟波浩渺，平畴千里，只是到了鄱阳湖的出口之处，浑浊的江水忽然涌入一股清澈的湖水、江面顿时泾渭分明，划出黄色与蓝色的两股水流，而在这奇妙的分水之处，江岸突兀一座峭立的陡壁，如巍然的城阙，如兀立的要塞，朝霞染红之际，夕阳西照之时，更是云蒸霞蔚，美不胜收，令人神往不已。古往今来，石钟山不知留下多少过往来客歆慕的目光。

　　不过，石钟山之神奇不在丽日晴空的日子，也不在风平浪静之时，而恰恰于月黑风高之夜。当风雨袭来之时，江上浊浪排空，山间鸟雀惊飞，只有这时，那澎湃的江流以锐不可当之势滚滚而来，冲击岸边的陡壁，巨浪排山倒海地拥入紧紧收束的山崖凹处，于是那被江水千万年淘空的石罅空洞便会奏出惊天地泣鬼神的交响乐章，声闻数里，经久不息……

　　也许，石钟山的名称由此而来。和石钟山的名字连在一起的，是宋代伟大的诗人苏东坡。

　　苏东坡的《石钟山记》是使石钟山声名远播的千古佳作，这也说明"山不在高，有仙则灵"的名人效应，以无形的人文因素赋予有形的自然景观深厚的文化底蕴，其价值是难以估量的。

　　不过，我所感兴趣的并不全在于石钟山本身的山光水色，相信很多的游人也持类似的观点，感兴趣的倒是苏东坡在《石钟山记》所阐发的"题外的话"，这也是《石钟山记》这篇山水游记所以千古流传的原因所在。

　　苏东坡的《石钟山记》不同于一般描绘山川胜景借景、抒怀的游记，而是带有很浓烈的思辨性的散文，通篇贯穿石钟山名称由来的追溯，通过实地寻访而提出自己独到的见解，从而阐发出发人深省的哲学命题，这就超越了游记文章的惯用笔法，使作者的思辨闪烁着理性的光彩了。

《石钟山记》开篇即开门见山，提出了作者对石钟山名称由来的疑惑："《水经》云：'彭蠡之口有石钟山焉。'郦元以为下临深潭，微风鼓浪，水石相搏，声如洪钟。是说也，人常疑之。今以钟磬置水中，虽大风浪不能鸣也，而况石乎！至唐李渤始访其遗踪，得双石于潭上。扣而聆之，南声函胡，北音清越，桴止响腾，余韵徐歇。自以为得之矣。然是说也，余尤疑之。石之铿然有声者，所在皆是也，而此独以钟名，何哉？"

这段文字大意是：《水经》记载说，鄱阳湖的湖口有座石钟山。北魏地理学家郦道元认为山下是个深潭，微风吹起波浪，水石撞击，声若洪钟。这种说法，人们常常怀疑。现在把钟磬放在水中，即使大风大浪也不能使它鸣响，何况石头呢！到了唐代，江州刺史李渤探访了石钟山的旧址，在潭上找到两块礁石，敲着一听，南边的礁石声音模糊不清，北边的声音高扬清亮。停止敲击后，声音还在回荡，余音许久才消失。李渤自以为找到了奥秘所在。然而这种说法，我更加怀疑。敲击发出响声的石头到处都是，偏偏这里却用钟为名，这是什么缘故呢？

提出种种疑问后，苏东坡继而讲述了自己亲自寻访石钟山的经过。

据《石钟山记》：公元1084年阴历六月初九（元丰七年六月丁丑）这天，苏东坡由湖北黄冈（齐安）乘船到河南临汝去，其长子苏迈也正要去江西德兴县做县尉，便送他到湖口，有机会去看看石钟山。寺院的和尚让小童拿着斧头，在杂乱的岩石间选择其中的几块敲击，发出硿硿的响声。苏东坡觉得可笑，并不相信这是石钟山命名的原因。

作了这番交代和铺垫后，文章进入正题："至莫夜月明，独与迈乘小舟，至绝壁下。大石侧立千尺，如猛兽奇鬼，森然欲搏人，而山上栖鹘，闻人声亦惊起，磔磔云霄间；又有若老人咳且笑于山谷中者，或曰此鹳鹤也。余方心动欲还，而大声发于水上，噌吰如钟鼓不绝。舟人大恐。徐而察之，则山下皆石穴罅，不知其浅深，微波入焉，涵澹澎湃而为此也。舟回至两山间，将入港口，有大石当中流，可坐百人，空中而多窍，与风水相吞吐，有窾坎镗鞳之声，与向之噌吰者相应，如乐作焉。因笑谓迈曰：'汝识之乎？噌吰者，周景王之无射也，窾坎镗鞳者，魏庄子之歌钟也。古之人不余欺也。'"

这天夜里，月光明亮，东坡父子二人乘小船来到峭壁之下。作者描写了夜幕中的峥嵘怪石，又对夜鸟惊飞令人恐怖的怪异之声渲染一番，接着写道：我正有些害怕，打算回去，这时从水上发出巨大的响声，像敲击钟鼓一样，持续不停。船夫十分害怕。我慢慢地察看，才知道山下都是石头孔穴，不知道有多深，微波冲入，在孔隙中澎湃回荡，才发出这样的声音。小船迂回到两山之间，正要进入港口时，那里有大岩石立在中流，石上约可坐百人，中间空虚且有很多窍窾，吞吐着风浪，发出撞击钟鼓的声音，同刚才的响声互相应和，如同奏乐一般。于是我笑着对苏迈说："你知道吗？刚才发出响声的，正如周景王的无射钟，眼前发出窾坎镗鞳声的，正如魏庄子的编钟，看来古人并没有欺骗我们！"

于是，苏东坡在《石钟山记》的最末一段作了一番小结：

> 事不目见耳闻，而臆断其有无，可乎？郦元之所见闻，殆与余同，而言之不详；士大夫终不肯以小舟夜泊绝壁之下，故莫能知；而渔工水师虽知而不能言。此世所以不传也。而陋者乃以斧斤考击而求之，自以为得其实。余是以记之，盖叹郦元之简，而笑李渤之陋也。

这段话大意是：凡事，不亲眼去看，不用耳朵去听，就根据自己的主观推断而认定有没有这回事，这样行

吗？郦道元的所见所闻，大概和我相同，但是记载过于简略。一般的读书人始终不愿意乘小船在夜晚来到绝壁之下观察，所以没有人知道事情的真相，而渔人船夫虽然知道，却没有机会记述下来，这便是石钟山命名的来历不为世人所知的原因。但是见识浅陋的人却用斧头之类敲击石头来探求钟声，还自以为获得了真正的奥妙。因此，我记下了这个事，既叹郦道元记载过于简略，又笑李渤见识的浅陋。

一千年前，东坡先生借石钟山正名而发的一番议论，犹如大吕洪钟跨越时空至今仍令人振聋发聩啊！

诚然，对于东坡先生的《石钟山记》，以及围绕石钟山名称的由来，千百年来见仁见智，莫衷一是，限于篇幅，本文不拟讨论。不过，我想说明的一点是，作为一代文豪的苏东坡在这篇作品中传递的信息，却是耐人寻味，值得反复咀嚼的，这里既有匡正学风的治学见解，更多的却是一种执着的科学精神，而后者恰恰是今天应该特别提倡的。

《石钟山记》中强调的科学精神，对"事不目见耳闻而臆断其有无，可乎？"作出了正面的回答，否定了不亲自实地调查研究而作出判断的轻率做法，以"士大夫终不肯以小舟夜泊绝壁之下，故莫能知"的例证，深刻说明严谨和务实的精神对于探索真理认识事物本质的重要性。这既是对历史的总结，也是对长期以来从书本到书本、不注重深入实践的浮躁学风的批评。当然，这话说起来容易，真正能做到，难哉。

寻找春天的芳踪

"人间四月芳菲尽，山寺桃花始盛开。"在一场春雨之后，我两次登庐山，去寻找春天的芳踪，也算是了却多年的夙愿罢。

我先是寻访梦中的马尾水，这是庐山一处以飞瀑命名的地名。为了省却攀登之劳，出租车从山麓沿着"跃上葱茏四百旋"的登山公路，将我送上半山腰。弃车前行，脚下是一条贴着山谷而筑的羊肠小道，引导我向密林深处。这一带尚不是旅游景点，游人罕至。逾前行，山回路转，渐入佳境。空山幽谷，篁竹夹道，鸟声啁啾，水声潺潺。我此刻的心情并未像往日沉浸在山林之中，反倒不由自主地激动不已，因为马尾水是我梦中的人间仙境，是先母在世时多次向我述说的世外桃源，我曾不止一次在冥想中虚构它的山山水水，然而遗憾的是，多少年来我却无缘与它谋面。

说来话长，那还是国难当头的1937年。当卢沟桥事变的枪炮声震撼中华大地不久，世居扬子江南岸的我们一家，为了不当太阳旗下的亡国奴，逃难到庐山，落脚之地便是"马尾水"，此处因山涧水声潺潺，鸣深涧中，银瀑似马尾飘然落下而得名。山中有座人迹罕见的古寺，名为九峰寺，又称马尾水庵，始建于唐宋，盛于明代，清乾隆年间修葺，有庙田数十亩。此后屡遭兵燹，碑亭、茶山、草亭尽毁，庙宇规模日渐窘迫。清光绪年间，

庐山

俄商勾结寺僧，租赁正殿后之园地在此建房筑屋，此后，外国传教士也步俄商后尘，看中这处风景绝佳的宝地，企图染指租地造屋，遭到寺僧继慈和尚的抵制而未能得逞。直到1917年俄国十月革命，俄商逃遁，一去不返。历经战乱，年久失修，古寺颓败，到了我家来此避难，已是荒草丛生，满目疮痍了。

我的母亲对马尾水留下了毕生难忘的印象。晚年，母亲忆及当年山居的情景，依然难忘那诗情画意的山野风光。

也许，这是母亲平生第一次拥抱大自然，印象特别深刻吧，那世外桃源般的深山古刹，林木郁馥，竹林青葱，举目可见飞瀑流泉，芬芳的野花四处盛开。晨昏之间，鸟声鸣啭，此呼彼应，宛若仙境。生活在如此宁静恬淡的氛围里，母亲的心情欢愉不已，那战乱的忧虑，前途未卜的忐忑不安，暂时都统统忘却了。

母亲晚年说，她们住在古寺的庙堂里，有天晚上突然听见床下地板嘎嘎作响。山深夜静，莫非有毒蛇猛兽？母亲和相依为命的老婶母住在一起，不禁害怕极了。听那嘎嘎吱吱的声响尚不止一处，仿佛地板底下有许多野兽奔突，要将朽烂的地板咬穿揭开似的……

一夜惊吓，难以入眠。当曙色透过窗户，天色渐亮时，母亲急忙下床看个究竟。好奇心驱使她将床铺挪开，地板早已朽烂，用手轻轻拨弄，地板便掀开了。

山间石刻"马尾泉"

原来，地板底下并没有藏着可怕的野兽，也不是蛇，竟是一个个又粗又壮的竹笋破土而出。那压在它们头上的地板被顽强的笋子抗争着，较量着，咯吱作响。这些笋子是古寺周遭的竹林的竹鞭从地底延伸而来，不料它们却

九峰寺

在古寺地板底下窜了出来。

母亲的惊喜可以想象，多么有趣的竹笋！那些梦中之竹，给母亲留下了多么美好的记忆啊！

不过马尾水宁静的山居生活很快被日军的枪声打破了。我祖父有一天冒险下山打听消息，顺便买些粮食，被搜山的日军抓获，一顿拳打脚踢之后，让他和其他抓来的农民为日军挑军火，押着他们上山。当晚，祖父乘日军不备，偷偷解开绳索，慌不择路地逃回马尾水。就在这天晚上，全家老小乘着浓浓的夜色，翻山越岭，仓皇逃离，开始了漫长而艰辛的逃亡之旅……

山涧的溪流送走了60多个寒暑，如今老母已驾鹤西去，连我也步入黄昏，但青山依旧，涧水长流，我眼前的群山想必仍是母亲记忆中的情景。

当我从竹木夹道的山径步行里许，一座古老的石桥架在山涧，对岸山坡筑有一座飞檐高挑、石块垒成的庙宇，坐北朝南，背枕山林，前临清流，这便是近年在原址新修的九峰寺。这里实际上是群山环抱的山坳，遥望远山，起伏的山峰依次排列，竟有9座之多，林木幽深，篁竹叠翠，只闻水声，不见溪谷，只是到了古桥之下，方见乱石纵横，溪水奔腾，那从群山密林汇集的山泉形成的溪流，流淌在山谷之中，穿过桥洞，一路倾泻，时而隐入篁竹深处，时而奔突乱石之间，在遇到一处陡峭的石壁时突然跌落，飞流直下，如帘如练，这即是马尾水飞瀑。我是在下山路上才见到的。过石桥，有石砌平台，上接石阶，迎面即九峰寺门殿。据陪伴我前来的胞妹说，九峰寺仅有一名僧人，他不大愿意与世俗往来，所以庙门虽设而常关。

不过我很幸运，来马尾水的路上，即与九峰寺的和尚不期而遇，一见如故，交谈甚为投机，这大概也是佛家所说的缘分罢。他约莫30来岁，清瘦而机敏，言谈举止不卑不亢，颇有佛门弟子之风范。我问和尚，寺内可有古碑题记之类，他连连摇头，默默从正殿外墙的乱石堆里找出3片残碑，字迹可辨，残缺不全，估计没有多少价值。我又问他遁入空门之前的身世，他却含笑答曰："一入佛门，前世之事皆忘记了。"听他这样一说，顿时如闻棒喝，有所感悟。我辈投入山林的怀抱，与高山流水相会，与明月清风为伴，饱览秀色，耳根清净，又何必重提尘世的未了之缘呢！看来我还未脱俗矣。

此时，空山寂寥，云淡风轻，春日的阳光暖融融的，树木竹林舒展着嫩叶新枝，崖上的杜鹃花悄然怒放。远山近岭，鸟声啁啾，在山谷之中遥相呼应。我坐在九峰寺前的石台上，喝着和尚送来的煮开的泉水，默默眺望周围的群山，心中一片空茫。耳畔不时回响着桥下的潺潺流水，如诉如歌，忽高忽低，忽有忽无。

挥手告别和尚，见他双手合十，掉头返身步入山门，又将山门紧闭，我便从山前一条羊肠小道踏上归程。这条弯弯曲曲的山径，蜿蜒于深谷，林木郁闭，山溪尾随，忽有飞瀑流泉，忽有一泓深潭，杂木丛生，野花芬芳。我方知道，当年我家避难山中，走的便是这条无人之径，那道上磨光的石阶当是留下了先人的足迹啊……

庐山在1996年被联合国教科文组织遗产委员会列为世界文化景观遗产名录。目前我国拥有29处世界遗产，其中有的是自然遗产，这是指具有独特的自然历史和地质结构、生物群落形成的自然景观，如九寨沟、云南的三江并流、湖南的武陵源；另一种是文化遗产，它包括具有重大历史与艺术价值的人工建筑群及考古遗址、历史名城、洞窟陵墓、碑刻雕塑等，如长城、天坛、平遥古城、丽江古城、明清故宫、秦始皇陵、莫高窟等。此外还有自然与人文两者兼而有之的文化和自然遗产，黄山、泰山、武夷山和峨眉山—乐山大佛风景区即是属于此类。

庐山列入世界文化遗产，也很有意思。庐山群峰竞秀，云海茫茫，高山植被繁茂，飞瀑流泉众多，按理本应列入自然遗产，但是，浓厚的历史文化底蕴又赋予庐山与众不同的特色，这座名山自东晋以来便是佛教圣地，更是历史文人墨客流连忘返之地，陶渊明、李白、白居易等大诗人，留下了数以千计的诗章名篇；不但如此，近百年来，中西文化又在这里交汇，大量西式别墅与西洋建筑，以及积淀的人文景观，形成庐山独特的文化背景。这大概正是将它列入世界文化遗产的理由吧。

不过人们往往忽视一个问题，这就是当一个具体的自然景观，列入世界遗产名录，它的属性就发生了变化。世界遗产公约的制定，以及世界遗产地的确立，其宗旨是对不可再生的、极其珍贵的自然与人类遗产的保护，因为这些遗产是地球上无与伦比的瑰宝。"公约"明确指出："保护不论属于哪国人民的这类罕见且无法替代的财产，对全世界人民都很重要，考虑到部分文化或自然遗产具有突出的重要性，因而需作为全人类世界遗产的一部分加以保护，考虑到鉴于威胁这类遗产的新危险的规模和严重性，整个国际社会有责任通过提供集体性援助来参与保护具有突出的普遍价值的文化和自然遗产，这

莲花瀑

种援助尽管不能代替有关国家采取的行动，但将成为它的有效补充"，这清楚地表明，一旦列入世界遗产名录，顾名思义，它就是"世界"的遗产，而不再仅仅是一个国家、一个地区可以任意支配的"遗产"。尽管这个"遗产"谁也搬不走，还是在本国本地，你却只能在世界遗产公约规定的约束下，在保护的前提下利用，而绝不能任意妄为，大兴土木，搞破坏性的建设之类劳民伤财的工程。"公约"指出，文化和自然遗产受到严重的特殊危险的威胁，如发生蜕变加剧、大规模公共或私人工程、城市或旅游业迅速发展计划造成的消失威胁；土地的使用变动或易主造成的破坏；未知原因造成的重大变化。随意摒弃、武装冲突的爆发或威胁；灾害和灾变；严重火灾、地震、山崩、火山爆发、水位变动、洪水和海啸等。委员会在紧急需要时，可随时在《处于危险的世界遗产目录》中增列新条目并立即予以发表。对于人为的破坏，世界遗产公约委员会就将干预，给予黄牌警告，直至从世界遗产名录中除名。那就是国家的形象问题，必将受到世界的谴责。道理也很简单，因为这不是可以自行支配的财产，而是属于全人类的"世界遗产"。

近些年，我国的一些世界遗产景区发生的诸如大兴土木，建世界第一的观光天梯，建度假村和观光索道以及开山凿石，毁坏古建筑和林木的事件屡见不鲜，已经敲响了保护世界自然和文化遗产的警钟。我对庐山的探访虽然为时甚短，但也看到一些令人担忧的现象：周边地区尤其是山麓地带溪流污染、垃圾随意倾倒的脏乱差现象触目惊心；以开发旅游为名，在景区开山凿石，伐木毁林、营造大煞风景的房舍和假古董，破坏自然景观和人文景观之风屡禁不止。究其深层次原因，大概都是管理体制混乱、各自为政、利益驱动带来的恶果。这不能不引起地方当局的重视。

春光明媚的庐山是美丽的，但愿人们百倍珍惜这天赐的人间胜景……

瓷都春色

　　一团熊熊燃烧的火焰，映衬着大道两旁翠绿的春山，像是三月的映山红，吐出血也似的花朵，扑入眼帘。而在不远的十字街头，又见到五颗晶莹剔透的水滴，像是落在树叶上的水珠，依恋不舍地长留在碧水长流的昌江之畔，静静地一动不动，那样动人。

景德镇古窑外貌

　　清明时节，去了一趟景德镇。长途大巴一进瓷都，我的眼球一下子便被这两座街头雕塑吸引住了。这一团火焰和几滴水珠的雕塑，构思奇巧，对比鲜明。那火焰腾飞跃动，虎虎生风，而那水滴静默无语，柔弱妩媚，我不知艺术家当初创作时的寓意，但我揣测这一刚一柔、一热一冷的造型，似乎是用最形象最简练的艺术语言，高度概括了瓷都的精髓。

　　不愧是闻名遐迩的瓷都，景德镇通衢大道的街灯，全是清一色青花粉彩的瓷制灯柱，那一杆杆通体洁净如玉、饰满花卉山水图案的圆形灯柱，顶托着花蕾般的路灯，像亭亭玉立的瓷都少女，笑迎八方客人。这是瓷都引以为自豪的标志，也是送给世人的一张名片吧。随着瓷制灯柱的指引，你走向横跨昌江的大桥，走向车水马龙的大街和僻静的小巷深处，也走近了瓷都久远的历史。

　　我们循着这特殊的标志，穿行在弯弯曲曲曲的林中小道。春山妩媚，林壑流荡着春光的舞影。起伏的丘岗，覆满青翠的树木竹林，老干新枝，缀绿

老瓷工演示传统制瓷工艺

染翠。光影斑驳的林下，新笋破土而出。远山近岭，布谷鸟的鸣啭随风而来。我们忘却路之远近，不知不觉走进了一个古老的瓷器作坊。

粉墙黑瓦的围墙，环抱着一个个宽敞的院落。墙外，一座简洁古朴的方亭，当中有一口井，石砌井栏，古井深深，波光闪烁。这井水当是为滋润瓷土所用。进入院内，一排房顶倾斜的作坊，是制作瓷坯的车间，房前院中的石槽堆满灰白的瓷土，细腻柔滑，状若面团。几名身着白布衫的老瓷工坐在檐下，面前皆有一个木制转盘。他们将一团瓷土置于转盘中央，随即用手推动转盘，那瓷土也快速地旋转起来。只见老瓷工从容地用手指在瓷土上端轻轻按下，瓷土便开始变形。那是一只具有魔法的手，凭着指尖的跳动，或压或挤，或两指并用，或拿一根竹签轻轻一挑，不一会儿，那无形的瓷土开始获得有形的生命，变成一只吃饭的碗、一只盛菜的碟子、一只花瓶或者一具造型古朴的扁壶……当转盘戛然停止转动，一只瓷坯就从那粗糙的大手中降生了。

黑瓦覆顶的作坊，上方搭着长长的木头架子，上面便放着一只只刚刚做成的瓷坯，檐下透风，不冷不热，瓷坯在自然条件下渐渐干燥成型。这是古老的传统工艺。

这仅仅是瓷器制作的第一步，在毗邻的车间，有年轻的女工用雕花刀在瓷坯上刻花，也有的用笔蘸着颜料在瓷坯上彩绘。这是细活，她们像刺绣一样精心编织图案，也像画家一样潇洒地描绘山水花卉人物。只不过此时的图案如同底片上的影像缺乏光彩，酷似一幅素描的草图。

制作一件哪怕最简单的瓷器的工序，实际上比我见到的还要复杂得多，分工很细。从瓷土的分选磨洗（俗称"练泥"）到制坯、上釉（又有釉上彩与釉下彩之别）、彩绘，每一道工序都容不得半点马虎。然而经过几十道工序完成的瓷坯仍然是半成品，它必须经过一番严酷的也是最关键的火的洗礼。

走出作坊式的院落，沿着小路前行百十步，前方是一座烧瓷的古窑，高敞的房顶伸出下粗上细的圆形烟囱，墙外堆放着码放整齐如小山般的松木柴垛。从宽阔的大门爬上一道斜坡，开敞的屋宇当中是一口砖砌的硕大瓷窑，穹状的窑体连接着伸出屋顶的烟囱。再从另一面坡道下到地面，只见一根根粗大的树干支撑着房顶，那树干也未加工，依自然形态树立着，仿佛是一个个粗壮的手臂。前方便是古窑的入口，像一个口小肚大的山洞，完全用砖块码放而成，窑顶为穹状，窑底向里倾斜。据介绍，烧瓷时要将瓷坯放在圆柱形陶钵内，依次放入窑中码齐，再填入松柴，才能点火封窑（如今为保护生态，烧窑已改用天然气了）。

这是最激动人心的时刻，瓷坯能否成型，釉彩能否变幻成理想的色彩，关键在于窑火的温度。于是，大自然古老的五大元素——金木水火土汇集一炉，1300多摄氏度的高温将平凡的泥土、圣洁的水、山林的精魂以及瓷工的智慧和憧憬揉在一起，在腾腾烈焰中燃烧、交融、蜕变、升华。烈火持续一天一夜，烧去残渣，扬弃杂质，脱胎换骨，貌不惊人的瓷坯终于获得新的艺术生命。当烧窑的总指挥（俗称"把桩师傅"）一声令下，开窑的时刻终于来临时，展现在人们面前的是一个五光十色的灿烂世界——过去在景德镇，人们常说"三年可以出一个状元，十年出不了一个把桩师傅"。"把桩师傅"全凭一双火眼金睛，判断窑火的温度，决定什么时候加柴，什么时候熄火，完全是长期经验的积累啊！

景德镇制瓷历史悠久，得益于当地一处名为高岭的地方出产一种可供制瓷的黏土矿物，这即是如今国际通用的"高岭

古瓷窑的入口

古老的穹形瓷窑

土"名称的由来。平凡如泥土的高岭土，经过一代又一代能工巧匠、高明画师的巧手，又经历烈火的洗礼，终于化腐朽为神奇，变为色彩缤纷、冰肌玉骨的瓷器。它们不分贵贱，服务众生，或进入寻常百姓家，成为须臾不离的餐具茶具，伴随着人间千年的风雨，连叫花子也有个讨饭碗哩。或进入紫禁城的帝王家，享尽富贵荣华，成为炫耀皇威的御瓷，目睹盛极而衰的铁的法则；它们也有幸成为文化使者，在东西方之间铺通一条五彩的陶瓷之路，给西方传送了中华文明的灿烂；有的也稀里糊涂进了拍卖行，对自己的身价千倍万倍地上涨感到晕眩，在它们的昏花老眼里，人间肯定有不少疯子……

走出古窑，出了院子，回眸望去，院门上方的门楣上只有两个大字——"陶冶"。我悚然一惊，原来先人早就在汉字中凝练了深刻的哲学内涵。陶瓷的生成须经火的冶炼，这即是"陶冶"的本意，引申开来，却别有深意。人之一生，但凡成功者，莫不是经历了一番"陶冶"的蜕变。修身治学、道德操守，乃至钻研科学、献身艺术、击搏商场战场，无不需要像瓷坯一样经受火的洗礼，在生活的烈火中陶冶。唯有如此，方能变柔弱为刚强、变无为而有为，改变命运，把握未来。

我又想到街头那两座雕塑，一团火焰和几滴水珠的雕塑，水与火的陶冶，铸就了瓷都千年的辉煌盛世，造就了多少传世珍品，它给予人生的启示，更是无限深邃、回味无穷……

马尾沟畔利公墓

一个风和日丽的春日，我在车公庄下车，从高楼林立的街区步行至马尾沟，经一番打听，拐进一条楼群之间的小街，便进了北京市委党校的后门。

北京西城的车公庄如今是车水马龙的交通枢纽，这儿给人印象最深的是空气污染指数经常位居全城之冠，可见汽车流量之巨。从车公庄折而往西，有一地名曰马尾沟，可以想见当年这一带乃是北京城外的一片农田菜地，弯弯的小

墓园的汉白玉牌坊

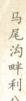

河蜿蜒其间，垂柳依岸，点缀着星散的村舍农家。那里在明代有一处松柏环绕的佛寺，原是太监杨某的乡间别墅，后因这位权势炙人的大太监失宠，为避风头改别墅为寺院，名曰仁恩寺。后因获罪而被朝廷没收，又名栅栏官地。当然，这已是400年前的陈年旧事，其间风风雨雨，物换星移，这阜成门外的一片城郊农田不知经历了怎样的变故。

进入大院，空旷的校园里，井然有序的楼房之间拥有一片绿草如茵的大草坪，这在寸土寸金的城里也属罕见。草坪当中松柏丛生，簇拥一处静谧的墓园。墓园坐北朝南，前有一座汉白玉牌坊，穿过长青树丛的绿篱夹道，便是灰砖砌筑的围墙，墙内碑石林立，沐浴着春日和煦的阳光。四周静寂极了，除了几位校工正在为草地浇水，几乎不见人影。

这里便是在京传教士的公墓。其中最醒目的便是我要寻访的利玛窦的墓地。青砖花围墙圈起的墓园占地不大，又分为东西两处。东边的一处有墓碑

数十块。西边的一处有墓碑三块：中间为利玛窦，左右首分别是汤若望、南怀仁。这三位西方传教士，都是明清时期在中国传播西方文明的著名人物，如果要研究现代科学技术在中国的发展，不可能不提到他们的名字。

利玛窦的墓碑上刻着"耶稣会士利公之墓"，墓志有拉丁文和中文两种，字迹清晰，其中文志云："利先生，讳玛窦，号西泰，大西洋意大里亚国人。自幼入会真修，明万历壬午年航海首入中华衍教。万历庚子年来都，万历庚戌年卒，在世五十九年，在会四十二年。"

利玛窦（Matteo Ricci，1552—1610）是明末来中国的天主教传教士，号西泰，生于意大利的马切拉塔（Maccrata）。万历十年（1582）奉派到澳门学中文，后抵广东肇庆传教，以后又在韶州、南昌、南京至北京，与中国士大夫结交。他是最早叩开中国的大门，把天主教传入中国，并向中国传播西方文明和科学技术的西方传教士，也是向西方介绍中华文明的重要人物。他带来了世界地图、地球仪、天体仪，传授西方数学、几何、力学等科学知识。万历二十九年（1601），再次抵京向明神宗朱翊钧进献自鸣钟、八音琴、三棱镜以及天主像、圣母像等。万历很感兴趣，于是利玛窦获准长驻北京传教，并在宣武门内修建北京第一座天主堂（即南堂）。

万历三十八年六月即1610年5月11日，利玛窦在北京病逝，享年58岁。依照惯例，客死中国各地的传教士都必须迁葬澳门神学院墓地。利玛窦生前曾有在京郊购买墓地的愿望，而传教士和中国教友更希望得到皇帝的赐地埋葬利玛窦，这就等于认可教会和天主教在中国的合法存在了。经过一番周折，万历皇帝特批，将阜成门外二里沟（现马尾沟12号法国教堂后侧）没收的杨太监的佛寺——栅栏官地拨给利玛窦作为墓地，同年十二月下葬。他也是第一个安葬在北京的西方传教士。

利玛窦墓西面，为汤若望之墓。汤若望墓志为："汤先生，讳若望，号道未，大西洋日尔玛你亚国人也。自幼入耶稣会。明天启甲子年来中华行教，崇祯庚子年钦取修历。至顺治二年，清朝特用新法，恩赍有加。卒于康熙四年乙巳，寿七十有五。"

汤若望（Johann Adam Schall von Bell，1591—1666）是德意志人，明万历四十八年（1620）偕金尼阁等22名教士至澳门，两年后至广州，后赴北京

传教士墓地的石碑

学习汉文。曾去西安、南京等地传教。崇祯三年（1630）受明廷召至北京管理历局，编成《崇祯历书》137卷，受命监铸西式大小火炮。清兵入关后，于顺治二年（1645）任钦天监监正，继又兼太常寺卿、光禄大夫等衔。康熙三年（1664）下狱，次年释放。著有《古今交食考》《主教缘起》《汤若望回忆录》等。

利玛窦墓东，为南怀仁之墓。墓志模糊，不易辨认。南怀仁（Ferdinand Verbiest，1623—1688）是清初来中国的天主教传教士，号敦白，比利时人。顺治十六年（1659）抵中国，曾被派往陕西。顺治十七年（1660）奉召至北京，协助汤若望修历法。后以汤若望案下狱，获释后幽居北京。康熙七年（1668）复被起用，掌钦天监，奉命制造天文仪器，康熙十七年（1678）著成《康熙永年历法》32卷，也曾奉旨监造大炮数百尊。著有《仪象志》《赤道南北星图》《教要序论》等。

关于汤若望、南怀仁，暂且不表，还是谈谈利玛窦与中国科学技术发展的历史渊源。

明代的石刻花瓶

在中西文化交流史上，尤其是向中国传播现代科学技术，催生现代科学技术在中国的诞生，利玛窦是功不可没的。虽然，欧洲的传教士是一手举着圣经和十字架，一手举着代表西方文明的科学技术的成果，叩开中华封建帝国紧闭的大门的。前者是他们不辞劳苦、坚忍不拔地前往中国的目的，后者只不过是诱惑中国人的钓饵。就如医生哄孩子吃药先给一个糖果一样。关于这一点，利玛窦本人也直言不讳，在《利玛窦中国札记》中，有这样一段精彩的自白："多少世纪以来，上帝发现了不止用一种方法把人们吸引到他身边。垂钓人类的渔人以自己特殊的方法吸引人们的灵魂落入他的网中，也就不足为奇了。任何可能认为伦理学、物理学和数学在教会工作中并不重要的人，都是不知道中国人的口味的，他们缓慢地服用有益的精神药物，除非它有知识的佐料增添味道。利玛窦神父是用对中国人来说新奇的欧洲科学知识震惊了整个中国哲学界的，以充分的和逻辑的推理证明了它的新颖的真理。"（利玛窦、金尼阁著：《利玛窦中国札记》第四卷第五章）

当时西方传教士带来用以垂钓中国知识界的欧洲科学知识，如今看来，有些是小学生都懂的常识，然而正是这些科普知识使中国知识界最有学问的饱学之士为之倾倒，拜倒在西方传教士的足下，这不能不说是令人感慨的。据《利玛窦中国札记》提到的，当时中国人不知道地球是圆的，不知道月食形成的原因，不知道有空气，没有见过有关地球整个表面的地图……利玛窦正是以西方的科学知识的传播，用《山海舆地全图》、天球仪、地球仪以及其他仪器，使一向自视博学多闻的中国士大夫感到羞愧，认识到自己的无知。利玛窦用科学知识彻底动摇了中国知识精英的优越和自傲，于是进一步动摇他们的信仰，使不少人入了教，成为上帝的仆人，就是合乎逻辑的必然结果了。

然而最能诱惑中国官员甚至皇帝的，还不是欧几里得的几何和托勒密的宇宙观，而是利玛窦带到中国的堪称"高科技"的产品——自鸣钟、三棱镜之类。美国史学家丹尼尔·J.布尔斯廷的《发现者》一书，专辟一章"传教士的钟"，阐述了利玛窦是如何用自鸣钟叩开中国大门的。利玛窦花费了20年时间，想方设法要见到中国皇帝，以便争取到中国传教的合法性，但始终未能如愿。不仅如此，还屡遭迫害，身陷囹圄，差点送命。可是，就在这时，奇迹出现了，"一天，皇帝心血来潮，突然记起曾经看到过的奏本，说道：'那只钟现在哪儿？我是说那只自鸣钟在哪儿？就是那些洋人在奏本中所说从远道带来给我的那只钟？'"布尔斯廷说，这样，利玛窦才被释放出狱，他的礼品也被送进宫中。

　　送给万历皇帝的贡品中，有两座意大利最新式样的精美计时器：一座由摆推动的大钟，一座由发条推动的小钟。据说由于皇帝非常喜欢的自鸣钟，走着走着不再走了，"皇帝这时像弄坏了玩具的小孩那样，命令大太监限利玛窦在三天之内使钟重新走动。"由于皇帝的心血来潮，利玛窦期盼多年的夙愿终于得以实现。小小的自鸣钟的嘀嗒声，召唤着他走进神秘的紫禁城，他的任务是教会"奉派修钟的四位数学家……掌握了调整时钟的足够知识"。据说"从那天起，皇帝准许两位神父进宫为他那具爱不释手的小钟上发条。皇帝不但喜欢观赏小钟，而且喜欢听它鸣响报时。这两名神父后来成为皇宫中的要人。"利玛窦死后所以能在北京安葬，归根究底，也要感谢他送给万历皇帝的自鸣钟，万历爱屋及乌，于是以此作为回报吧。

　　布尔斯廷还特别提到："利玛窦和其后到达中国的耶稣会传教士，凭借他们天文与历法的科学知识，在中国朝廷内部产生了一定的影响。"由于当时中国古老的历法存在误差，皇家天文台钦天监预报日

食屡次不准。在古代，日食月食这种天文现象，往往有超出科学范畴之外的政治含义，预报不准的后果是相当严重的。中国历史上发生过多次因预报失误而人头落地的悲剧。然而，这对于精通现代天文历法的欧洲传教士却是一个极好的机会。据测1629年6月21日将发生日食，钦天监预测日食将从10时30分开始，持续2小时。但传教士却预报，日食要到11时30分才出现，只持续2分钟。于是一场激烈的较量以西方传教士的预报准确而告终。这不仅大大树立了西方传教士的威信，使他们获得皇帝的信任，也为明清时期聘用传教士执掌钦天监开辟了道路。汤若望、南怀仁即是如此。

由此也看出，欧洲传教士在中国的成功，在一定意义上，不是依靠上帝的力量，而是科学技术的无穷魅力。正是如此，尽管西方传教士力图让中国人皈依天主教的努力，似乎收效甚微，但他们带来的"钓饵"却意外地在中国萌发了探寻西方科学技术的兴趣。最具代表性的是明代著名科学家徐光启（1562—1633），他是万历三十二年（1604）进士，崇祯五年（1632）升任礼部尚书兼东阁大学士，崇祯六年兼任文渊阁大学士。徐光启最早向利玛窦学习研究西方先进的科技知识（包括天文、历法、数学、测量、水利等），并介绍到中国，他与利玛窦合译了欧几里得的《几何原本》（前六回），以及后来编著《农政全书》《崇祯历书》等，不仅在中国传播了西方的科学技术，也促进了现代科学技术在中国的起步。

据明人刘侗、于奕正著《帝京景物略》卷五，有"利玛窦坟"一条，"玛窦卒，诏以陪臣礼葬阜成门外二里，嘉兴观之右。"书中详细记载其墓的规制，"墓前堂二重，祀其国之圣贤，堂前碣石，有铭焉，曰：'美日寸影，勿尔空过，所见万品，与时并流。'"于今皆踪迹全无，我只见到明代石刻花瓶一对和墓门外一个明代石羊，一个石柱础，当是400多年前的遗物了。

南极夏至饮茶记——金涛散文

232

三不老胡同忆郑和

一日，自西安门乘66路公交车北行，过厂桥、刘海胡同，在蒋养房下车，又折回几十步，路西有一条东西向的胡同。抬头望去，胡同口的一家小店铺的外墙上方，有一块朱红漆作底白字的胡同牌儿，上书"三不老胡同"几个字，这正是我多日寻访的所在。

这条胡同似乎经过扩建，比起老城区一般的胡同要宽多了。东口离后海不远，向西走去，路南还留存一些旧房老屋，但路北却是一大片20世纪50年代兴建的红砖砌筑的楼房，不知是哪个机关的宿舍，隐藏在高墙之内。再往西走不远，这条胡同竟然被一条长巷截断，前面便是名字颇为时髦的另一条胡同，名曰"航空胡同"。

北京的胡同尘封了太多太多的文化积淀。也许是祖先留下的遗产过于丰厚，后世子孙也只能拣其最珍贵的稀世珍宝，向邻人炫耀，其他看不上眼的就三文不当两文地卖给收废品的了。我此刻漫步其间的三不老胡同，实在谈不上有可以炫耀之处，也难以发思古之幽情，没有古木森森，没有旧日楼舍，连它的名字也颇费解，为什么叫"三不老胡同"呢？

然而，倘若时光倒流到600年前，京城这条离皇城不太远的偏僻胡同（往南即是西皇城根），却住着一位名扬四海的人物，他就是明代伟大的航海家郑和。北京以名人为名的胡同也有不少，这条胡同因郑和的寓所在此，故原名"三保老爹胡同"，三保是郑和小名，世称三保太监或三宝太监。也许是年深日久，北京人的口音将"三保老爹"念成"三不老"，于是以讹传讹，倒是使后人不知其原来的本意了。

郑和在北京留下的遗迹不多，但是他在北京生活的时间并不算短。尤其是他从十来岁离开故乡云南昆阳州宝山乡和代村，被明朝大军掳掠，送进燕王朱棣的府邸当奴仆，他就一直住在北京（当时称北平府）。

　　明朝建国初年，首都定在南京。蒙古人建立的世界上最雄伟的城市——元大都（今天的北京），经过多年战争，破败不堪，人烟稀少，失去当年的繁荣了。连金碧辉煌的元朝皇宫，也被拆的拆，毁的毁，不复当年模样，只有今日城中北海（当年称太液池）西岸的一片宫殿保存较好，北边的是兴圣宫，南边的是隆福宫。这里就是权倾一方、握有重兵的燕王朱棣的府邸，自然也留下了郑和的足迹。只不过当年的郑和尚是无名之辈，自然也无遗迹可存。

　　1403年，朱棣从他的侄儿建文帝手里夺走了皇位，在当时的京城金陵（今南京）正式登基，是为明成祖，改元永乐，又称永乐帝。郑和也随朱棣到了南京。他因忠心耿耿，累立奇功，深得朱棣信任，授命统率舟师出使西洋，终于成就了一番惊天动地的伟业，成为彪炳史册的伟大航海家、军事家、外交家。从这以后，郑和风尘仆仆往来于茫茫大海，他在长达28年的岁月七下西洋，大部分时间是在海上度过的。只是船队返国，他才在南京小住些日子，如今南京白下区的马府街便是郑和府邸所在地（郑和原姓马，郑姓乃明成祖所赐）。

　　然而，永乐十九年（1421），明成祖偕众皇子皇孙以及文武百官，在刚刚建成的北京紫禁城举行隆重的大典，正式宣告明朝的首都由南京迁往北京。郑和也不能不在北京觅屋，随时听候皇帝召见，于是他便在离皇城不远的三不老胡同落脚了。不过，这时的郑和在北京每次待的时间不长，他主要的活动仍然是航海。永乐二十一年（1423）九月，郑和第六次下西洋返回时，一共邀请了亚非16国1200余名使臣随船来中国参观访问，各国使臣来到迁都不久的北京城，应邀出席明成祖车驾入居庸关的盛大仪式。在金碧辉煌的紫禁城，他们受到明成祖的接见，并献上各自携带的礼品。这一次，郑和因陪同外国使臣，在三不老胡同住了不少日子。

　　我在三不老胡同遇到一位老者，向他请教三不老胡同的掌故，老者顿时眉飞色舞地告之，那一片路北的宿舍楼，当年就是郑和府邸的位置，在郑和逝世后又改为祭祀郑和的祠庙，可见老街坊们还记得这位伟大的航海家。而且，这胡同的名称似乎也透露了明代人们对郑和的称谓，"三保老爹"这是

三不老胡同旧日街景

多么亲切的称呼，也许当年这位浪迹天涯的航海家回到北京，在胡同里遇到熟悉的街坊邻居，人们都会亲切地打一声招呼："三保老爹，您老回来啦！"

永乐二十二年（1424），中国的政治舞台波谲云诡。七月十七日，65岁的明成祖率大军与蒙古部落作战，在榆木川（今内蒙古多伦）突然病故。八月十五日，明仁宗朱高炽即位，改年号为洪熙。这位短命皇帝上台后干的第一件事，就是采纳反对派的建议，下诏废止远洋航行的"弊政"："下西洋诸番国宝船，悉皆停止。"明仁宗只当了不到10个月的皇帝，洪熙元年（1425）五月去世，继位的是明宣宗朱瞻基，年号宣德。

从洪熙元年（1425）到宣德五年（1430），整整6年，郑和很不得志。几万下西洋的官兵，奉明宣宗之命，一律"军转民"，干起了土木建筑工程的活儿——修缮南京的皇宫和坛庙殿宇。郑和自然也成天泡在建筑工地，当了大包工头了。大概从这以后，郑和很少来北京，三不老胡同的旧宅也人去楼空了。

宣德五年（1430）六月，明宣宗朱瞻基突然心血来潮，下诏重启下西洋的航海活动，也不提下西洋是弊政了。于是在事隔6年后又有了第七次下西洋。但这时的郑和已垂垂老矣，快60岁的人，名副其实的"三保老爹"了。

宣德五年闰十二月六日，郑和一行从南京龙江开船，由于准备工作千头万绪，一直拖到宣德六年（1431）十二月，郑和率领27550人的庞大船队才从福建闽江口长乐港正式起航。第七次下西洋由此开始。但是这时的郑和已远非当年雄姿英发，多年的航行生涯，积劳成疾，终于使他在宣德八年（1433）三月，病逝于印度的古里，相传他的遗体葬在印尼爪哇的三宝垅。如今在南京牛首山的郑和墓，据说只是他的衣冠墓。郑和魂归大海后，三不老胡同的旧宅，大概也就改为祭祀这位为中华民族争了一口气的航海家的祠庙了。至于何时荒废，已不可考。

"朱雀桥边野草花，乌衣巷口夕阳斜。旧时王谢堂前燕，飞入寻常百姓家。"三不老胡同如今也是夕阳西斜，野草不生，麻雀乱飞的景象，倘若决策者在此巷口立一块碑石，写上"钦差总兵、三保太监、伟大的航海家郑和曾居于此"几个字，不才确信，海内外文武官员及观光客至此，必定下车致敬，顶礼膜拜矣。

秋到白洋淀

　　白洋淀，久闻其名而未能亲睹，但它的知名度也不亚于家乡的鄱阳湖。孙犁笔下的芦花荡，湖上人家的诗意风情，出没于芦苇水荡的雁翎队的枪声，以及小兵张嘎的传奇故事，是记忆库中不曾忘却的一卷老磁带，只是这些虚幻的印象并非亲历的影像，而是文学艺术的魅力激化而生的想象罢了。

　　从北京到白洋淀，自驾车很方便，我是坐长途大巴去的。在永定门外的海户屯，有长途汽车站。清晨的海户屯一派繁忙，这里是城南批发窗帘、服装的集散中心，也营销加工服装的大缝纫机及各色布匹。推着三轮车、开着面包车的商贩们，熙熙攘攘，讨价还价，好生热闹。街上的小饭馆、早点摊子也多。

　　9点整，第一班长途大巴出发了。目的地是河北的安新县。白洋淀是河北大平原上的淡水湖，在干旱少雨的燕赵之地，居然有方圆366平方千米的水乡泽国，也是天赐的自然美景，其中有2/3水面就散布在安新县境内。近几年，靠水吃水的沿湖各地，依托白洋淀，发展颇有特色的旅游，也带动了当地经济的发展。

开车的司机是个和气的中年人，见我们这几个银发族去白洋淀，说你们该七八月里来。那时白洋淀十里荷花，芦苇荡里野鸭成群，煞是好看。这会儿，荷花谢了，芦苇也枯黄了，看个啥呢？司机是当地人，说的话一点不错。同行的王君只好调侃道：像我们这样的老家伙，也只配看看残花败柳啊……说罢，大伙儿哈哈大笑。

公路上车子不多，沿途的景色也很单调，目力所及，除了加油站、隔离墙和拦路的收费站，别无他物，这也是高速公路的无奈。过去，乡村公路沿途的农家、田野以及鸡犬相闻的田园风光，绝无可能见到了。只有道旁的火炬树，时不时以血也似的嫣红点缀着长天秋色，倒也平添几番诗情画意，给人无限欢喜。一个多小时的疾驶，便到了安新县城。听朋友说，过去安新也有古老的城墙，热闹的老街，如今柏油马路宽敞平直，两旁都是新建的办公楼和住宅，旧日痕迹荡然无存。市容倒是漂亮多了，但是总觉得这种没有特色的新貌，毫无美感也没有历史的厚重。你说它是安新也行，说它是通州、昌平、房山也可以。中国的城镇在现代化大潮的冲击中大多丢失了自己的面容，也丧失了自己的灵魂，只剩下大同小异的躯壳。如同整容的女子，漂亮是漂亮了，却也千人一面，没有个性和魅力了。这大概也是城市的世纪病，没法治了。

在长途汽车站下了车，换乘出租车去开会的酒店。白洋淀周边和湖中湿地，这些年大兴土木，盖了不少高规格的宾馆、酒店、度假村，兴建了游乐场，一些庙宇和景点也修葺一新。通向码头的道路十分宽敞，湖岸的商厦及服务设施也颇具规模。可想而知，当地为开发旅游的投入相当可观。据说荷花盛开的时节，白洋淀游人很多，宾馆客房的入住率甚高。只是我们来时已是旅游淡季，许多宾馆已经关门谢客，连职工也打发回家了。这也是北方旅游景点受季节影响的特点。

次日清晨，由住所步行至码头，沿湖边的大堤前行。大堤可通行汽车，大道上建有一座座小木屋，是出售当地特产和旅游工艺品的商亭，多半歇业，只有几家开门。这里有特色的商品是出自水乡泽国的红白莲子、莲心、芡实（俗称鸡头米）、薏米，还有野鸭蛋和家鸭蛋。白洋淀不只盛产鱼虾莲藕等水产，满湖的芦苇可编苇席、造纸，利用芦苇秆的天然色粘贴的芦苇画，做工精细，花鸟虫鱼、人物风景，无所不有，风格类似水墨画，堪称一绝。这是大自然无私的奉献。

秋天多雾，头天傍晚到湖边走走，视线被灰蒙蒙的雾霭挡住，只能见到湖荡中枯黄的芦苇，再往远处，什么也看不见了。蚊蚋成群，追逐而至，竟然如黑云在头顶飞舞盘旋，逼得我们落荒而逃。这天清晨，起了风，再向湖边走去，雾也散开了，码头堤岸下边停泊了许多待发的游船。前边伸出的高地，挺立着一座人工建造的巨型风帆标记，再往前便是晨光辉映的一弯湖水了。

游船是铁壳船，以天然气为燃料，倒也是清洁能源，除了甲板上放着一排排座椅，也没有更多的设施，很像是一辆敞篷卡车。上了游船，那船头座舱里的驾驶员便发动马达，向湖中驶去。深秋的清晨，还有些寒意，在无遮无拦的甲板上身上的衣服显得有些单薄了。

白洋淀是一个十分奇特的淡水湖，你几乎很难见到碧波万顷的浩渺水面，也看不到波涛汹涌的气势。当然这只是我见到的情景。那偌大的湖中散布的芦苇荡，实际上就是一个个大大小小的岛屿，把湖面分隔成一条条忽宽忽窄、弯弯曲曲的水道，宛如纵横交错的河网。地势较高露出水面的沼地，清一色的芦苇，估计涨水时节，芦苇荡也会没入水中；而在枯水时节，如眼前所见，芦苇荡便像小岛一般浮出水面了。

地势更高的地方，倘若涨水时节也安然无恙，便是水乡村落的落脚之处。果然，听导游小姑娘说，白洋淀中有3700多条沟壕、河道，大小不一的芦苇荡有12万亩，还隐藏有36个村庄，以至于整个湖面形成大小不同的146个淀泊，大的有2万多亩，最小的才有100多亩。

不难想象，在芦苇茂长、荷花盛开的时节，船行在淀泊之中，景色虽是迷人，却也很易迷路。倘若不是熟悉地理的人，一头闯入迷宫似的芦苇荡里，绝对是很难找到出路的。想当年，白洋淀的雁翎队出没芦苇荡，伏击日军，正是倚靠得天独厚的"地利"，打得他们蒙头转向哩。

我们在这巨大的水上迷宫穿行，视线所及，景致倒也变幻无穷，这也是白洋淀不同于其他湖泊的独特之所在。沿着弯曲的水道，两旁是茂密的芦苇丛，那高及丈余的芦苇密不透风，宛如华北平原的青纱帐，向天际伸延。

南极夏至饮茶记
——金涛散文

船行其间，如泛舟运河，不禁想起当年在威尼斯的夜游。美中不足是时届深秋，芦苇失去夏日的勃勃生气，叶子开始泛黄，快到了开镰收割的日子。水道深处的沟壕之间，时而还能在水面发现残荷的枯梗败叶，令人联想起"映日荷花别样红"的盛况，但也印证了"花无百日红"的人生哲理。

一路上，也能遇上当地渔民的小船，有的载着收割的芦苇，有的是撒网打鱼，都是划桨的木船。再往前，渐渐接近了白洋淀的村落了。淀泊中出现了围起的一方方鱼塘，不时还能看到一个个立在湖上的小棚屋，在镜子般的湖面投下晃动的光影。一打听，方知那是渔民们看护自家承包鱼塘的临时住所，如同瓜地里看瓜人的窝棚。不多一会儿，游船开进了壕沟似的狭窄水道，岸边出现了掩映在树丛中的一座座农舍，房屋砖墙平顶，有采光很好的玻璃窗。淀泊中的农舍多是平顶，是因为这里土地紧缺，农民收割的芦苇便放在房顶上晾晒，这也是因地制宜的好办法。在一处村落附近，停靠着运输的铁壳船，上面堆满砂石砖块，岸上的一台手扶拖拉机正在忙活，几个农民在挖沟掘土，似乎是修砌护岸的砖墙。生活在淀泊的农家出门要坐船，生活用品、建筑材料完全靠船运输，也很不方便。但我也看见有电线穿过芦苇荡，估计这里也村村通电了。

回程路上，途经几处很具规模的水上游乐园和楼阁飞檐、金碧辉煌的宾馆，但已人去楼空关门大吉，宣告了一年一度的冷清。游船掉转船头，匆匆而去，忽听得阵阵金属的敲击声，忽起忽落，从水上传来。循声而去，只见几艘散开的木船上一人荡桨，一人坐在船头敲打什么东西，声音是从船上发出的。问导游方知，这是白洋淀捕鱼的传统法子，渔民击打铁器，以响声惊扰鱼群，然后才下网，这也如同猎人围猎时以猎犬的狂吠声和号角声惊扰林中野兽一般。果然，再往前不多远，遇见了几艘小渔船，每艘船的木架上都蹲守着七八只虎视眈眈的鱼鹰，看来一场由人类导演的生死搏斗，瞬间就要爆发了。

时间不允许我们观看鱼鹰对鱼儿的捕杀，游船加快马力，向码头疾驰，我们的游程也将结束了。

在我的文字即将结束时，细心的读者会发现，我对白洋淀的湖水只字未提，这并非我的疏漏，而是很难下笔。

实际上，芦苇丛生，以及被分割成大小不同的146个淀泊的景象，从湖泊的生命史上，预示白洋淀已经进入老年期。白洋淀是湖泊，也有人称它是湿地，或者是湖泊向湿地的演变，都意味着它的生命已经衰退，步入晚年。20世纪80年代，白洋淀像罗布泊一样已经死亡过一次，淀泊干涸，湖底种上了庄稼，还修了公路。如果不是引水工程，屡次补充水源，白洋淀也会像罗布泊一样成为历史的地理名词了。

如今白洋淀仍然为水所困扰。一方面，由于全球气候的变化，华北平原降水量普遍减少，干旱的大地导致北方的许多河流断流，而地下水资源也日渐枯竭，此外，经济的过快发展，水资源的透支，白洋淀的水源已无法获得天然的补给。因此，耗费巨资，定期"输血"——引水济淀，才能维持白洋淀的生命。它就像一个垂危的病人，靠输液输氧才苟延残喘，一旦停止输液输氧，很快就会宣告死亡。但是，这样的输血也是很有限的，对于普遍缺水的华北，引水济淀无异于剜肉补疮，拆东墙补西墙。除非出现奇迹，那就是气候发生巨大变化。这种被动的局面才能改变。

此外，眼下对白洋淀的存亡起关键作用的，还是上游及沿湖的城镇排放的大量污水造成的污染。我在游湖时所见，淀泊周边的村庄的生活污水未经处理，直接排入湖中，以致附近的湖水浑浊不堪，是普遍的现象。但比较而言，如果仅仅如此，尚不足以造成巨大的危害。听说如今最危险的，还是保定排放的大量工业及生活污水，定期由一条府河注入白洋淀，导致水质恶化，鱼虾大量死亡的现象屡屡发生。这种情况如不采取措施予以纠正，白洋淀的绿水碧波是很难再现的，而白洋淀的旅游业和水乡风光，完全是建立在洁净的一泓碧波之上的，它当然也关系当地老百姓的生计和社会安定。

白洋淀的生态系统，看来是很脆弱的。这颗河北平原上的璀璨的明珠，需要人们切实爱护它，不要让它迅速衰老，以致消失。这当然也是很不容易的事。

甪直行

"万盛米行的河埠头，横七竖八停泊着乡村里出来的敞口船。船里装载的是新米，把船身压得很低。齐船舷的菜叶和垃圾给白腻的泡沫包围着，一漾一漾的，填没了这船和那船之间的空隙。河埠上去是仅容两三个人并排走的街道。万盛米行就在街道的那一边。朝晨的太阳光从破了的明瓦天棚斜射下来，光柱子落在柜台外面晃动着的几顶旧毡帽上。"这是叶圣陶先生著名的小说《多收了三五斗》一开头的文字。我是读初中时从语文课本中熟悉这篇文章和作者的名字，那还是半个世纪以前的陈年往事了。

江南入夏以来最闷热的一天中午，顶着骄阳，我沿着古镇民居依傍的河道，踯躅在仅容两三个人并排走的街道，过了一道石桥，迎面的粉墙上有个大大的"米"字，走上几十米，河边有一座大院子，门额悬挂"万盛米行"的横匾。

万盛米行门前搭起高高的凉棚，河埠头比镇上的街道稍宽一些，很像如今城里高楼大厦门前的停车场，这当然是为了运粮船只卸货上岸的方便，也为了遮挡风雨。地上凹处有称粮过磅的磅秤。米行的门面很高，威风得很，进门左右便是柜台，如今只是象征性地摆放着算盘、木制的斗、斛，还有一些米和豆子的样品。按照小说中的描写，当年"米行的先生"就是在这里和卖粮的农民进行交易，讨价还价，压低收购价格，盘剥农民的。叶圣陶先生的小说《多收了三五斗》就是从这个独特的视角，描写农民的疾苦。种田的农民辛辛苦苦干了一年，因年收成好多收了三五斗，结果却因粮价大跌，收入反而不如往年，从而揭露了"谷贱伤农"这个永恒的主题。

小说最后还这样写道："'乡亲'还沽了一点酒，向熟肉店里买了一点肉，回到停泊在万盛米行船埠头的自家的船上，又从船梢头拿出盛着咸菜和豆腐汤之类的碗碟来，便坐在船头开始喝酒。一会儿，这条船也冒烟，那条船也冒烟，个个人淌着眼泪。小孩在敞口朝天的空舱里跌交打滚，又捞起浮在河面的脏东西来玩，惟有他们有说不出的快乐。"尽管是几十年前读过这篇文章，但我的脑海里还留有很深的印象。作者没有用一个字明写农民的悲苦，却用他们喝闷酒，以酒浇愁，以及天真不懂事的孩子们的嬉戏，来衬托出他们内心的忧愤和无奈。而那几句明明是白描的写景："一会儿，这条船也冒烟，那条船也冒烟，个个人淌着眼泪。"却是画龙点睛地道出了农民内心的苦痛。

我们来到的这个地方，是苏州一处具有水乡风情的古镇，位于昆山县和吴县交界处，它有个特别的名字叫"甪（lù）直"。与所有江南水乡的古镇一样，弯弯曲曲的河道，是古镇的血脉，也是奏出水乡古韵的一根琴弦。黑瓦粉墙的老屋枕河而筑，前门是河，后门也是河，狭窄的街巷，石砌的驳岸，隔不多远即是一座造型小巧的石拱桥，将两岸人家连在一起。如今这里见不到叶圣陶先生笔下的运粮船，倒是不时碰到钻出桥洞的游船，头裹蓝花白底头巾的船娘轻摇船橹，向游人招揽生意。沿河的小街也很热闹，小吃店、小饭馆、卖土特产的、卖影碟的、卖冷饮雪糕的……一家挨一家。

"万盛米行"据说是镇上特意保存下来的一处商号旧址，里面有两重毗连的院落，有宽宽的回廊和空旷的院子。高敞的厅堂如今是陈列旧式农具的一个小博物馆。最吸引眼球的是一面墙上工工整整地录下了《多收了三五斗》的全文，一篇经典小说与作家取材的地点如此巧妙地结合在一起，使人顿时有身临其境之感，也拉近了文学艺术与现实生活之间的距离。

说起这次寻访甪直古镇，也是因为热情的东道主的安排，为寻访叶圣陶先生的足迹而来。叶圣陶是苏州人，1917年应聘到吴县甪直县立第五高等小学，他和新婚不久的妻子同在这里任教。尽管他们在这里仅仅生活了四年半，但是乡村小学实施现代教育的实践，充实而富有成效的教学生涯，小镇富有田园风光的宁静生活，以及叶圣陶早期文学创作上的收获都与甪直镇息息相关，所有这些，都在叶圣陶的心中留下了无法忘却的印象。他称甪直为自己的第二故乡，并且把甪直作为自己最后的归宿——这里有叶圣陶纪念馆，叶圣陶的墓地也在这里。可见甪直在叶圣陶心目中的地位。

从一座石拱桥过去，穿过一条窄巷，迎面便是著名的保圣寺，千年古寺的历史可以上溯到梁天监二年（503），院落不大，珍藏着六朝造像、唐代经幢、明代建筑天王殿等文物。最珍贵的要数罗汉堂内的罗汉塑像，融雕塑绘画于一体，历经千年沧桑，具有极高的艺术价值。

出保圣寺山门，西行几步，古寺西院是一个很空旷的大院子，绿茵茵的草地旁边有一座凉亭，几株浓荫匝地、枝叶扶疏的银杏树，凌空挺立，很有些年头了。在一座曲池环抱、四角攒尖的方亭后面，隐藏着晚唐著名诗人陆龟蒙小小的墓地。这座方亭名为"清风亭"，亭子四面架有石砌的"小虹桥"，环抱的一方池塘又称"斗鸭池"，是后人为纪念隐居在此的陆龟蒙建造的。

院子另一角，与陆龟蒙墓地遥相呼应的，便是叶圣陶先生的墓地。拾阶而上，有一处石头栏板围起的高台，前方立着一座屋檐形的巨大墓碑，上书"叶圣陶先生墓"几个大字。同行的几位老前辈纷纷站在墓碑前方，让数码相机摄下他们的镜头。

关于墓地，叶圣陶的长子叶至善在《送父亲到甪直》一文中写道："地点可选得实在好，本来是片开阔的空地，又紧靠着纪念馆的后墙。70年前，我父亲和几位好朋友，还有我母亲，在这里教过书，试验过教育改革。站在墓前的石台上，可以望见新建的甪直小学，也可以望见我母亲当年教书的那座小楼。左首的斗鸭池和陆龟蒙墓，前头的保存着宋塑罗汉的保圣寺，都是我父亲和同事们的游息场所。父亲当年带着学生种瓜种菜的小农场，就在后头那块荒地上。三棵又高又大的古银杏，父亲是时常怀念的，曾几次出现在他的小说和散文中。"这是1988年写的。叶老也是这年2月走完了他长长的一生。

当我千里迢迢地来到叶圣陶先生安息之地，随后在毗邻的甪直县立第五高等小学旧址上建起的叶圣陶纪念馆参观，寻访当年的教室和他的书房时，我的思绪总是不由地想起我和叶圣陶先生会面的情景。如今面对墓碑，阴阳相隔，心情是很无奈的。

20多年前的一天，我找到北京东城区东四八条的一个四合院，访问了叶圣陶先生（人称圣翁）。进大门，有一道影壁，穿过玄关，即是方方正正的老四合院。坐北朝南的一溜正房当中是客厅，两边是卧室和书房，东西是相对的厢房，南边也有偏房，四周有相通的走廊，院中植有紫藤、丁香等花木。在北京城里，这样保存完好、独门独院的老宅如今不多了。由于事先在电话中约好，我们抵达后不久，慈眉善目的圣翁在长公子叶至善先生携扶下，

叶氏父子

来到客厅的沙发上坐下。那次采访，缘起某地发生殴打乡村教师的事件，引起舆论的关注。圣翁是著名教育家，又是民主党派的知名人士，我们请他就此发表看法。那天圣翁谈了些什么，如今记不得了。印象中圣翁耳朵有点背，说话又有浓重的苏州口音，我也听不太懂。于是整个采访过程有劳叶至善先生，他大声地对着圣翁转述我们的提问，在一旁翻译。这次采访很顺当，时间不长，很快告辞。报道也在不久后见报。同去的摄影记者罗明扬同志捕捉了珍贵的镜头，我后来也得到一份有意义的回报，是圣翁亲笔题赠的《叶圣陶散文》，这多半是叶至善先生的好意，否则圣翁也不会赠书给我这样的无名之辈。

这之后，再没有见过叶老，和叶至善先生却多了些接触，因为他是中国科普作家协会的理事长，有时在一起开会，或者参加科普作品评奖，我们都亲切地称他老叶。他是个性格开朗、待人诚恳的长者。记得有一次到他府上探望，老叶拿着一本新出版的薄薄小册子，用他那浑厚的男中音，一板一眼，哼起了古诗词。老叶告诉我，这是他将古诗词填入人们耳熟能详的老歌，编辑而成《古诗词新唱》。起初，他只是个人消遣，既能帮他回忆起久已忘却的老歌，又能背诵古典诗词。后来，引起同好者的关注，认为这对于提高孩子们的文化素养，学习古诗词是相当好的捷径，决定出书。于是老叶

忙着找乐谱，选诗词，还要长短合适，朗朗上口，边填词边唱，不断修改，乐此不疲。搞儿童文学的作家永远是年轻的。老叶就是这样一位爱生活、爱孩子的人。

自从叶圣陶先生去世以后，老叶力辞中国科普作协理事长之职，也尽量减少社会活动，为的是抓紧时间，完成《叶圣陶集》25卷的编校，浩大的工程把他累得够呛，几乎耗尽了他的全部精力。2003年的冬天，我去看望老叶时，他留起了胡子，银发长髯，长长的寿眉，但思维敏捷，记性好，看不出是85岁的老人。问他眼下忙着写什么，一旁给我们拍照的她的女儿小沫说，他正在写爷爷的传记，已写完15万字左右。老叶说现在精力差多了，每天最多千把字，少则几百字。那天，本想拉老叶去胡同口的孔乙己酒家小聚，几年前我们一起曾在那里品绍兴老酒，吃茴香豆，但这回老叶摇摇头谢绝了。小沫说入冬以来，老爷子没有出过门，可见老叶身体大不如前。也是这天，老叶除了送给我们新出的书，还特地送了一人一张他的照片。我们当然十分感谢，可事后想想，老叶也许是有深意的。

这些年，老叶每出一本新书都送给我，他生前最后的一本书是写父亲叶圣陶的传记，书名是《父亲长长的一生》，但唯有这一本，当我收到时，老叶不能亲笔题字，而是由小沫代写托人转交的。我这才知道，老叶病了，而且病得很重。这是2005年冬天的事，待我到北京医院去探视，他已经昏迷不醒了……

如今，叶圣陶和叶至善父子相继都走了。在甪直镇逗留的短暂时刻，不禁想起，这座江南古镇以她的古朴秀丽和宁静的水乡风貌，曾经给予一代文学巨匠叶圣陶难以忘怀的温馨，以致他愿意以古镇为长眠之地，听那长河上的桨声，听那古巷深处飘扬的丝竹，这绝不是偶然的。这也是甪直古镇的荣幸啊……

不过，我不得不说的是，这次访问甪直古镇，以及后来去参观上海著名的枫泾古镇。我是多多少少有些乘兴而来败兴而归。这两处江南水乡的古镇以小桥流水、临河民居、窄巷老街勾起人们怀旧的情愫，又以许多名人故居人文景观折射出历史的沧桑。多少年来，它们是画家笔下永恒的题材，也是海内外多少人寻根问祖的圣地。遗憾的是，维系古镇的生命之水，那弯弯曲曲穿行于家家房前屋后的小河，如今已是一条条臭水沟，趋向死亡了。沿着临河的老街一路走去，走上横卧河上的石桥，始终摆脱不了酱黄色的浑浊河水，在阳光下发出扑鼻的腐臭。环顾左右，酒旗飘动，楼榭临桥，颇有诗情画意，但你的视线不能俯看眼前的臭水浊流，那是令人作呕的风景。我很担心，长此以往，谁会千里迢迢跑来，花费不菲的门票，去游览一座臭水横流的古镇呢？古镇小河的污染之源，是否与太湖有关；或许，它本身也是污染太湖的众多河流之一？这些，我都不清楚。但是以经营旅游为生计的古镇，倘若也以牺牲环境为代价，它的前景是不难想象的。古镇因水而兴也因水而衰，恐怕已是为期不远了。这当然是我的井底之见。

回到北京，又翻开叶至善先生赠我的《父亲长长的一生》，里面有这样一段话，照抄如下："顺便说一说那年（指1934年）7月发表在《文学》创刊号上的《多收了三五斗》。有人说，我父亲当时写这篇近似报告文学的小说，曾回甪直作过调查。这是想当然。那时还没有临到动笔，再去现场体验生活收集材料之一说；何况我父亲离开甪直55年之后才重游故地。父亲跟我说过，那时甪直镇上并无米行，只镇口有个万盛酱园，四个大字写在雪白的围墙上，天天看见，印象很深，在小说中'万盛'就成了米行的名字。我相信父亲的话：因为他写的不是甪直，也不是别的哪个乡镇，而是盛产稻米的整个江南农村，又处在没落中一个阶段的开始。"

我想起自己在烈日下汗流浃背参观万盛米行的情景，不禁哑然失笑，又被善意地"忽悠"了一回。这大概也是文学与现实的差异罢……

重游武夷山

　　大王山庄，并非是山大王的营寨，而是我们下榻的一家度假村的名称，十几幢两层的小楼，簇拥着小巧的庭院，倒也幽静。踏着卵石铺就的曲径，登楼入室，来不及洗把脸，忍不住临窗远眺。此时落日西沉，只见武夷山颇具雄风的大王峰在暮色中扑入眼帘，雾锁山巅，平添了几分如梦如幻的意境。江山依旧，只是看山的人已非当年。弹指之间，阔别武夷山近20年了。重游旧地，自然会有一番感慨。这种感慨，是历史与现实、过去与现在的重叠，它贯穿在我的武夷山之旅的时时刻刻，也在我的脑海中引发诸多的联想……

　　从福州到武夷山交通很便利，有火车、汽车，还有飞机。我是从福州坐了6个钟头的汽车来到武夷山市的。这几年，福建修了很多高速公路，从福州经南平、建瓯、建阳的高速公路，有几十处长短不一的隧道，贯通大山腹部，有的长达5000米，工程艰巨可想而知。高速公路的贯通，为驾车前往武夷山提供了出行之便。

　　武夷山素有"碧水丹山"之美誉，如今又被列入世界文化与自然遗产名录。方圆70平方千米的武夷山风景区，在地貌学上属典型的丹霞地貌。丹霞地貌是水平状厚层红色砾岩，经流水侵蚀和重力崩塌，形成陡峭方山群状起伏的崎岖地形，多紫红色的孤峰、陡崖、岩洞、石柱等自然奇观。一条幽深清碧的九曲溪盘绕于丹崖群峰之间，两岸三十六座奇峰、九十九处秀岩，气势雄伟，千姿百态，有道是临水可观山景，登山可望水秀，乘上一叶竹筏顺流而下，水随山转，山光水色，交相辉映，三十六峰、九十九岩一览无余。古人有诗赞曰："三三秀水清如玉，六六奇峰翠插天"，"溪曲三三水，山环六六峰"，"曲曲山回转，峰峰水抱流"，一步一景，变化无穷，构成了奇幻的武夷山水之胜。其间更有距今约3800年前高插于悬崖峭壁之上的船棺，令人叹为观止；也有山峦峰巅之间的茂林修竹、浅滩深潭的醉人风景，令人流连忘返……

次日清晨，我乘车来到九曲溪的上游，在一座石拱桥下登上竹筏。竹筏由粗大的老竹捆扎而成，前头翘起，一个竹筏载客6人，一人一把竹椅，由两位年轻的船工，一前一后，撑竹篙顺流而下，七八只竹筏结伴而行。据船工讲，今夏台风数次袭击福建沿海，为害甚烈，远在闽北的武夷山也未幸免，暴雨狂飙冲毁道路，山洪暴涨，至今仍可见到洪水肆虐的痕迹。但入秋之后，九曲溪水位下降，两岸浅滩逶迤，只有一条清流曲折蜿蜒，山重水复，急流浅滩，船工需时刻提防竹筏搁浅或者碰上岸边的巨石陡崖。

江边竹筏

"武夷山水天下无，层峦迭嶂皆画图。"九曲溪是武夷山的精华所在，一条弯弯曲曲、清流如带的九曲溪水，萦绕着两岸秀拔奇伟、千姿百态的赤色山峰，水映山光，山环水转，构成一幅碧水丹山的绝妙画卷。沿着九曲溪水，分布着许多各具特色的风景点和名胜古迹，其中有冲佑万年宫（武夷宫）、宋代理学家朱熹讲学的紫阳书院（武夷精舍）、悬崖隙洞中的千年虹桥板和架壑船棺、历代的摩崖题刻，还有巍然高拱的大王峰，雄踞崇岗的狮子峰，亭亭玉立的玉女峰，拔地而起的接笋峰，珠帘垂空的水帘洞，别有洞天的小桃源，云雾弥漫的天游峰等胜境。古人有诗赞道："三十六峰真奇绝，一溪九曲碧涟漪；白云遮眼不知处，人间仙境在武夷。"武夷山如天下名山一样，不仅以其独具特色的旖旎风光享誉天下，而且融合了灿烂悠久的历史文化。千百年来，无数文人墨客游历武夷，或在武夷设馆授业，留下了千古佳话和华章墨宝，更是武夷山最为珍贵的无

249

形的文化遗产。

　　这次赴武夷山，途中曾去参观武夷山城村古汉城遗址。在一片山野之间，出土了西汉闽越王在武夷山建造的王城遗址，虽然年代久远，昔日的宫阙殿堂荡然无存，但城墙的残垣、宫殿的地基柱础，以及掩埋在衰草中的街巷路基、丘岗高台依稀可辨。闽越王的王城遗址占地48万平方米，是江南一带保存最完整、出土文物最多的汉代古城。当年武夷山麓的这座王城是南来北往的交通要冲，也是南北文化交融之地。尽管武夷山藏在深闺，人们却是不顾路途遥远，慕名而来，儒家、佛教、道教三教同山，尤其是被誉为"闽邦邹鲁"的宋代大儒朱熹在武夷山结庐讲学，授业传道，与这座雄踞东南的汉王城当有一定的历史渊源。

　　读《徐霞客游记》，可知明代大地理学家、探险家徐霞客从1616年至1633年（万历四十四年至崇祯六年）的17年间，曾五次取道浙江、江西，来到福建，可见福建的山光水色对他的吸引力。他的足迹北起"奇秀甲于东南"的武夷山，南抵闽南的九龙江畔，每次都留下了长短不一的日记，使我们得以窥见他的行迹。

　　徐霞客第一次到福建，目的是很明确的，这就是游览著名的武夷山。武夷山通常有广义、狭义之分。广义的是指位于江西、福建两省交界之处的武夷山，平均海拔1200米左右，最高峰黄岗山海拔2158米，是赣江与闽江的分水岭。徐霞客所游览的武夷山，位于崇安县西南10千米，则是指狭义的武夷山，也是我这次重游的武夷山风景区。徐霞客是1616年（万历四十四年）春天浏览武夷山的。这年正月二十六日至二月十一日，他浏览了皖南的白岳山（齐云山），继而登上了黄山，然后取道浙江直趋福建，于二月二十一日由崇安县城出发，仅仅用了3天时间，便将武夷山的胜景一览而尽。

　　徐霞客的旅行路线与我们现在的乘竹筏漂流不同：他于正月二十一日乘船从崇安县南门外沿崇溪顺流而下，三十里到达武夷溪与崇溪汇合之处。武夷溪即九曲溪，溪口矗立着进入武夷山的第一峰——大王峰，它的左边是峰顶平旷、正面陡峭的幔亭峰。傍峰临溪，是一座宫殿式建筑，即始建于唐天宝年间（742—756）的冲佑宫（俗称武夷宫），徐霞客从这里开始，乘小舟从九曲溪口逆流而进，从一曲、二曲、三曲……直到六曲。但见两岸千峰竞秀，水光映照，如在画中游。到了三曲，霞客特别留心溪流左边壁立千仞的大藏峰，在崖端的罅隙里，插着许多木板，上面斜放着一只木舟，这就是所谓的"架壑舟"。武夷山为古代闽越族栖息之地。朱熹写的《九曲棹歌》中，有"三曲君看架壑船，不知停棹几何年"的诗句，可见悬放在陡壁悬崖上的木舟，年代相当久远。"架壑舟"又名悬棺、仙船、仙脱、仙函，是秦汉以前当地古越族的一种葬具。据《汉书》记载，古越部族是生活在水上的，船是他们日常生活中的主要工具，为让死者在幽冥中继续享用，故用船棺作葬具。新中国成立后，福建省博物馆在武夷山北山白岩距地面51米高的悬崖洞穴内，发现了一具船棺，经测定距今已有3800年。

到了六曲，因水急滩险，船不能继续前行，徐霞客便舍舟登岸，进入接笋峰和仙掌峰之间的"云窝"，寻找登临隐屏峰的路径。他从陡峭的接笋峰岩壁间的石阶拾级而上，经过狭窄的"茶洞"继续向上攀登。到了绝壁之处，有木梯贴着崖壁直上直下，木梯共有三截，上下81级。登上木梯，又有铁索横系山腰，崖壁上凿了一个个可以容足的斜坎。徐霞客攀索扶壁而上，一直登上隐屏山顶。在这四面悬崖的峰顶，居然有亭子踞立其巅，周围还长着青翠的竹子，犹如仙境一般。

从隐屏峰顶沿悬梯而下，徐霞客乘兴由崖壁屹立、"中有斑痕如人掌"的仙掌峰循崖北上，从山岭转行峡谷，峡谷的尽头即是三面壁立的天游峰，峰顶有一座亭子。天游峰西为仙掌峰，东接仙游岩，三峰下合，到顶分而为三。徐霞客登上天游峰顶，纵目四望，九曲溪的清溪在峰峦之间环绕的胜景，历历在目，因此徐霞客认为天游峰"其不临溪而能尽九溪之胜，此峰固应第一也"。

第二天，徐霞客继续沿着九曲溪，游览了溪流右岸的景致。他先到坐落在七曲溪以北的三仰峰下面的"小桃源"，这是一个乱石崩崖堆成的天然门洞，由洞口躬身而入，即是四面被丛山环抱的盆地，中间有平整的农田和曲折的溪流，四周是苍松翠竹，听得见村庄里传来的鸡鸣和人声笑语，身临其境，仿佛来到陶渊明笔下的世外桃源。

八曲中逼近溪旁的一座高楼是鼓楼岩，徐霞客从鼓楼岩西面，穿过山坞，攀上八曲最高处的鼓子岩，岩高如城堡，下面的深坞如同一条长长的廊道，其间横栏架屋，这便是鼓子庵。为了穷九曲之源头，徐霞客继续向西直趋三教峰，然后登上灵峰。从这里向南眺望，可以看到九曲溪的上游，一道沙洲横卧溪流之中，从西而来的溪流在这里分流环绕，到九曲合流为一。沙洲两旁山势渐开，九曲到此也就算到了尽头。

这时，徐霞客忽然发现北面有一座十分奇特的山崖，上下均是陡峭的绝壁，唯有一道狭窄的缝隙横贯其间，"须伏身蛇行"，才能通过。徐霞客很想试一试，便从绝壁的缝隙中穿行，不一会儿，这道缝隙逐渐狭隘，绝壁也更加险峻，他开始还可以躬身弯腰而行，接着只能"膝行蛇伏"，转弯之处只有七寸高、一尺五寸宽，身外便是万丈悬崖，可谓危之极。但是，徐霞客毫无畏惧，仍然匍匐前行，胸背擦着岩石而过，就这样周旋甚久，方才脱离险境。

徐霞客这时已到九溪的尽头，于是又循溪而返，再一次饱览两岸迷人的景色。他隔溪观赏八曲的人面石，七曲的城高岩，又取道云窝，探访了穹窿窈窕的茶洞和阴森深邃的伏羲洞，并参谒了朱熹讲学的"紫阳书院"，然后顺流而下，但见"两崖苍翠纷飞，翻恨舟行之速"。船至四曲，徐霞客又登岸寻访素有盛名的一线天。但是，他在迷荆丛棘中徘徊甚久，却找不到去一线天的路。只得沿溪觅路，由大藏峰、小藏峰的山麓迤逦前行。但是这条路很快也中断了。这时，忽然有一条小船从二曲逆流而上，也是来玩的游客。徐霞客便同他们一道返回更衣台，这才找到虎啸岩南面的一线天。这是一座如同被利剑劈开的陡岩，深有百余丈，中间宽仅三尺，从岩下仰望，仅露一线光明，故有此名。

最后的一天，二月二十三日，徐霞客继续探访换骨岩、水帘洞等风景点。其中尤以水帘洞的流泉给他留下难忘的印象。水帘洞是武夷山最大的岩穴，岩壁高宽各数十丈，上凸下凹，岩顶有两条流泉终年不绝地倾泻而下，蔚为壮观。所以徐霞客记道："岩既雄扩，泉亦高散，千条万缕，悬空倾泻，亦大观也。"由于危崖下部嵌进去，上部突起，所以人们还在崖下建起几重亭舍，可以观赏飞泉溅落槛外、如同珠帘倒垂的胜景。

我们如今游武夷山，比起400年前徐霞客的访胜探幽，方便是方便多了，但也因而缺少了个人独特的经历。便捷的汽车将游人送到景点入口，走不了几步再去体验同样的感受，如同相机摄下的镜头也大同小异。这大约也是现代的观光与古代的旅游的差别。

提起武夷山，一路上便听见朋友一再谈起武夷山的茶。武夷岩茶生长在群山环抱的山谷之中，云雾滋润，日照甚少，"臻山川精英秀气所钟"，早在唐代就成为贡品，之后武夷山设御茶园，专制贡茶。明末清初，武夷山首制乌龙茶，成为乌龙茶的发祥地。我们沿着山中小径，进入山岭夹峙的一道幽深的山谷，小径两旁的狭窄田垄，便是一垄垄茶园。记得当年我也曾来过此处，道旁时有茶农的茅屋瓦舍，临溪搭建的凉亭供有茶水，也出售道地的武夷岩茶，别有一番山村野趣。如今这些皆荡然无存了。进入山谷的深处，倒是建有一座茶座，那是风景区的商业点，曲廊竹楼，颇具规模。对面半山腰处，有山石围起的一小块茶园，长有几株古茶树，貌不惊人，身价却不菲。这即是武夷山茶树之王，俗称"大红袍"，每年从古茶树采摘的新茶，不过七八两。据说今年这七八两"大红袍"的竞标价已高达人民币27万元的天价，这自然也不是寻常百姓品茗的武夷岩茶了。

与武夷山风景区珠联璧合的武夷山国家重点自然保护区，1979年被国务院列为全国5个重点自然保护区之一，总面积566平方千米。这里有茂密的森林、深邃的峡谷和华东大陆最高峰，保存了地球同纬度带最完整、最典型的亚热带原生性森林生态系统。已知的植物种类有3700多种，动物种类5100多种，是珍稀、特有野生动物的基因库，被中外生物学家称为"世界生物之窗"。1987年和1992年，分别被联合国教科文组织接纳为世界"人与生物圈"保护区和全球生物多样性保护区。遗憾的是，由于时间关系，这次武夷之行未能探访武夷山国家重点自然保

护区。

前后两次游武夷山，相隔近20年，最深的感受是变化太大。当年的崇安县已提升为武夷山市，这不仅是名称的变更，也意味着旧日的崇安县城的彻底消失，代之以一个完全现代化的新城。当年古朴的老屋、步行的小街、人情味十足的集市，以及山民农妇挑着自家出产的新茶、老笋和竹木用具在街头出售的场景，那多年浸淫脑海的历史画面不复存在了。

与武夷山风景区一溪之隔的武夷山国家旅游度假区如今楼房林立，这一溪之隔，竟是截然不同的两个世界：一边是天设地造的自然山水，一边却是现代建筑群挤占了目力所及的一切空间。高档酒店、度假村、宾馆、超市和整齐划一的饭馆酒楼商店，以及在总体布局上划分的旅游接待区、休闲度假区、高尔夫度假区、综合娱乐区和特色游览区等五大功能区和十五个功能小区，全然失去了地方的、历史的特色。追求时尚、追求经济利益的建筑群过多过分集中（据说仅宾馆就有上万家），与面积并不算大的武夷山风景区的原始风貌反差强烈，极不协调。这里实际涉及世界文化与自然遗产周边建筑的总体规模、建筑风格等问题，如果喧宾夺主、不伦不类，不仅大煞风景，也有损于武夷山的原始景观了。更加令人不解的是，在去大红袍茶树的山谷中，竟然发现山崖上古代的摩崖石被刻意铲去，重新刻上景区管理者自认为需要添加的诗词，这就未免太过分了。

因此有朋友问我两次游武夷山的观感，我只能说第一次游武夷山，我所见到的是一位纯情的山村少女，她集原始的纯净、天真而富有魅力于一身；而这一次，我所见到的是一位经过美容化妆的阔少妇，一身珠光宝气，披金戴银，尽管很时尚，却透出一身的俗气。这种感受，当然也是一家之言了。

雾啊，西双版纳的大雾

我站在澜沧江畔，久久凝望着那浑浊的、奔腾不息的江流，江面笼罩乳白色的朝雾，对岸的青山只能依稀辨出模糊的轮廓。我的右边，是沿着江岸伸展的一眼望不到边的香蕉林，那嫩绿的蕉叶上滚动着珍珠般的颗颗露珠。再往远处眺望，除了朦朦胧胧的淡绿色，一切都消融在浓密如幕的雾障里，难以分辨……

好大的雾！在西双版纳，几乎每天清晨都会出现漫天大雾。它像一幅铺天盖地的帷幕，包围了莽莽苍苍的深山老林，遮盖了平平展展的坝子上金黄色的稻谷；又如一缕轻烟掠过掩映在绿叶丛中的傣家村寨和缅寺的瓦顶。透过迷蒙的晨雾，可以看见傣家姑娘挑着水桶，三三两两来到澜沧江边汲水；也可以看见成群结队的自行车，载着新鲜的蔬菜和土特产，从四面八方拥向允景洪。雾越来越浓，越来越大了，我的衣衫上已经沾上了一层茸毛似的水珠，但我却贪婪地注视着澜沧江上变幻不定的茫茫白雾，我的心似乎也溶化在这浓如乳汁的雾海中了……

澜沧江畔

来到西双版纳，无论是在她的首府景洪市，还是在勐海、勐遮的傣家寨子里，或是在基诺人居住的攸乐山，我都被这弥天大雾吸引住了。这西双版纳特有的雾景，从黎明之前就悄悄升起，一直要持续到上午九十点钟。它使西双版纳迷人的热带风光更加妩媚动人，透过这遮天蔽日的大雾，我想得很多、很远。

此刻，和我并肩伫立江边的老岩却不是这样想的。他是个瘦瘦的傣族人，40多岁。老岩看我呆呆出神，捅了我一下，说道："走吧，有什么看头。现在每天有雾的时间缩短了，雾也小得多了。要是早20年，你到西双版纳，后半夜就起雾，拂晓之前雾雨蒙蒙，几乎看不见十步以外的景物，不到中午根本见不着太阳……"

我回过头，用惊诧的目光注视着老岩，他的脸色显得阴郁而严峻。"啊，那是什么缘故呢？"我问。

老岩不假思索地答道："什么原因？还不是森林破坏造成的！"

我默然了，欣赏雾景的兴致像被兜头浇了一瓢凉水，顿时冷了下来。的确，来到西双版纳虽然只有个把星期，但是无论走到哪里，也不论所遇到的人身份是怎样的，一谈起森林，他们的神情立刻会变得忧郁起来，就像一路上陪伴我的向导老岩一样。

谁不知道，西双版纳是举世闻名的"植物王国"呀！一位植物学家曾以自豪的口吻告诉我，西双版纳由于北部和东北部有青藏高原、云贵高原和哀牢山为屏障，挡住了北面寒流的侵袭，南来的印度洋西南季风可以长驱直入，形成了独特的热带湿润气候，加上复杂多样的山区地形，森林植被十分繁茂。有几个数字颇能说明问题：西双版纳的植物有4000~5000种，占全国植物种类的1/6；主要的珍贵、稀有树种有望天才树、毛坡垒、龙脑香、琪桐、石梓、麻楝、铁力木、黄杉、红椿、楠木、紫檀等，其中7种为国家保护树种。据初步统计，经济植物有千种以上，其中药用植物500多种，油料植物100多种，用材林100余种，还有香料、纤维、染料、树脂、树胶植物100余种，竹类50余种，红、白藤10余种。此外在西双版纳的植物宝库里，还有许多栽培植物的原始类型和野生亲缘种，如野稻、薏米、野荔枝、砂仁、云南大叶种茶、野三七等，有百种左右。倘若你知道西双版纳的面积仅

西双版纳密林

占国土总面积的0.2%，那么，你一定会为这块富饶的土地拥有如此丰富的植物资源感到震惊，并从内心深处感到骄傲。据说，以前傣族的村寨周围尽是参天大树，甚至连今天繁华的允景洪，20世纪50年代也是密林幽深、浓荫蔽日之所，不时有猛兽出没。当然，西双版纳的动物资源也同样丰富极了。亚洲象、印度虎、野牛、小鹿、苏门羚、懒猴、绿孔雀、原鸡、冠斑犀鸟、大灰啄木鸟、白颊长臂猿、银鼠、孔雀雉（云南亚种）、白喉犀鸟、棕颈犀鸟等珍禽异兽，都是这一带所特有的。据有关资料介绍，西双版纳有539种脊椎动物，鸟类占全国种数的1/3，兽类占1/4，被列为国家保护的珍稀动物就有38种。把"植物王国"西双版纳誉为"动物王国"，也是一样贴切的。

西双版纳不愧是祖国南疆一块碧绿的"翡翠"，它吸引着中外的动植物学者，人们把它作为研究热带雨林和季雨林生物群落的一个理想之地。当然，更主要的是，繁茂的森林使西双版纳富饶美丽。它调节了气候，使气候温和湿润；它滋润着大地，使大地肥沃；它控制了山洪，使绿水长流，四时不绝。森林在生态平衡中所起的重要作用，真是无法估量啊！

然而，从进入西双版纳以来，我沿着澜沧江的支流——流沙河向勐遮一路走去，不时看见一座座荒凉的山头。在杂草丛生的山坡上，东倒西歪地残留着烧焦的树桩，像坟地里屹立的朽烂的十字架和墓碑。这是大森林的坟地。不久以前，这儿还是林深叶茂，万壑鸟鸣，到处洋溢着生命的欢乐气息，可是，一场无情的山火凶残地吞噬了一切，毁灭了一切，给大地留下了令人惋惜的创伤……

我的感叹引起了老岩的一番议论。我记得，当我把自己的想法告诉他时，老岩那黝黑的脸上浮现出一丝苦笑，他摇了摇头，用低沉的声调说："这算什么哟，比这更严重的情况还多呢……"接着，他痛心疾首地告诉我，勐海县的一个乡干部，1979年5月初烧放牧场，引起森林火灾，大火延续了7天7夜，烧毁森林5000亩，估计烧死树木不少于26万株；勐腊县的放火烧山达到更为惊人的地步，毁林开荒25000多亩；仅仅一个村子因毁林开荒引起的森林火灾，延烧面积就有5万亩，受害森林4万多亩；另一个村也由于同样原因延烧森林达2万亩；小勐腊也因烧地引起山林火灾，烧光了120亩橡胶林……

情况的确是相当严重的。为了调查西双版纳全州森林资源消长的情况，我专程走访了州林业局的局长老孔。这位曾经在枪林弹雨中久经考验的退伍军人，听我说明来意，脸上顿时布满愁云。他默默地从抽屉里找出几张统计表给我。上面的数字完全印证了老岩向我讲的情况，他所说的放火烧山，他所说的西双版纳的大雾……只不过，情况比他讲的还要具体，令人触目惊心。

一份《西双版纳州森林消长情况表》提供了最新的几个数据：1959年，有林地占总面积37.3%，灌木林地占30.4%，这两项加起来的森林覆盖率是67.7%；1973年，有林地占总面积33.9%，灌木林地占25.3%，森林覆盖率下降到59.2%；而到了1980年，有林地只占28.1%，灌木林地占26%，森林覆盖率仅有54.1%了。

另一份由州林业局起草的《关于保护森林资源发展林业的意见》写道："1960年至1980年的20年毁林382万亩，平均每年毁林19万亩，这种破坏速度是相当惊人的，森林遭到严重破坏，引起生态平衡失调，水土流失，水源减少，气候变化，热带雨林气候逐渐向热带草原气候过渡，影响农业生产的发展。如不迅速改变这种状况，后果是不堪设想的……"

还有一份详细的调查报告写得更加具体："30年来，主要是近10年内，森林覆盖面积减少一大半，勐海县、景洪县、小勐养以南，勐腊县的西部、北部都基本上没有森林了，从莽莽林海变成了灌木林、灌丛藤冠群落、野芭蕉林、稀树草坡、高草地、飞机草和紫茎兰群落，特别是澜沧江、南腊河、南阿河、流沙洲等河谷的低海拔山坡，较为典型的热带雨林、季雨林，除少数陡山、石山之外，基本上全部被烧垦，经估测约在150万亩左右，其中农场烧垦了120万~130万亩，已经植胶42万亩，部分尚未成林。森林覆盖面积大幅度下降，不仅破坏了大量的、无法估价的热带珍贵林木，而且引起了气候的显著变化，严重影响了农业的发展和经济作物的生长……"据景洪、大勐龙、勐海、勐腊四个气象台的观测资料，西双版纳的气候出现了惊人的变化：降雨量明显减少，雨季缩短；蒸发量显著增大，空气相对湿度降低；年平均气温升高，夏季气温升高，而冬季变冷，近几年连续出现低温，造成大批橡胶林受灾冻死。就连西双版纳的迷人的大雾，也像老岩告诉我的那样，每天有雾的时间都缩短了，雾也小了……

我不忍心再折磨读者了，此刻我的眼前又出现了澜沧江上的茫茫白雾。雾啊，西双版纳的大雾，我希望你更浓更密，永远滞留在那绿色的山谷和森林上空，不要离开，不要把它们抛弃。这是我的一点小小的希望啊！

瑞丽江畔采风

金涛瑞丽江边

国与国接壤的边界，有时想想真是弄不清当初是如何界定的，这方面的史料多半无稽可考了。此刻我站在瑞丽江边，身后是富饶而美丽的滇西大地，但是在我面前，土质松软的河滩上，分明矗立着一座尖顶方柱的石头界碑，上面用红漆写着异常醒目的两个大字——中国。我清楚地知道，我走近神圣的国境线了。

我毫无障碍地越过界碑，走向异国的土地。看来，这脚下踩着的河滩以及眼前悄无声息奔流而去的瑞丽江（至少是目力所及的这一段），和那江水拍岸留下的卵石，都是属于缅甸辖下的领土了。这似乎是没有疑义的罢。

清晨，开阔的江面天高云淡，热带的骄阳刚刚露面便散发出灼人的热力。极目远眺，有几艘蚱蜢舟似的铁壳渡轮在江上往来，"嘟嘟"的马达声打破了边疆口岸的宁静。不多一会儿，一艘蚱蜢舟载着缅甸那边的边民靠岸。岸边没有码头，船工漫不经心地将铁壳船停在岸边，任乘客各显神通跳上岸。缅甸边民是来中国"赶街"的，他（她）们肩挑背扛，箩筐里装的是水灵灵的蔬菜、粮食和家禽等农产品。到中国边境的集市卖掉换回必需的生活用品，这种古老的交易方式大概绵延了几千年了。他们下空后，我们这些中国游客陆续上船，也没有座位，一律直挺挺地站着，好在航程不长，水流平稳，倒也是一种生活的体验。

船尾的发动机"突突"地叫唤起来，蚱蜢舟离岸而去，我挤在人群中，向对岸陌生的山林田野投去新奇的目光。

江对岸，是缅甸的南坎。

我这次赴滇，是相隔15年后的故地重游。感慨良多，一言难尽，印象最深的是云南的交通大为改观，发展之迅速出乎意料。

即如我从省城昆明到边远的德宏傣族景颇族自治州首府芒市，如果坐汽车，晓行夜宿至少要一个星期，那还要视公路是否顺畅，倘若遇到塌方之类不可预测的障碍，恐怕就无法可想了。如今航线直抵滇西边陲，飞行时间不过45分钟，万水千山，瞬息之间，令人不能不感叹现代化交通之便捷。芒市机场也很美观，傣族建筑风格的候机楼金顶高挑，花木扶疏的热带林木郁郁葱葱，更兼有热带灿烂的阳光，高远蔚蓝的晴空，令人心旷神怡。出芒市机场，平坦的柏油大道在宽阔的山间盆地——当地称"坝子"中蜿蜒，道旁是一望无际的橡胶林和热带森林郁馥的山岳，忽而一丛丛凤尾竹掩映的傣家村寨一闪而过，忽而高大的榕树旁矗立着金顶高耸洁白耀眼的佛塔。波光粼粼的瑞丽江上竹筏顺流而下，恬静而安详的农舍升起袅袅炊烟。汽车只用了一个多小时便将我送到毗邻缅甸的边境重镇——瑞丽。我是下午离开昆明的，当天傍晚，暮色升起之际，我就在瑞丽县城灯火通明的十里长街漫步领略边域的风采了。这在几年前根本是不可想象的。

芒市至瑞丽的途中，有人指点远处山岭间一条蜿蜒的公路，说那是遐迩闻名的滇缅公路，当即引起我浓厚兴趣。抗战时期，为解决战时物资的运输，支援中国的抗日战争，数以万计的中国军民劈山凿岭，遇水搭桥，越过雪山、怒山、高黎贡山，横跨澜沧江、怒江等大河峡谷，修通了昆明经下关、保山、龙陵、芒市至畹町出国境迄缅甸腊戌的滇缅公路，全长1146千米。抗战时期，数百万吨军用物资由滇缅公路运往中国，数十万远征军也由此出境与日军作战，这条蜿蜒于崇山峻岭的公路既是西南国际交通大动脉，也是战时的一条生命线。只是限于历史条件，滇缅公路曲折险峻，往来费时且诸多不便。改革开放以来，云南的公路建设突飞猛进，已非当年同日而

261

自昆明至下关的高速公路刻日建成，航空运输进步尤其迅速。如今从昆明去大理、丽江、保山、西双版纳等地，既有便捷高水准的公路，亦有快速的航线。

在旅游旺季，昆明飞抵西双版纳的航班一日多达十几趟。这对边疆经济发展、开发云南独具特色的旅游资源，无疑是极大的推动。

云南旅游业的发展，这些年很有起色，1999年昆明世博会的召开就是一个明证。在这方面，四通八达的陆上和空中交通网的发展，当是起到了举足轻重的保障作用。

造型庄重俏丽的佛塔和天生丽质的玉石，是南坎最迷人的风景和事物。对前者，我敬重；对后者，我则漠然。

到南坎一游，似乎没有多少出国的神秘感和新奇感。南坎，缅甸掸邦西北部的一个小县（称镇区），位于瑞丽江南岸，与我国边境口岸瑞丽隔江相望。

缅甸佛寺

小城给我的印象是浓郁的乡村的恬静，这里没有高楼大厦，没有车马之喧。沙石路面的街道两旁，散落着东一间西一间房屋，有砖瓦结构的，多是木板搭就的，泛出灰暗的黑色。街上静悄悄的，行人的脚步从容不迫，天真的孩子在房前跳绳，老人在大树的阴影下打瞌睡，偶尔有一辆自行车疾驶而过，或者窜出一辆破旧的吉普车卷起沙土，很快一切又归于沉寂。

南坎的生物钟是慢节奏的，慢得叫人浮想联翩。

我穿过静悄悄的大街，踅入一方农贸集市。这里是四乡农民出售农产品的市场。浏览农民兜售的鸡鸭鱼肉和各种水果蔬菜，我仿佛回到故乡的早市。农妇们头扎纱巾或发髻上插朵花，赤脚穿拖鞋，穿着打扮倒也清清爽爽。这里出售的日用品，不少来自中国，价格低廉，颇受当地人青睐。农贸集市的交易往往是一个地区经济状况的一面镜子。南坎坐落在万顷良田之间，气候宜人，物产丰饶，全县仅10万人，却拥有5万平方千米的土地，这

南极夏至饮茶记
——金涛散文

里是不该贫穷的。

清晨的农贸市场人头攒动，交易活跃，却很少听到吆喝争执的喧声。不论是卖者买者，虽然免不了讨价还价，却是悄声细语，笑脸相向，这倒使我少见多怪起来，这也许多少反映出民风淳厚的一面罢。

南坎的街市是极其寻常的，却是缅甸乡村真实而鲜活的画面，也许商品经济的大潮离这里还远，因而保存着乡野古朴的纯真。

在县城一隅的宝石城，鳞次栉比的店铺用中、缅两种文字写着出售各种玉器的牌匾，招徕来自中国的游客。经营者多是华侨。缅甸是世界上著名的玉石产地，曼德勒东北部群山之间的抹谷出产的红、绿宝石和玉石（即翡翠）最负盛名。南坎的玉石行主要出售翡翠制品和其他玉石饰件，如玉镯、玉器、玉雕、玉指环、玉牌，品种繁多，成色不一，价格高低颇为悬殊。能否识货，就看购买者的眼力了。

我所感兴趣的还是坐落在南坎村寨的座座佛塔古刹。缅甸是个佛教之国，南坎的曼坎佛塔、多奘寺、中心塔寺、曼拉寺、螺丝塔散布县城内外，或耸峙山岳之巅，或隐迹市廛街巷。金碧流辉的古塔，庄严肃穆的佛祖雕像，惟妙惟肖的佛祖圣迹的群雕，香烟缭绕、清净幽雅的佛堂圣殿，既是建筑艺术的瑰宝，也显示

缅甸的佛塔

了缅甸古代文化艺术的辉煌，构成了南坎颇有特色的人文风景线。

沿着流经国境线的瑞丽江，我从瑞丽走畹町、姐告一直到南坎对岸的弄岛。虽是走马观花，却也眼见处处大兴土木，挖土筑路，馆店林立，车来车往，一派忙碌兴旺景象。"风从东方来"，改革开放的大潮浸润边陲远疆，

毗邻缅甸的边境小城因地理位置得风气之先，率先成为引商集资的一个个对外合作的口岸。瑞丽是德宏州最早开放的国家级口岸，边贸进出口总值几占云南的80%。新辟的街道楼房林立，商场货摊百货杂陈。瑞丽的夜市是边城的一大景观，入夜灯火辉煌，人头攒动，蔚为壮观。不仅有大批内地客商和邻邦缅甸的商人，还有来自泰国、印度、巴基斯坦、阿富汗等国的商人和华侨来此经商、洽谈项目。

至于畹町，虽是全国最小的边境城市，人口不过万人，却因是滇缅公路中方一侧的终点而闻名遐迩。站在畹町桥头，中缅两国鸡犬之声相闻，边民漫步桥上自由往来，不禁令人感慨万千。畹町在抗日战争期间曾是我国唯一的国际陆路交通要冲，如今又是对外开放的重要口岸。一条宽40米，长3000米的长街穿城而过，两旁的楼房拔地而起。每天，进出畹町口岸的车辆川流不息，经畹町中缅友谊桥而奔向四面八方。

位于瑞丽江东南岸的姐告，原是三面与缅甸接壤的一个傣族村寨，仅有十几户人家，与瑞丽城一江之隔，形同"飞地"。得天独厚的地理位置使它一跃而为"姐告边境贸易经济区"，这个昔日地僻天荒的小村地价飞扬，吸引了中外大量投资。目前，姐告通向瑞丽的钢架便桥已横卧瑞丽江上，1500米长的新街幢幢楼群崛起，昔日界碑矗立之处，一条繁华的中缅街跨国界兴起，成为云南第一个外向型经济实验区。

源远流长的瑞丽江，源于莽莽苍苍的高黎贡山，经腾冲、龙陵、陇川、梁河等县至潞西遮放汇入芒市河后，称瑞丽江，经莫里峡谷、入瑞丽坝子，成为中缅两国的界河，然后穿山越谷，经缅甸东部汇入伊洛瓦底江。千百年来，瑞丽江滋润了中缅两国的肥沃土地，孕育了两岸各具特色的古老文化，但是岁月流逝，江水悠悠，它也目睹了两岸人民世世代代辛勤耕耘却无法摆脱贫穷落后的阴影。只有今天，随着国门打开，经济开放，人们才看到美好的前景。

瑞丽江畔，春潮涌动，眼前是一片希望的田野……

碧塔海

梦 之 湖

我在密密的原始森林里迷了路……

紧赶慢赶，翻过一道道山岭，等我们到达心仪久矣的碧塔海自然保护区，天色渐晚，已是下午5点了。

汽车停在山坡新辟的停车场，路在这儿已是终点。我们所要寻访的碧塔海，还在四五千米远的地方，到那里去必须穿过一片原始森林。

林子旁边有不少藏族和彝族的青年男女牵着马，用娴熟的汉话招徕生意。"路很远，不好走呀，骑马去吧……"他（她）们笑吟吟地向我们招手。

但我谢绝了马夫们的好意，不是舍不得花钱，我想试试自己的体力和耐力。

何况，原本就是来亲近大自然的，能有机会在莽莽苍苍的原始森林里漫步，何必要骑马代步呢？我寻思。

但是，我很快领教了什么叫自找苦吃。

这一片原始森林密不透风，浓密树冠连成了绿色的帐幕遮住了光线。时值雨季，连日阴雨绵绵，林下的枯枝败叶连同土层都浸泡透了，一脚下去竟是软软的烂泥。林中的树木多是冷杉，枝桠纵横，挂满蛛网似的寄生植物，一簇簇，一串串，沾满玻璃球般的水珠。雨是停了，高高的树冠仍然滴水不止，身上衣服很快湿透了。

我本想尾随驮人的马队而去，可是那条马蹄践踏的林中小道早已泥泞不堪，难以下足。于是只好自作聪明地寻觅蹊径，专找没有人畜践踏的林地，谁料想脚下的路好走了，那马队若即若离的铃声不知何时渐渐远去，消失在密林深处了。

突然，我发觉一切的喧声离我远去，林中只剩下我孤独一人。昏暗的密林之中，除了四周静穆肃立的参天大树，听不见虫鸣，听不见鸟声，只有我自己粗重的喘息。脚下，横卧着粗大的枯木，黑黝黝的，轻轻一碰即刻粉碎，那是很久很久以前树木的遗骸了。而这时，天色越来越暗，远处的林子被升起的暮色溶化，一片迷蒙。我屏声聆听，企图捕捉远去的马队的铃声，继而睁大眼睛，寻觅我的捷足的同伴们的踪影，不料声息皆空，唯有寂寞的孤独像潮水一般将我吞没。

我不禁慌乱起来，埋怨自己不该如此莽撞。天色越加昏暗，我又不知林子的深浅，倘若离目的地越走越远，岂不是要在湿漉漉的林地过夜。我还担心冷不丁窜出一条毒蛇，或者一只猛兽，谁知道这莽莽山林里窝藏着什么可怕的动物呢？想到这，浑身燥热起来，额头和手心里沁出许多汗。

我驻足不动，双手扶着一根权作拐杖的竹竿，打量前后左右。无论朝哪个方向望去，除了树木还是树木，看不出有任何差别，仿佛置身于凡尔赛宫的镜厅，无数的镜子映出的画面都极其相似。我甚至也不知我从何而来，更不知路在何方。我这才省悟到，我是真的迷路了。

也算是天无绝人之路吧，正当我举步彷徨之时，身旁几步远的地方，不知从哪里窜出一只浑身毛茸茸、乌黑乌黑的大狗。它是牧民的护羊犬，还是菩萨派来搭救我的神犬？我无从知晓，但这只外貌极凶极丑的黑狗对我并无丝毫恶念，只是一双炯炯发亮的眼睛死死盯着我。我们四目相视了几分钟，它随即跃过横在前面的朽木，像是召唤我跟它走。我也是平生头一回聪明起来，立刻领会它的用意，拔腿跟在它身后。这时的我很迷信，这只神犬定是领我走出迷津的。我这样想。

碧塔海

果然，走了没多久，脚下的林地倾斜向下了。隐藏山间的碧塔海定在林地的下方，这是可以肯定的。这时，那只领路的神犬突然奔跑起来，催我快走，而随着步履加快，树林渐渐稀疏，头顶的天空明亮起来，不大一会儿，那片原始森林被脚下茂密的野草代替了。

我终于走出了密林，那只神奇的黑犬似乎完成了任务，不再理会我，继续狂奔不已。我甚至来不及向它道谢一声，转瞬之间，它就消失在暮色渐起的草地了。

我的眼前是一幅梦里依稀见过的图画：

此时，那深藏在深山密林轻易不肯露面的碧塔海，终于半遮半掩地亮出了她的倩影。只是视线被青山遮住，无法一览她的全貌。我的脚下，杂草茂长的湖岸缓缓倾斜，那环湖的山峦森林郁馥，拥抱着一弯半月形的草地。草色泛着鹅黄，鲜丽明媚，柔美如毡，好似湖边晾晒的一块偌大的氆氇。远处，点缀十几头身披黑毛的牦牛，一动不动，似乎如我一样贪恋迷人的夕阳而忘记了归路。

这时，夕阳余晖快要燃尽最后的一点热力，泛着蛋青似的光芒，倒使人错以为抹在天际的光亮不像暝色而是黎明的曙色。天上的云彩乌黑凝重，山岚轮廓渐渐模糊。黑黢黢的山峦之间，闪出一弯沉静的波光，似动非动，如水银，似软玉，那便是碧塔海了。

湖畔突然传来人声，是先我而至的同伴的呼唤。我急忙循声而去，又走了500多米泥泞的小道，才算到达湖畔。

湖边的草地支起十余顶帐篷，白底蓝花的藏式图案的帐幕与景色十分协调，那是专为野外宿营的游人预备的。岸边有个木头搭的小码头，由此登船往来湖中。那些先到的同伴有的已泛舟湖中，余下的在码头边候船，我也加入了他们的行列。

看来，要想窥探碧塔海的芳容，必须登舟前往，方能一识她的庐山真面目呢！

碧塔海，云南迪庆藏族自治州首府中甸境内的断层构造湖，湖面海拔3539米，东西长3000米，南北宽度不等，窄处仅300米，最宽处1500米，群山环抱，洁净无比。她像一颗晶莹玲珑的绿宝石，镶嵌在横断山脉莽莽密林之中，很久以来鲜为人知，也因此至今保持了她的纯真。当摩托艇绕过一座树木葱茏的山峦，向湖心驶去时，这藏在深闺人未识的绝代佳人终于撩起神秘的面纱，顿时船上的人们屏声敛息，被她的美丽姿容所震慑了。

摩托艇划破了湖水的宁静，"嘟嘟"的马达声音单调且富有韵律。这时的我如在梦中，眼前朦朦胧胧的湖光山色恍若梦境。湖水清纯透亮，绝无尘垢，透出造物原始的圣洁之美。淡淡的暝色之中，明暗变化的水光摇曳着山岚丘壑的倒影，似幻非幻，似真非真，变化无穷，令人遐想不已。湖畔，那低低的穹状山丘，黑黝黝的古树新枝重叠交织，藤萝缠绕，几无插针之地。看见那些倒卧的枯木老树将半截身躯伸向湖水的情景，我不禁十分感动。我忽然想到那些树木都是有灵性有鲜活的生命的，它们从生到死厮守在湖的身旁，与她一起分享春日的明媚阳光，也一起共度凄风苦雨的黑夜，因此即使衰老枯死，也要依恋地躺在她的温暖的怀抱里……

山峦之间的湖岸，地势平坦之处，鹅黄嫩绿与山体的深沉黝暗形成色调鲜明的反差，那一带是水草丰美的高山草甸，藏族牧民放牧牛羊的最佳草场，也有藏民聚居的村落。只可惜天色将晚，我已见不到牦牛的影子，也无缘领略牧人引吭高歌的诗情画意了。

驾艇的船工是个年轻热情的藏族小青年，见我们远道而来，一路上滔滔不绝向我们夸耀美丽的碧塔海，就像情不自禁地夸耀他的情人。

"在我们藏语里，碧塔海是栎树成毡的意思，形容湖边的山上古栎之多。除了栎树，还有苍松、云杉，多得不得了。飞禽走兽也多，猕猴、云豹、麂子、金猫、藏马鸡、熊、松鼠……什么都有。

　　"你们来晚了，要是阴历五月端午前后，满山遍野的杜鹃花开了，那才好看。我们这里的杜鹃长得好高大，跟树一样。杜鹃花开的时候，碧塔海好像戴上花环头上插满鲜花的新娘子，要多美有多美……

　　"碧塔海的水很深，平均20多米，最深有40多米，水清见底，天晴时可以看见水底的游鱼。最妙的是碧塔海里有种独一无二的重唇鱼，世界上任何地方都没有的，你说怪不怪？！

　　"还有件好怪好怪的事情。杜鹃花开的时候，最好玩了，花瓣落入湖中，鱼儿吃了杜鹃花瓣，好像喝醉了酒迷迷糊糊，处在半清醒半麻醉的状态……"

　　我没能赶上杜鹃花盛开的时节，但我此刻也是半清醒半麻醉了。

　　碧塔海在晚风中沉睡了。暮色从湖面升起，向岸边的山林草场飘逸、扩散。天已经黑了下来，水色渐渐深沉，与周围的暝色交融在一起。四周静穆极了，连栖息在山林的禽鸟也停止聒噪，像是等待着黑夜庄严地到来。

　　我很长时间没有体验过大自然如此静谧幽远的氛围，碧塔海以它的宁静和庄重使我陶醉。

　　我在滇西北的中甸盘桓多日，领略了这里远离人境秀美超凡的山川魅力。我惊叹云霭中时隐时现的雪山冰峰的雄奇，我忘情于藏乡草原闲适幽静的田园风光，我对纳西族东巴文化的源远流长着迷不已，我也流连于香格里拉峡谷的奔腾急流。然而，我还是不能不说，在我心中留下最难忘怀的却是山中的这一泓碧波，这静谧如仙境的碧塔海——这梦中的圣湖，令我长相忆，给我无限的思念。

　　她是不曾被工业文明玷污的梦之湖。

　　回来的路上，我是骑马过原始森林的。我可不敢再迷路了。

记花莲

（一）

公路边上，一块浑圆天成的巨石竖立在另一块横放的石上，这是质地很不错的天然大理石，白里透黄的底色，周边缀着黑色的云纹，宛如一座孤峰的缩影。巨石上面，斗大一个笔力遒劲的隶书——"石"字，刀工很娴熟，又用红漆重重涂染一番，所以格外醒目。不清楚是谁将这幅作品摆在街头，对我这个外乡人来说，眼前的巨石，那简捷不过的一个石字，不用他人指点，我也知道这座小城的特色了。

小城的名字也很有趣，名曰花莲，位于芭蕉叶形的台湾岛东部。一个以盛产具有阳刚之气的大理石而闻名的地方，却赋予这般软绵绵、极富女性柔情的地名，你说怪不？

我带着好奇的目光徘徊在行人寥寥的街头。清晨，从台北松山机场起飞的一架客机，越过纵贯台湾号称中央山脉的逶迤山岭，只用了一个小时多一点的功夫，送我来到山与海之间的花莲。听人说，花莲的海岸屹立沧海，景色既惊险又雄奇，可惜我没有机会领略大海狂涛的风采，更无缘见到太平洋的排空浪花冲刷陡岸的壮观，视线之内，越过公路两旁一排排像列队的士兵静穆肃立的棕榈树林，山山岭岭绵延不绝，像是高低参差的屏风。

花莲是个山区，沿海有限的平川，山势并无多少特色，但是，越往里走，山也越高越发峻峭雄奇了。大概是距海近，潮湿的海风终日浸润，这里看不到大煞风景的濯濯童山，倒是无山不绿、处处清流的一派生机。峻岭陡坡，森林郁郁葱葱，随阴晴昏晓，距离远近，或如翡翠，或如碧玉，或如深沉的蓝宝石，或如莽莽苍苍的绿玛瑙，真是绿得叫人心醉。

我是随旅行社组团来花莲的。大巴士从平坦的公路拐入道旁一家蓬草

丛生、堆满石料的厂区，我和旅伴
走进一间比足球场小不了多少的厂
房。只见高高的操作台放着一座小
山，那是一块灰绿的巨石。起先，
只见水雾飞溅，白濛濛一片，刺耳
的噪声忽抑忽扬。定睛看去，身
穿胶皮衣裤的工人像蚂蚁一样在巨
石前前后后跑来跑去。那锋利的电
锯藉着喷射的水流，拦腰向巨石切
去，乍一看很像锯木，但切开巨石
谈何容易，费工费时，还得有耐性
有毅力，真是意志的较量和韧性的
对抗啊！

穿行山岭的公路

这是一家机械化程度很高的石
料加工厂，在花莲，有几百家规模
不等的这类企业。切下的石板很薄很均匀，然后裁成规格不同的方块或长方
块，这要视客户的要求而定。最后一道工序就是打磨加工了。那藏之深山、
其貌不扬的顽石，经过一番繁难的梳妆打扮，才会显露它的庐山真面目。那
天然的花纹，绚丽的色彩，坚固的质地，使建筑设计师的美梦成真，细细一
想，那炫耀世人的现代化摩天大楼，富丽堂皇的宫殿园囿，豪华的楼台馆
所，哪一件不是因这山野之石披上美丽的时装哩？

　　花莲的大理石远近驰名。汽车从不太繁华的大街踽踽而行，两旁的店铺
竟是一家挨一家的石料店，商品的种类繁多，用琳琅满目形容也不过分。五
颜六色、图案各异的大理石板材，造型古朴的建筑饰件、形态逼真的石雕，
以及纯系天然的怪石，像是开展览会从店里摆到街上。穿行在草木丛生的乡
间田野，时不时跳出巨大醒目的广告牌，有时竟是用五彩大理石装饰一新的
西式小楼，那是活的广告，楼前屋后堆满各式石料和精美的石雕工艺品，也
许是提醒人们，这里是大理石之乡吧。

　　如果以为花莲人仅仅会劈山锯石，鼓捣这类建筑构件的笨家伙，那可是

记花莲

271

大错特错了。他们是石头的鉴赏家，而且是心灵手巧的石头艺术大师。走入一家工艺品厂的展销大厅，我恍若置身台北故宫博物院的历代珍宝展厅。柔和的灯光，明净的柜台，展示了大山深处的奇珍异宝。有种当地出产的大理石彩瓶，造型古雅庄重倒在

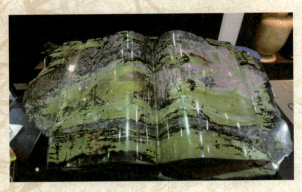

花莲特产——彩石

其次，那绚丽的花纹，灿若云霞的色彩，经灯光映照，通体透明，熠熠闪光，如宝石一样灿然生辉，堪称稀世珍品。据说这种大理石资源如今已很有限了。至于玛瑙、水晶、虎眼石、红蓝宝石制作的项链、手镯、手链、耳环等等，琳琅满目，稀罕倒也说不上。不过，以各种色调精雕细刻的石佛、石兽、石桌、石凳……有的拙朴，有的粗犷，有的细腻传神，有的形态夸张，倒是继承了传统文化的古典美，且又兼顾了欣赏与实用的功能，不失为花莲一大特色的艺术品。如果允许我挑选的话，我更喜欢取自天然、少有雕琢的山水石，不知道这类石头是采自深山峡谷，还是山涧中的河床冲刷而来，这类浑圆天成的大小石头形态比滚圆的鹅卵石更粗糙更古朴，但却以大理石天然的花纹构成山水云霞变化万千的图案，耐人寻味，令人遐想，放置案头不啻是将大自然移置斗室的一件百看不厌的摆设。可惜，它的价格不是我辈能够消受得了的。

花莲，美的世界，用自己的辛劳、坚韧、毅力，给世界带来美的地方，她是有资格赢得这样美丽的名字的。

（二）

我来花莲纯属偶然。

记得刚到台北，在松江路一家名曰"康华大饭店"的中式旅馆放下旅行箱没有多久，床头柜的电话就急促地叫唤起来。心里挺纳闷，谁会追在屁股

后面找来呢？

第一次来台北，压根儿没有七大姑八大姨在台湾，谁会知晓我的行踪，打听到我住的旅馆房间呢？

拿起电话，疑团立即云消烟散。是他，我在书信中结识的一位台湾朋友。

他叫张之杰，台湾知名的科幻小说家、科普作家和编辑家，他用笔名章杰、章无忌、张乐音发表的科幻小说，我很早就读过，大陆出版的科幻小说集收有他的作品。如今，他是台湾一家私营出版机构——锦绣文化企业的编辑，那是知名度很高、出过很多图书精品的出版社。

约好见面这天，他从新店坐出租车准时赶来。他谈起家乡山东的印象在记忆中很淡薄，他很小随父母从大陆来台湾，一直住在新店，那是台北县的一个人烟稠密的小城，但20世纪50年代那里还是山水如画的乡村。我发现他的身上，言谈举止，待人接物，活脱脱山东人的坦率、豪爽，还有读书人可贵的纯真，没有丝毫的做作和虚情。

他说，事先打听了我在台湾的行程。"你们没有安排去花莲，那里很能够值得一看。我知道你们有两天自由活动时间……"没有客套话，开口就进入正题。

我默默注视他。他穿着很朴素，既不打领带，也不着笔挺的西服，半新不旧的长条细格的衬衫，手里拿着人造革的一个小包。宽阔的脸庞，专注的眼神，学生似的短发随随便便搭在前额上，很像朴朴实实的胶东农民。

他说的"花莲"我很陌生，对台湾，除了知道几个空泛的地名，全然没有任何感性印象。长期的隔膜，除了知道阿里山、日月潭之外，台湾像月球一样遥远，一样模糊。我能说什么呢？

张之杰也不征询我的意见，继续说他的："我给你安排去花莲一天，你去看看，时间就定×号，你看怎么样？"

我没有表示特别的兴奋，也没有拒绝。如何安排自由活动的两天，我还没有仔细想过。既然张之杰考虑如此周全，何乐而不为呢？何况，台湾的任何地方，对我都是新鲜的。

不料，张之杰马上在旅馆的房间里拨电话，给旅行社的。去花莲的计划就这样落实了。

我原以为他会陪我去花莲。一个人单独前往，倒使我心里犯起嘀咕。人生地不熟，虽说丢是丢不了，到底不甚方便。此外，这笔开销相当可观，我怎么还这个人情呢。

我又后悔不该答应……心里乱糟糟的。

临动身头一天，张之杰又打来电话。我心里挺感动，他把旅行的事交代了又交代，叮嘱了又叮嘱。为我去花莲，他真没少费心。

在我，倒是因此得到一个机会，亲身体察台湾旅行社的效率和他们服务的水准了。

这天清晨，预约的时间不差分秒，6点整，旅行社一位30来岁的先生就到旅馆接我。出租车送我们到松山机场，我在候机厅用完早餐，这位先生已替我办妥登机手续。他的职责只是送我上飞机，别的一概不管。

"到了花莲，我们旅行社会有人来接你。"他将一块不干胶的旅行社标记交给我，让我贴在外衣的适当位置。

在登机的入口处，他和我握手道别，又嘱咐我回程时如何回旅馆，并且给了我乘出租车的费用，这才放心地走了。

与我同行的还有一对年轻的夫妇，是从奥地利来的华侨，他们也参与这家旅行社赴花莲的活动。

我这时的感觉依然忐忑不安。花莲那边会不会有人接我呢？飞机如果晚点，那会出现怎样的局面……我后悔没有来得及多问几句要紧的话：花莲那边是谁来负责接我，如果找不到人，我将同谁联系，电话号码是多少……一切都来不及了，我在匆忙之中，甚至连接送我的这位先生姓甚名谁也没有打听，我太相信他们了。

唯一的安慰是我手里有一张往返机票，倘若花莲那边无人接应，我相信我也能消磨时间，到时候再飞回台北，如此而已。

想到这里，心里倒是踏实了许多。

然而，这都是我的多虑。一个多小时后，当我在花莲机场走下飞机，步入候机厅，旅行社的一位小姐看见我身上的标记，问了我的姓名，就立即让我到候机厅稍事休息。在这里，我又和那一对来自奥地利的华侨相遇，还有几位金发碧眼的欧洲旅客，他们都是我这次花莲之行的旅伴。

我的脑子里闪过了运动场的接力赛，我也是被旅行社一站一站传递过来的，没有半点差池，也没有敲竹杠的行为，随意收取额外费用的事一件也没有发生。我们后来参观太鲁阁公园和民俗文化村，中午用餐，回程的机场费，都由旅行社支付，这些小事看似微不足道，真正做起来并不容易。联想起有些地方的旅行社以宰旅客为生财之道，胡乱收费，漫天要价，稍有微词便拳脚相加……真令人不胜感慨。

由此观之，旅行社除了效率，周密的计划，更重要的还要讲职业道德和信誉。我的这次花莲之行是由台湾天天旅行社组织的，我从心里感谢他们的优质服务。

当然，我更要感谢我的朋友张之杰。当我从花莲回到台北，他的电话也跟踪而至。

"怎么样？花莲很不错吧？"他在电话中问。

这回，我是可以说说我的观感和印象了。

（三）

从一家出售玉石工艺品的店里出来，大巴士载着我们这些临时凑起来的游客，向大山里开去。

黑绸巾似的柏油马路伸向大山深处，来往的车辆不多。据说花莲是台湾人口最少的一个县，沿途所见的确是如此。公路两旁，密丛丛的棕榈树，一簇簇的果树，触目皆是。村庄却并不稠密，偶尔闪出鳞次栉比的农舍，多是式样单调的平顶两层楼，历尽沧桑风雨，泛出灰白的苍凉。

快进山时，汽车停在路旁"打尖"。这里有几家小店，供应饮料食品，也卖些旅游纪念品如石雕、草帽之类。我随众人下车，只见路旁有三五个身穿红绸衣裤，头戴羽毛白帽的女子，手里拿着五色花环向游人走来。其

花莲海岸

中多是年轻女子，也有老太婆，一打听方知是山胞，她们以与游客照相留影为业，索取少许的照相费。

花莲的山胞人数颇多。台湾的山胞按语言和风俗，又分成9个分支，即泰雅族、赛夏族、布农族、曹族、鲁凯族、排湾族、卑南族、阿美族和雅美族。我所见到的即是居住在平川的阿美族，至于山地则以泰雅族为主。回程路上，参观一处民俗村，阿美族的少女们载歌载舞，表演了富有民族风情的晒谷、舂米、婚嫁的舞蹈，以及颇似海南岛黎族的竹竿舞。只是艺术一旦商业化，变成纯粹赚钱的手段，也就失去了原始的纯真和感人的魅力了。那呆板的表情，敷衍的动作，草草了事的表演，和我想象中的民间舞蹈之美相去何止万里。

公路从这里开始拐入山势险峻的崇山峻岭，也进入了这次花莲之行的最精彩之处——太鲁阁公园。贴近山根的路上，横跨一座典型的中国式牌楼，重檐斗拱，古香古色，上书"东西横贯公路"几个大字，这条穿山渡峡的公路，不仅是花莲的交通命脉，而且公路所经的立雾溪河谷，峭壁摩天，急流奔腾，景象极为壮观。自1960年凿通公路以来，成为闻名遐迩的旅游景点。

太鲁阁公园以峡谷地形为特色。大巴车停在峡谷隘口一间绿色小屋

太鲁阁峡谷的急流

旁，购了参观票后，便驶入两山夹峙、中存一缝的狭长山谷。这道峡谷绵亘几十千米，宛如一道美不胜收的山水长卷，随着游人渐渐深入其间，观察视角的转换，徐徐舒展那奇险无比、造化神功的奇峰、怪石、绝壁、深洞……太鲁阁公园一带的山体原是坚硬的大理石构成，地壳升降，风雨侵蚀，岁月的刻刀年复一年的精雕细磨，终于将偌大的顽石雕刻成眼前的一幅天然的立体的高山深谷图。

峡谷既深且窄，两岸的陡崖几乎一步便可跨越，公路的修筑难度可想而知了。有的路段尚可贴着山坡而筑，那是开阔的河床，山势较为缓平。在绝壁夹峙的险要地段，只能穿山而行，在岩壁上凿洞是唯一可行的方法。我无法想象当年筑路工人开山凿洞的艰苦，导游小姐说，为了这条公路的凿通，有250名工人长眠在荒山野岭之中，用他们年轻的血肉之躯使天险变通途。文明的大道原是要付出一代又一代人的巨大代价，才能铺筑而成的。

也许是为了让游人亲身体验筑路工程之不易，大巴士将我们放在隧洞的入口，让我们沿着洞内特意留出的步行道缓步前行。隧洞高敞，靠近深洞一边已凿开，修有石头护栏，凭栏眺望，湍急的溪流呼啸奔腾，在涧底的石槽里跌宕冲撞，像是一条桀骜不驯的青龙四处奔突。对岸的石壁异常光溜，泛出大理石般细腻滑软的青色。涧底的石槽和较大的石坑，也磨得非常圆滑，像是尚未加工完成的石雕工艺品。我忽然想起花莲石料加工厂那切削巨石的场面，大自然以水滴石穿的韧性，不断地切削这里的高山深谷，同样也是无比壮观的。

走出弯弯曲曲的隧洞，跨过山涧的铁桥，顿觉豁然开朗，眼前竟是一片视野开阔、群山拱卫的山间谷地。附近，没有村落，但路边筑有供游人休息的漂亮木屋。木屋为阶梯形，有木梯可抵路基下面开阔的河滩。游人纷纷走下河滩，有人在蜿蜒的溪流中寻找漂亮的卵石，也有人坐在河边的巨石上，静静地凝望对岸奔泻的一缕银练似的飞瀑。山深鸟声稀，连溪流也悄无声息地流淌，听不见潺潺水声，如画如屏的半山脚筑有红墙黄瓦的亭馆，有小路可通。远远望去，似画家涂抹一片春山意犹未尽，又乘兴用彩笔勾上了几处小点缀，使单调的山岭活泼起来了。

大巴士的终点是山中的一个静谧的小镇——天祥。这里风景如画，满目

山中小邮局

青翠，长途汽车站停车场一侧，旅客候车的长长回廊，可避风雨日晒，又有石椅可供歇息。山脚是一条不长的商业街，多为小饭铺、小吃店和供游人采购杂物的杂货店，花莲特产的玉石工艺品种类繁多。镇上还有一幢典雅的白色大理石建筑，是山中邮局。远处，河对岸的山峦之巅，建有琉璃宝塔和大理石佛像。溪畔绿树成荫，山花簇生，游人或在浓荫下闭目养神，或沿着林中小径朝山巅而去。我径自走向小镇尽头，见一方暗绿色石碑题有碑记，抄录如兹：

"天祥，旧名大比多，其义为棕树，昔日泰雅族人建社于此，因见棕树甚多，乃以大比多为社名。天祥地当陶塞溪、立雾溪汇合之处，为河岸段丘构成之台地，四周峰峦环抱，势如盆地，标高海拔450米，距太鲁阁峡口19公里半，距花莲45公里。公路竣工后，以天祥作为观光设施之中心，诸如车站、邮局、电信局、店铺、旅馆以及寺院、教堂等，均已次第落成应用，今仍在不断建设期使更臻完善。

天祥之名，起自纪念文天祥之忠贞，车站背后高地上，是文天祥像及正气歌碑，供游客登临瞻仰。天祥招待所，依旧式邸第而建，古意盎然。天祥山庄，建筑新颖，为青年活动中心。车站对岸为禅德寺，占地颇广，殿宇巍峨，庭园清雅，天峰塔耸立山间，倍感雄伟，为天祥所添不少胜景。"

阿里山随想

早春的阿里山，景色十分迷人。

我是头天夜里踏着月色从台北经嘉义上山的。次日晨光熹微、天将破晓之际，一列森林火车呼啸着穿山渡洞，将我们送往群山之巅的祝山。在那"一览众山小"的巅顶迎来了东方日出。随后，我便乘着余兴在大森林的怀抱里漫游了。

阿里山是台湾著名的高山游览区，素以"云海、日出、神木"而闻名。阿里山群峰耸峙，地势险峻，茫茫云海虚无缥缈，变幻万千，为登高远眺的一大奇观。另一个出名的景致，便是登祝山之巅以观日出。由于森林火车可在黎明之前将游人送上山巅，省却了登山跋涉之辛劳，所以来阿里山观日出的人特别多，可谓四时不绝。至于阿里山的神木，乃是阿里山保存至今为数不多的千年红桧。这些参天大树，树龄最高者有3000年之巨，是树木中的寿星佬，可与北美号称世界爷的红杉比比高低了。

我从祝山下来，沿着山间小道漫游之际，道旁林中不时遇到高耸入云的神木，但为数寥寥，偶尔还可见到砍伐后留下的大树桩，像是原始森林的墓碑，向游人诉说着昔日的繁茂。阿里山的原始森林十分茂盛，可谓古木参天，林涛如海。但在日本帝国主义盘踞台

阿里山神木——红桧

湾岛的半个世纪——台湾人称作丧权辱国的"日踞"时期,阿里山的原始森林遭到了空前的浩劫。为了砍伐森林,运输原木,日本人修了森林铁道,小火车经过之处,大片大片的神木一扫而光,阿里山从此失去了当年林海茫茫的景象。

如今,我在阿里山的山岭之间见到的,多是后人经营的次生林。经过几十年的精心保护,方显得一派郁郁葱葱、生机盎然的景象。早春的阿里山,吉野樱盛开怒放,如绯红的云霞。林中的山坳,一泓湖水,碧波荡漾,令人无限欢喜。更有此起彼落的鸟声啁啾,在远山近岭遥相呼应,给美丽的山林增添了幽静的氛围。我们这些长年在喧嚣浮躁的城市圈里奔波的人,投入大自然的怀抱,呼吸着清新的空气,沐浴着明丽的阳光,更有这世外桃源般的鸟语花香,使人有一种心澄目明、皈依自然的满足感。

所以,当我在林中小道一眼发现一块警示游人的标牌时,标牌上的诗句——劝君莫打枝头鸟,子在巢中盼母归——深深吸引了我。我所经过的

阿里山高山博物馆

这条草木葱郁的曲折山路,鸟声鸣啭,号称观鸟步道。为了劝诫游人不要惊扰林中之鸟,特设了这块富有人情味的标牌。我想,这比起那些平日司空见惯的用教训人的口吻、惩罚的词句警告游人的标牌,其宣传效果,不知要好多少倍。不仅如此,这富有人情味的诗句所包含的深刻内涵,还将我们人类与鸟类摆在了平等的地位。为了人类自身的生存,我们应将鸟类以及大自然的一切视作人类的朋友,爱护它,友善地与之相处,这是一种非常有眼光的思想。

我之所以写下这段文字,还有感于这样的体察:在台湾逗留的一段不太长的日子里,在和台湾朋友的接触交谈中,台湾民众的环境意识,尤其是对生态环境被破坏的忧患意识是很强的,给我印象极深。去阿里山之前,有一位朋友曾忠告我,对阿里山的美景不要抱过高的希望,因为阿里山的原始

阿里山

森林和原始风貌已经不复存在了，事实也确实如此。在台北街头，拥挤的车流，横冲直撞的摩托车令人目眩，不时可以看到行人和摩托车上的俊男靓女戴着口罩的奇观，因为大都会的空气污染已到了令人不能忍受的地步。至于工业崛起、经济腾飞所付出的惨重代价，则是有目共睹的，那就是绿色的消失，河流的污染，工业垃圾堆积如山……台湾在经济发展的同时走过一段弯路，现在人们开始悔悟，保护环境，保护大自然的呼声也因此受到社会的重视，人们开始采取措施了。

我愿借这篇短文向读者呼吁：请爱护鸟类，爱护森林，爱护养育我们的大地母亲。

没有鸟声的春天是寂寞的，荒凉的，是没有生气的……

后 记

　　离开巴黎的头天傍晚——那是很久以前的往事了——我至今仍然记得那天塞纳河两岸寒风萧瑟，头顶的天空压着低垂的彤云，似乎要下雪的样子，街上的行人低头缩脖，步履匆匆，只有街道边的咖啡馆、酒馆泻出昏黄的灯光。

　　我那时借宿在香榭丽舍大街旁边一条停满小卧车的巷子里，就在这天暮色升起的当儿，我的朋友应我的要求，开着他的车子从巷子里七拐八拐地钻出来，飞快地沿着与塞纳河平行的大道驰行，我望着拥堵的车流，心急火燎地看着表上的指针……

　　谢天谢地，当我们抵达巴黎残老军人院的铁栅栏门时，拿着一串钥匙的看门人也大步走来准备关门，原来这座博物馆要闭馆了。于是我的朋友以他的外交辞令和看门人套了半天近乎，终于换来了他的笑容，破例允许我们进去参观，但只给我们十分钟。

　　巴黎残老军人院是我向往已久的地方，这里是一座武器博物馆，但吸引人们目光的却是拿破仑的墓地。由于在巴黎停留的时间太短，我的有限的时间消磨在凡尔赛宫的画廊和枫丹白露的皇家园林。想起翌日清晨即将离开巴黎，我不得不出此下策，夜闯巴黎残老军人院了。

　　我在暮色中踏入这座颓败的教堂式的建筑，在昏暗的走廊看到锈蚀的大炮和盔甲兵器，继而在明亮的圆形大厅中看到拿破仑的红色大理石的僧帽状的石棺，以及环抱棺椁的石柱上肃立的一个个女神……我从心底感谢看门人慷慨给予的十分钟，它了却了我一生的夙愿，使这次巴黎之行没有留下遗憾。

我还可以列举很多例子。在我的人生之旅，经常是利用时间的"边角料"去寻找我所感兴趣的所在，有时仅十分钟，有时半个小时，这也和古人所谓"秉烛夜游"是一层意思，有着相似的情趣吧。时间有时是慷慨的，有时又是多么悭吝，如何利用时间的"边角料"去实现自己的目标，是很有趣味的一件事。

　　尽管世人以夸张的口吻形容地球是个很小很小的"地球村"，但在我的眼里，地球仍然是个难以穷尽的大世界。交通的便捷仅仅缩小了空间，任何人看到的仅仅是地球有限的一隅，像蚂蚁在大森林的残枝落叶中攀爬一样——我自己就是一只小蚂蚁。

　　人生苦短，世界无涯，以有限的生命面对无限的广阔的世界，加上一生的大部时间是为了填饱肚皮而终日劳碌，因此有机会偷得半日闲，利用时间的"边角料"去尽情地探胜寻幽，绝对不放过一切认识世界的机会，也是人生一大乐也。

　　收入本书长长短短的文字，即是一只小蚂蚁在大森林的残枝落叶中攀爬的记录，其中不少即是利用时间的"边角料"去寻找我所感兴趣的所在，也希望有此同好的读者会感兴趣。

金　涛

2012年12月19日